U0575925

有一种力量，叫文学；
有一种美好，叫回忆；
有一种感动，叫青春；
有一种生命，在鲁院！

JINNIAN XIATIAN

江西高校出版社
JIANGXI UNIVERSITIES AND COLLEGES PRESS

离奇消失的传统技艺、闯进家门的『快女』、

光顾单身男人厨房与卧室的『宋代美人』、

在现实与梦幻之间腾跃的『记者手记』

……

图书在版编目（CIP）数据

今年夏天 / 陈鹏著. —南昌 : 江西高校出版社,
2017.6（2020.7 重印）
（鲁迅文学院“百草园”书系）
ISBN 978-7-5493-5528-0

Ⅰ. ①今… Ⅱ. ①陈… Ⅲ. ①中篇小说–小说集–中国–当代②短篇小说–小说集–中国–当代 Ⅳ. ①I247.7

中国版本图书馆CIP数据核字(2017)第123538号

出版发行	江西高校出版社
社　　址	江西省南昌市洪都北大道 96 号
总编室电话	（0791）88504319
销售电话	（0791）88595089
网　　址	www.juacp.com
印　　刷	北京一鑫印务有限责任公司
经　　销	全国新华书店
开　　本	700mm × 1000mm　1/16
印　　张	17.25
字　　数	213 千字
版　　次	2017 年 6 月第 1 版 2020 年 7 月第 2 次印刷
书　　号	ISBN 978-7-5493-5528-0
定　　价	46.00元

赣版权登字–07–2017–573

目 录 Contents

快女夏天艾薇儿

7 月份的尾巴，你是狮子座，8 月份的前奏，你是狮子座。

——曾轶可《狮子座》

她说来就来。

电话是白天打的，似乎有意让我把她和夜里那些莫名其妙的电话分清楚。我这个远房 d 侄女说要参加今年的快女海选，她已经拖着一只巨大的黑皮箱从安宁老家一路奔来，打算在我这里小住。“您老就祝我跻身昆明前十吧，有几个人能唱艾薇儿?”“谁是艾薇儿?”我侄女苏瑞在电话那头一阵爆笑：“李果大叔，你居然不认识加拿大朋克小天后？你这 35 年白活了！”

白活了？我从沙发上往外看，7 月份的尾巴热浪翻滚，电线杆子有点变形，把昆明夏天的热量送往无法想象的城市尽头。我那部深黑色电话还是每天响一次，每晚 9 点到 11 点之间，每次 4 ~8 声。天知道谁打来的。一接就断，嘟嘟嘟的蜂鸣声仿佛热浪扑面的感觉。没准是我前女友、前前女友，或者是我的同事同学，或者是那些见过一面就再没见过的陌生人。

为什么一接就断?

61 路车站站台上的苏瑞你一眼就能认出来：一头金色直发挡住浓妆艳抹的圆脸，两只细长眼睛分得很开，目光有点羞涩，但高昂的额头和下巴透着愤世嫉俗；那件白色圆领T恤缀满亮闪闪的金属片，而且太短了，腰上的肥肉和肚脐来回晃荡；牛仔裤是七分的，一双水晶色高跟鞋像两支削尖的铅笔，让她摇摇欲坠。

“苏瑞?”

“李果?”她笑了，“我妈说，你踢球踢断了腿。一瘸一拐的老男人肯定是你!”

“没大没小!”我的心脏加速跳动，但没说出口。头一次也是唯一一次见她是14年前，她刚满5岁，而我还在念大三。我被她的名字搞蒙了，我说：“你就是台湾大歌星苏芮?”她扎两个羊角辫，脸上脏兮兮的，噘起小嘴冲我狠狠吐唾沫。

如今这孩子面目全非地出现啦，说她模仿的是艾薇儿，加拿大朋克小天后，她的朋友都说她长得像艾薇儿，歌声也像极了。我们踩在丹霞路上，黑皮箱一路发出刺耳的咔嚓声。我问她：“什么是快女，是跑得最快的女孩吗?”她笑了：“是快乐女生啊，大叔!”我没敢问她快女和超女有什么不一样（超女我懂，全国人民谁不认识李宇春呢?），苏瑞主动解释：“快女超女没区别，出名要趁早!”她请了3天假，她的朋友都说她不是昆明赛区第一就是第二，进军湖南卫视总决赛易如反掌。她甩开大步往前走，我一瘸一拐地跟在她身后，高跟鞋啪嗒啪嗒狠戳柏油路面的响声与黑箱子的吱吱尖叫纠缠不清。一路上我们的回头率很高，我知道一半原因是她的满头金发，另一半原因是我这个瘸腿老男人居然捎带着一个满头金发的大丫头。

“我要唱艾薇儿的《My Happy Ending》，知道什么意思吗?”

“你会英语?”

“不会。My Happy Ending，就是‘卖，海皮，恩丁’。必须模仿得一模一样。”她大声唱起来，尖细的嗓子突然在烈日下爆发，像烤得太久之后破了，炸开了。我心惊肉跳，几个路过的家伙吃惊地打量着我们。我赶紧叫她停下来。她笑了：“李果大叔，我绝对前三，不信你等着瞧。”

当晚我叫了外卖：红烧排骨、青椒童子鸡、麻婆豆腐和菠菜汤。我的侄女吃得不多，她抚摸我干干净净的灶台，问我平时怎么弄吃的。我说我要么叫外卖，要么跑到附近小餐馆吃面条。腿被踢断以后，我只能待在家里等待服务员敲我的门。后来终于把拐杖扔啦，我经常一瘸一拐在小区里溜达，和那帮玩象棋扑克的老头老太太聊天，他们问我还是不是童男子，否则这腿骨哪能恢复得如此神速。苏瑞还在摸来摸去，茶几、冰箱、碗橱滑溜溜的表面让她兴奋极了。“你怎么能把这个家伺候得那么干净呢？你一个瘸子，怎么可能呢？”她冲我诡谲地微笑，“有非固定女友吧？李果大叔一定有女人！”我还没来得及辩解，拽开冰箱门的苏瑞突然一声尖叫——她发现一碗发霉的东西，我全忘了，那是10天前的青椒土豆丝。她恶狠狠的目光仿佛一举洞穿了李果大叔的单身生活。

可我的生活关你这个小屁孩（姑且算个美女吧）什么事呢？我们之间没有血缘关系，苏瑞是我妈的表妹的亲戚的姐姐的孩子，或者更遥远，八竿子打不着。现在，她居然一头闯进来啦，还告诉我这是朋克，是我们这代人根本没兴趣听更不会顶礼膜拜的艾薇儿，还关心我有没有非固定女友！

“你需要找个老婆。”她说。

“谢谢。”我说。

她把那只黑皮箱打开，洗面奶、粉饼盒、面膜、香水、防晒霜、护肤液、上衣裤子乳罩一股脑冒出来。她把它们一件件从箱子里拽到单人沙发上，很快堆起一座白花花的小山。

“跟我说说你喜欢哪些歌星？”她说。

我说了几个名字，齐秦、童安格、崔健、鲍勃·迪伦、黄舒骏。她瞪着我：“黄舒骏？谁是黄舒骏？”

我张口就唱了黄舒骏的歌：“她，以为她很美丽，其实只有背影还可以，一点都不在意；她，以为她很美丽，其实只有头发还可以，一点都不在意……”

苏瑞干巴巴地拍手：“不错。可是，老掉牙了吧？我再给你唱唱艾薇儿？”

她自顾自唱了起来，还是那首“卖海皮恩丁”。其实这丫头唱得不赖，那些高音区像踩着单车冲下大坡一样轻松，一长串英语居然毫无瑕疵。

很好。我本想表扬她，可我不愿意，并且把笑容收起来了。

“怎么样?”苏瑞大声问。我没看她：“嗯，还行。就是听不懂你唱了什么。”

“评委懂啊!”

苏瑞在安宁一家宾馆做服务员，报名参加快女之后每天就在宾馆KTV练歌。她的同事朋友疯狂地支持她，还为此成立了一支名叫“苏打”的粉丝团，苏打们承诺复赛日——也就是后天，一定赶到昆明电视台演播厅为苏瑞加油助威。苏打们说苏瑞就是安宁草铺的艾薇儿，19岁的安宁艾薇儿早晚要成为名震天下的大明星，李宇春张靓颖算什么!

窗外，热浪已经从刚刚降临的夜色中退走，对面楼房亮起浅黄色灯光，天空暗得发紫，丹霞路上猛然传来一声巨响。谁的汽车爆胎了。

苏瑞问我腿怎么断的，我告诉她经过——那是一场不怎么激烈的足球赛，我带球突入禁区，正面遭遇对方后卫。那小子毫发无损，我的胫骨螺旋形骨折。医生说我的钙流失严重，小腿骨就像昆明冬天的枯树枝。35岁的年纪，53岁的腿！那些钙到底怎么流失的？为什么流失？它们就这么无声无息地从我的身体里神秘消失啦。

“35岁了还踢什么球?”苏瑞说。

我没说话。

“我妈让我问你，为什么还不成家?”

我还是没吭声。

“我妈说你工作也不行，又没钱，又老，现在腿又断了。”

她老人家说对了。

我在区政府主办的一家东南亚杂志印刷厂做美术编辑，3月份的一天，头告诉我们揭不开锅了——金融危机来势汹汹，他让我们先回家休息，预计9月份重新开工。就这样，我在家里待了3个月，我的积蓄足够我撑到明年甚至更久一些，腿被踢断之后，我帮两个朋友做了几份家装设计，他们至今没付我钱。

“我给你介绍个姑娘做老婆吧！”苏瑞说，“我同事，人不错。”

“不用，谢谢。”

当天夜里电话又响了，我接起来就断。大约半小时后它又响了，连响8声。我没再接。苏瑞问我怎么回事，我说我也想弄清楚怎么回事。到底哪个疯子守在电话那头成天搞恶作剧？（当然不能排除我前前女友宋末从日本给我打电话的可能，更不能排除我前女友小倩因为突然怀孕向我求助的可能——她从前说过：“李果，我们分手后如果我还来找你，那一定是我怀孕了并且那个男人不要我了，你给我记着。”嗯，我记着呢。）

“是你女朋友吧？我妈说她跟一个日本老男人跑了。”

“别听你妈的。”（她哪儿知道我早换女朋友了。）

“一定是她。”苏瑞凑到电话那里盯住它，像在研究一只怪物。

“每天晚上都打来，我一接就断。”我说。

“你该去日本把她抢回来！”她说得斩钉截铁。

“别人用过的东西你还接着用吗？”

“好东西干吗留给别人用？”

我无话可说了。

我没交数字电视的钱，苏瑞19年来头一遭没电视可看，好在她并不在意。我安排她睡客房，之后早早洗漱干净，躺在床上看厚厚的《海洋生物大全》。外面黑透了，苏瑞又唱上她的艾薇儿。现在我对这首“卖海皮恩丁”已经熟门熟路，我居然跟着她哼哼起来。她唱得越来越大声，一遍又一遍。真要命。我只好使劲敲了敲门。苏瑞停下来，大声问我出什么事了，我说你能不能别唱了，她立刻奔向卫生间，躲在那里继续大声唱，像把嗓子搁在齿轮上磨来磨去的傻瓜。

后来我隐约听到敲门声，是苏瑞开的门。有人站在门口问谁在唱歌，我穿好睡衣一瘸一拐走出卧室。门外站着楼上那个染着红头发、穿一件紧身黑色T恤的小子，我至今没搞清楚他姓甚名谁。

他说“她是你侄女？”他一只手撑住门框，打量着苏瑞，“深更半夜的，不睡觉啦？”

“对不住。”我说。

他笑了："李大哥见外了，我刚从网吧回来，路过你门口，突然听见艾薇儿，厉害！"

"我明天就去比赛了。"苏瑞说，"昆明赛区快女海选。"

这小子夸张地张大嘴巴。

"是真的，你给我看清楚，这是安宁艾薇儿！"我说，觉得眼前的一切都很混乱。这小子满嘴酒臭，绝不仅仅上网这么简单。他冲苏瑞伸出手："很高兴认识你，我就住李大哥楼上，我叫小唐，我爹是老唐。我喜欢艾薇儿，你太牛了。祝你成功！"苏瑞笑笑，伸手让他握了握。

小唐咚咚咚蹿上楼去。"我不困，还想练练。"苏瑞精神百倍。"好吧，你唱吧，能不能小点声？"她关上卫生间的门，那么热的夏夜，她连窗户都关死了。我还是听到她的嗓音倔强、锋利地钻出来，我幻想它们冲出我的房子飞入院子，冲进隔壁四邻的卧室，使劲戳他们的美梦和耳朵。我真想抓起手机给她老妈打个报警电话，但最终放弃了。我真担心谁又来砸我的门。大约 1 点，苏瑞在我卧室门上敲了敲。

"能帮我看看穿什么衣服比赛吗？"

我走出去，她已经换上一件刚够着胳肢窝的牛仔衣，看起来像个杀猪的。我摇摇头，觉得精疲力竭——11 点 40 分准时睡觉的习惯彻底被毁了，意识开始模糊不清。她 1 分钟后又穿出一件黄色马甲，下面是黑 T 恤，画着骷髅。天啊，这是纽约格林尼治村的刺青艺术家？她换上最后一件：下面是露着大腿的热裤，上面是褶皱多得像路易十四装束的白色长领衬衫。我只好点头："这套不错。"

她笑了："我怎么相信一个老男人的话呢？"

我困得不行，只能大声叫嚷："有什么意思呢，苏瑞，参加这种比赛有什么意思呢？"

"全家都支持，你反对？"

"反对？我干吗反对？可以睡了吗？"

大约一点半的时候，楼上的吵闹声和地板的剧烈震颤把我惊醒。小唐一家乱得不可开交。我听见我的远房侄女从客房里爬起来溜到外面拉开房门。接着是小唐乒乒乓乓的脚步声，这小子经过我门口时根本没搭理苏瑞，他冲出楼道，很快无影无踪。后面的声音是老唐的，他站在楼道里——我完全可以想象他穿着一条皱巴巴的灰色睡裤，怒不可遏地冲着黑暗大骂："再偷老子的钱喝酒泡网吧，我就把你两条狗腿剁下来喂狗！"

苏瑞敲敲我的门。我醒着呢！她却唉声叹气："真要命，你这邻居真要命。"

可她没睡。后来我迷迷糊糊又听到她的"卖海皮恩丁"，把我那个关于爱情和性的美梦撕成碎片。我拉开门。苏瑞还待在卫生间，客厅茶几上堆满薯片、饼干、虾条（她哪弄来的这些东西?）和餐巾纸，我搁碟片的箱子被她翻个底朝天，希区柯克、侯麦、黑泽明全被撂在地板上。我敲门，她说她每天 3 点才睡，再说今天 10 点比赛，睡不睡无所谓。

我使劲砸门："请你睡觉吧，睡觉!"

她瞪着我，目光像两把冰锥。最后冲进客房重重摔上门。一声巨大的哐当让我浑身哆嗦。我彻底醒过来了。

第二天上午我被热浪打醒，太阳把枕头烤得滚烫，外面的喇叭发出刺耳的叫声，仿佛也在进行歌唱练习。我爬下床，苏瑞早走了，给我留了纸条，字迹像野猫脚印一样难看：我去比赛了，等我好消息。哈利路亚！我面前的客厅比想象的还可怕：到处是零食袋子、纸巾和碟片，沙发上还堆着她的各种时装。她到底穿走了哪一套，是那件撒花的白衬衫？那会让她看起来像个卖烧烤的。我走进厨房，这里也乱得不像话，我精心呵护的灶台留下酱油的斑斑点点，锅里的面汤还在，她自己做的面吃一半就扔桌上了，剩下的已经粘在碗底。

我拖着瘸腿往返于卫生间、客厅和厨房，把地板打扫干净，把垃圾装袋，把她撂下不管的战场彻底清理，直到恢复原来的模样；我把她那些稀奇古怪的衣服叠好，搁在她床沿上——床也没收拾，被子枕头一团糟。重新回到客厅时我大汗淋漓。全乱套了！

我在沙发上等着。等什么呢？苏瑞？我迎着阳光打量我的腿，打过钢板的地方摸上去很硬，手术留下的疤变成青黑色，踝骨下面有一块突起，似乎长出另一块踝骨，那是固定钢板的螺丝钉。那场球赛就像反复折叠的照片一样模糊起毛了，我是怎么在一声脆响过后从半空坠落、被钻心的疼痛捅进身体的？后来我把音响打开，黄舒骏的歌声流淌出来，这老家伙的浅吟低唱和炎热的夏天上午完全合拍，一只灰色大猫迈着优雅的步子从窗台上走过，音乐节奏逐渐亢奋，他高潮部分的嘶喊随热浪一路翻卷，“心里想的只有爱你爱你爱你爱你，也不管家里米缸有没有米……只管爱你……”我笑出声来了。当年宋末和我就这么回事，搂搂抱抱到处瞎逛，像两只无忧无虑的野猫，她去日本之前我还把我仅有的 1 万块存款给了她；后来的小倩我反倒印象不深，她哭得太多了，喜欢站在人群密集的大街上咬我，在我手臂上脖子上留下一排圆溜溜的牙印，像某种古老神秘的图案。我们是和平分手的，彼此发现这么凑合下去绝对不行，再说，她更欣赏我哥们王重那样的彪悍男人。

她们走了之后就再没回来。宋末的邮箱早没用了，小倩的手机成了空号。但我知道，夜里那些电话就是她们打的，她，或者她。还能有谁？她们大概都受了委屈。宋末想回昆明回不来，只能在火热的东京街头流浪，钱是大问题；小倩，那个爱哭的小倩，再找个随时给她擦眼泪让她使劲咬的男人多难啊！她要是独自躺在冰冷的流产手术台上可就太离谱了，那两条挺拔的美腿分得很开，膝盖上全是泪痕。

电话就是这时候响起来的。我抓起电话，对方“喂”的一声让我一阵恍惚。

“我还在演播室外面呢，人太多了（我终于弄明白，这是苏瑞）。我已经坐了一个多小时，很多人在旁边练歌，你听得见吗？我还没碰上比我更牛的。”

“那就好好唱。”我说。

“刚才坐我旁边那个女人四十多了，下岗工人；还有我前面那个女的，从前唱花灯的，后来专门跑场；还有一大帮学生，她们连高跟鞋要配什么样的裙子都搞不清楚。一群土鳖。”

我没吭声。

“你在听什么?”

“黄舒骏。”

“还在听老掉牙的东西?”

“你就这么跟你长辈说话?”

“你该出门走走。要是想现在过来陪我比赛我也不反对。”

“没兴趣。”

她说就快上场了，随即挂了电话。我躺下来看我的《海洋生物大全》，有一章专门介绍大白鲨，说它被人当作吃人鲨纯属误解，现在全球大白鲨数量不超过3000头，是惨遭人类荼毒的又一个濒危物种……我迷迷糊糊睡着了，腿断之后一直没缓过劲来。踢球是大学时代的事情了，工作以来我连世界杯、欧锦赛都懒得看。可出事那天，我经不住王重的软磨硬泡重返球场，结果我的腿碎成那样……我隐约听到黄舒骏的歌声连绵不绝，像臭浪涌动的滇池水把我拖向深渊，我根本没办法往外游，我的腿还没长好呢。我再也游不动了，浪花变成滚烫的沥青，我连气都喘不上来啦。一个姑娘站在模糊的坡顶上冲我大喊大叫，可我听不清她在喊什么。丁零零一阵巨响，她后面一片黑乎乎的高山崩塌下陷，一堆东西断了，跌下来，摔得粉碎。我猛然惊醒，累得不行，每天睡得再多还是累得不行。外面的阳光把我干干净净的窗户玻璃照得白茫茫一片，像落满冬天早晨的霜花。原来是电话铃声，我一把攥在手里，心脏怦怦跳，眼角还有湿漉漉的东西，难道我吓哭了吗?

“我前面一个女孩哭了!”苏瑞在使劲地叫喊。

“你说什么?”

她说她终于见到她的偶像丁薇啦——那个评委。

“你说什么?什么丁薇?”

“歌手丁薇啊!”

“丁薇?”我说。

“哎。”她说。

老唐又把通宵未归的小唐活活打出门去——这小子刚回来，把他老爸的钱花个精光。这回他没连滚带爬逃得无影无踪，而是大大咧咧敲开我的房门，说他在昆都网吧玩了一夜魔兽，没想到老唐同志差点敲断他的腿，差点把他弄成我这样。"昨晚那个美女呢?"他说，"那个自称你侄女的美女在哪里?"我说她参加快女比赛去了。他直点头："有种，她有种!"

我打算立即关门。这小子顶住门框。"我祝她挺进全国前十。"他冲我做了个V字型手势，"艾薇儿唱那么牛，拿第一也不稀奇!"

"谢谢。"我又推了推门。肥胖的老唐已经站在楼道拐角了，恶狠狠地骂他儿子："小狗日的，你有种一辈子别回家，死在外面最好，省得老子动手。"

"进前十我请客。"小唐没搭理他亲爹，用力推一把门框，"你一定要转告她，我说话算话。"他乒乒乓乓冲下楼，大声高唱那首"卖海皮恩丁"。老唐冲我大声说："你别理他，小狗日的，谁都别理他，死了算了!"

我想说点什么，老唐趿着拖鞋上楼了，一路呼哧呼哧直喘。每天至少两包的香烟早把他的肺叶烧得千疮百孔。

苏瑞顺利挺进60强！她执意拽我去丹霞路上一家哈尼饭庄吃柠檬鸡。我心不甘情不愿地被她拖入正午的阳光底下，柏油路面烫得惊人，热浪从停得满满的两排汽车尾部升起来，守车的宣威女人在桉树底下睡着了。苏瑞告诉我今天有无数女孩没能把她们的歌唱完，要么忘了词，要么被评委活活骂出来。有的女孩衣服没穿对就被劝退；一个姑娘因为评委没法分辨她是男是女被临时取消资格；还有一个五十多岁的老太婆居然要教评委怎么唱海豚音……

我又困了。辣得要命的柠檬鸡完全不合胃口。苏瑞细致描述她的参赛经过：被叫入一间黑乎乎的小房子，90度深鞠躬，通报姓名，放声高歌。一个当模特的评委（我的天，这是唱歌比赛还是模特比赛?）代表全体评委说她很棒。苏瑞顺利拿到明早10点的复赛入场券。

"明天我的苏打就要来了，"她说，"你不陪我去?"

我摇摇头："没劲。"

苏瑞没说话。

"不就是60人的复赛吗?"我说。

苏瑞白了我一眼，似乎不共戴天。我突然涌上一阵莫名的仇恨。我恨这个夏天，恨这个陌生的金发女孩，恨这个乱糟糟的唱歌比赛，恨所有晚上一接就断的鸟电话。

下午我睡了很久，醒来后那本《海洋生物大全》已经让我烦透了。我从书架上挑了一本劳伦斯·布洛克的侦探小说——《刀锋之先》。这可比一帮自以为是的中国当代著名作家的破烂好多啦。这中间苏瑞一直待在卫生间里唱歌，这次换了首别的，但照样是艾薇儿。王重来过电话，问我周末想不想跟随球队去海埂呼吸一下新鲜空气，他开车接我。我说不想，我希望一辈子远离你们这帮无聊的老倌，珍爱生命，远离足球。他遗憾地说了什么，我一个字也没听清。大约6点，小唐敲开我的门，苏瑞欣然接受他的邀请——晚上去他家里看昆明5台的快女录播。我没理由阻拦。我想我是不是该开通数字电视了，否则我那台松下还不如一个鞋盒子漂亮呢。

天色暗下来。我一定又睡着了，根本没听见苏瑞怎么出去的，但我听见她回来了，关门的声音将我从黄昏中惊醒。《刀锋之先》看了快一半，死了三个人。可我全忘了怎么死的。我听见苏瑞打开塑料袋的哗哗响声。她一定买了饭菜回家。我是不是该给她点钱?可那种说不出的恨意像只金色小鸟闪着翅膀在眼前飞舞。外面的光线从淡紫变成深灰，小区大门口响起低沉的汽车轰鸣，什么东西飞入空中，擦着那些破布一样的云彩消失了。

她干脆跑到楼上和小唐吃饭去了，我没挪窝。他们用盘子盛点饭菜端下来——像对待一条没人要的老狗。我没吃那些豆腐丸子和青椒土豆丝，我不觉得饿。躺在沙发上是明智的，我拿起《刀锋之先》，一个醉酒侦探整天在纽约城瞎逛，但他离真相越来越近了。后来我重新聆听黄舒骏，故意把声音开得很大，因为黑暗降临的时候两个小家伙正在楼板上蹦来蹦去。我打开门，能听到他们正冲着昆明5台大呼小叫，大概苏瑞登场了。

我死死地盯着茶几上的电话机。它沉默着，黝黑的身体匍匐不动，像在积蓄可怕的阴谋，又像是故意铆着劲邀请我查找真相。我抓起听筒，耳朵里只有长长的、一成不变的嘟嘟声。我撂下它，楼上苏瑞和小唐的喊叫声惊心动魄。

你还能怎么样？黄舒骏彻底失效，老家伙们性感嘶哑的嗓音被远远抛到了时代之外。唯一的办法是看点什么，我翻出周星驰，但他的呵呵尖笑傻得像个白痴；接着是一部好莱坞恐怖片——一伙20岁不到的小屁孩吸毒、乱性，跑到什么地方集体度假，被恶魔杀手一个个干掉。中间有不少裸体镜头，姑娘们的奶子又大又挺，下腹平坦光滑，像亮闪闪的浮法玻璃。看起来编导对这代人早就失望透顶，编出这么个咬牙切齿的混账故事。

有一阵子苏瑞笑得像要昏死过去，我能想象她的满头金发四处泼洒，把小唐的家搞得金碧辉煌。大概她撞翻了一只酒杯，“乒乓”一声脆响，差点把我的天花板捅个窟窿。小唐开始唱歌，不是艾薇儿，天知道是哪个新新人类的新歌，我从没听过，也听不出什么好来，最后的高音变成声嘶力竭的狂吼。苏瑞使劲拍手尖声附和。我冲进卧室，关好门，声音似乎小些了，后来渐渐平息。《刀锋之先》里的醉酒侦探谈起了恋爱，一个高大的金发女郎让他觉得又幸福又温暖……

电话响了。还像从前那样，像每个夜晚的来电那样，连响6声后自动停止。我已经站到地上。大约半分钟后又响了，每一个音节仿佛被拉得比最长的夜晚还长。我走出来，心脏怦怦直跳。4声，6声，8声。我想象一个美女站在电话另一头，站在一片白茫茫的大雾里，我看不清她的脸。错不了。我已经等得太久了。我抓起电话。

“喂。”我说。

“苏瑞在吗？”一个奶油小生的声音，像喝多了还没睡醒。

“你找苏瑞？”

“她在吗？”这小子毫不客气。

“谁告诉你我家电话的？”

“苏瑞到底在不在？”

“你是谁？”

“我是谁不重要。重要的是，我们苏打明天就来昆明为她加油，请你——”

我狠狠地挂上电话。妈的，去他妈的苏打。楼上暂时平息的喧嚣仿佛一股臭烘烘的黏液钻出天花板淹没我的家，像那些恐怖片里的恶心镜头。我返回卧室，已经没心思看什么《刀锋之先》。我什么也看不了。我躺着，使劲闭上眼睛，外面的声音若有若无，楼上也没了动静。我突然心惊肉跳，小唐那小子会不会乘着酒兴把我家苏瑞骗上床去了？这阵子没准正亲着她的金发解开她衬衫纽扣冲她那对傲人的奶子虎视眈眈呢。我吓得不轻，赶紧跳下床，一瘸一拐往外冲。

电话又响了。尖锐的丁零声拽住我的瘸腿。我认真听着，4 声，6 声。好吧。我走回去，抓起电话。

“喂。”我说。

对方没找苏瑞，也没有突然挂断。没有一点声音，像一片黑乎乎的汪洋大海。

“喂，你说话，你找苏瑞还是李果？”

还是无声无息。

“……是你吗，宋末？”

依然沉默。

“你还好吗？缺钱吗？”

没人回答，但我知道那头一定有人。

“那就是你，小倩。说话啊，谁欺负你了？”

黑色的大海向前翻涌。我听到呼吸声。没错，急促的呼吸声。

“是你吗？小倩？”

还是没回答，呼吸声之外有刺啦刺啦的噪音。

“不是小倩？宋末，那你一定是宋末，错不了！你怎么了？你在东京一切还好吗？那边热吗？你不打算回昆明了？永远不回来了？”

还是没人回答，连呼吸声都平息下去了。一片死寂。

“你说话啊，你到底是谁？不是宋末，不是小倩，你还能是谁？”

呼吸声又响起来，带一丝鼻音。

"宋末，小倩！管你是谁，你给我听着，听好了，我很想你……"

我没料到自己居然说了这么一句没头没脑的话，心里翻江倒海。她们俩长什么样都差不多忘了。她们的脸交织在一起，我分不出谁是谁。

一声粗重的呼吸之后，啪地挂断了。我愣在幽暗的中间地带，慢慢把电话放下。窗外的灯光星星点点。我打开灯，希望看到点什么。耳朵里全是嘟嘟嘟的电话蜂鸣，我和宋末小倩早就被这个单调冰冷的音符肢解了。

苏瑞9点多才回来，脸色微微泛红。"还没睡啊？"她说，"我喝得不多，但小唐同学喝得不少。你不用担心，也别骂我，我知道我明天还有复赛，放心吧。"她坐进沙发，像个闪闪发光的奥斯卡小金人。

"洗洗睡吧。"我说。

"李果大叔有心事！"她狡猾地笑着，红指甲在茶几上吧嗒吧嗒敲击着，把我的黑色电话机震得微微颤抖。她的低胸衬衫刚好能让人看到些什么，我真不敢想象姓唐的小子已经偷看了无数眼。

"有个苏打找过你。"

"已经打我手机了。"

"后来电话又响了。"

"每天晚上不都要响吗？"

"今天不一样。我接的时候没断。没人说话。很长时间没人说话。我知道，那就是她们打来的。"

"她们？"

"错不了。"

苏瑞摇摇头："你们这些老家伙，真无聊！明天看我复赛吗？"

"不看。"

"你该出去走走。"

"不走。"

我似乎一直没醒。真想这么睡下去，管他三七二十一。金色的苏瑞一大早出去了，关门的声音比炸弹还响，吧嗒吧嗒的高跟鞋像两把尖刀摧毁着我的生活，我的夏天。难道她从没发现我早就满脸怒气了吗?

《刀锋之先》里的醉酒侦探开始逐一排查嫌疑人，但谜团似乎越来越多。我不忍心奔向结尾，爬下床去了一趟卫生间——还好，所到之处至少没比昨天更糟。厨房还是老样子，苏瑞显然什么都没吃就出门了。客厅里亮得刺眼，阳光在地板上画出巨大菱形。我从电视机柜下找到点饼干，给自己倒杯水。断腿里的钢板硬邦邦的，让我觉得那条腿不是我的。我干脆躺在床上把这点东西吃了。10点55分又接到王重电话，问我有没有兴趣参加晚上球队聚会。我说免了吧，那支球队里已经有太多的陌生人。他问我每天的生活怎么安排，我说就那样，吃吃睡睡，我不喜欢，也不反对。

苏瑞下午3点多才回来，坐进沙发发出一声长叹。我听着她的动静，发现对面楼房仿佛长满老年斑的墙面早该粉刷了；一扇窗户被推开，女主人把洗好的衣服一件件晾出来，像晾晒一群湿漉漉的孩子。我大声叫喊苏瑞，她应了一声，我问她怎么了，她没回答。

我走出去，她仰面靠在沙发上盯着雪白的天花板，像个金发木偶，高跟鞋还没脱。

“淘汰了?”

“淘汰了。”她说。低头看着我，咧开嘴巴傻乎乎地笑笑。

“又晋级了吧?”

“真被淘汰了。那些狗屁评委懂什么艾薇儿!”

我不得不装出一副长辈特有的失落假象：“没什么，这种破烂比赛说明不了任何问题!”

“太离谱了，昨天还好好的，今天这帮家伙全变脸了。”

“是不是该贿赂贿赂评委?”

“狗屎，那个姓吴的要我跟他上床才满意吗?”

我吓了一跳，觉得这话题绝不能在叔侄之间展开。苏瑞却没有刹车的意思。

“我知道有人做梦都想和评委上床呢。”她挺起身体往下说，“就算没办法接触评委也得搞定主持人吧？你看那个思茅的什么什么娟，就喜欢眉来眼去，把主持人搞得神魂颠倒。评委能不照顾主持人的朋友？一条线上的蚂蚱！”

“那你也眉来眼去！”

“狗屎，学不会，也不想学。咱得靠实力对吧？”

“给他们送点东西？我这还有点茶叶……”

苏瑞哈哈大笑：“茶叶？李果大叔，亏你想得出来。”

“那就送他们两部侦探小说。”

苏瑞笑得更大声了，我故意板着脸，佯装搜寻我那点茶叶和两本关于醉酒侦探斯卡德的冒险故事书。

突然响起急促的敲门声。她跑去开门，一帮孩子——和她年龄相仿的陌生孩子潮水般涌进来，一时间让我觉得我家里冲进了几万名荷枪实弹的恐怖分子。我眼睁睁看着他们扑向苏瑞，几乎歇斯底里：“苏瑞苏瑞苏瑞苏瑞……”我晕头转向，只能缩到客厅最远的角落里，一个戴眼镜的女孩高声说：“苏打永远支持你，你绝不能灰心因为你在我们心中永远是最棒的，你千万不能放弃你的伟大梦想……”

我只能贴着墙溜进卧室，把门死死顶住。他们哭一阵叫一阵之后又笑了，哗啦哗啦的笑声简直掀翻屋顶。苏瑞痛斥那个给她亮了低分的模特评委，她追溯当时的经过——她唱到一半就被叫停，昨天还称赞她的那个模特说她简直不认识苏瑞了，她居然把朋克艾薇儿唱成了慵懒莫文蔚；另一个评委，那个著名的丁薇更是不客气地指出，如果唱成莫文蔚反而好了，问题是她那些软绵绵的绵羊音实在不像话，艾薇儿的慢歌怎么能这么糟蹋呢？当感情不足以支撑技巧的时候，技巧就像一堆没用的废料需要苏瑞精心整合唱出一种少见的金属感……“妈的。”苏瑞破口大骂，“我根本听不懂她说了什么。你们告诉我，什么叫软绵绵的绵羊音和金属感？你们知道这是什么意思吗？”

他们安慰着她，声音小了很多。秩序正在恢复。他们怎么找到我家的？他们哪有离开的意思？我浑身颤抖，大热的天手脚冰凉。够了。窗外的光线雪白刺眼，几片银杏叶子在热浪里噗噗直颤。我拉开门走出去，站在他们面前。这帮人坐在我沙发上、地板上，两个女孩干脆坐到我茶几上。他们正把我的房间我的家变成歌迷见面会现场。

“你们能不能小声点？”我大声说。

一个男孩——显然是昨天打来电话的那小子——像被捅了一刀似的发出一声怪叫，所有人立即鸦雀无声了。他们齐刷刷地盯着我。

“这是我叔叔李果。”苏瑞说，“李果大叔，这是我们安宁的苏打。”

“太吵了，你们太吵了。”我说。我觉得我的家从没这么沉闷，空气在我和这些满脸青春气息的孩子之间游动，凝固，变成一坨一坨的钢铁。

那个男孩眉头紧蹙：“这不像你叔叔。苏瑞，你哪来这么个叔叔？他刚才在哪儿？他躲在什么地方？他居然还有心情躲在里面睡大觉吗？”

一个女孩大声质问我：“你赶我们走？”

“我们会走的，”另一个女孩说，“苏瑞唱那么棒居然没进前十，你还躲在家里睡大觉，你亏心不亏心啊？”

其余几个孩子叽叽喳喳附和她的责难，连连逼问我苏瑞比赛的时候我在干什么，苏瑞惨遭淘汰之后我又在干什么——房间里难怪一股子霉味，我这个老家伙早就缩在世界之外发霉发臭了。我愣在原地不知所措，只能向苏瑞求援。可这孩子光知道站在人群背后冷笑，就像伍德斯托克里那些愤世嫉俗的摇滚青年，满头的金发犹如镶嵌在苏打背景墙上的一个人造太阳。

“苏瑞！”我不得不大声叫喊。两个靠前的女孩一阵哆嗦。屋子陷入死寂。苏瑞总算站起来了：“什么？”

“这是我家！”

苏瑞沉默着，打量我，分得很开的细眼睛陌生得让我头皮发麻。她轻轻叹息着，冲她的粉丝挥挥手：“走吧，大家都走吧。”

那个男孩执意与我这个老家伙对抗到底，仿佛我就是那个刁难取笑苏瑞的老掉牙的评委。“你真是她叔叔？”他抱着两手，“她被淘汰了你还心安理得？你知不知道苏瑞多不容易，为了追求自己的梦想……”

“去你的梦想！”我火了，“请你们离开我家！”

“你家怎么了，老子就不走！”这小子狠狠逼视着我，恨不能一拳把我揍得屁滚尿流，他好踩着我的尸首朝我脸上吐唾沫。

我听见苏瑞压低声音使劲劝说。我拖着瘸腿慢慢跨越5米距离和这群青春逼人的面孔走近那小子，这下子鸦雀无声了。他满脸愤懑迅速变成惶惑不安，两眼紧紧盯住我的腿，大约刚刚长大的喉结上下滑动，粉白的脸红了，几颗青春痘从腮帮两侧鼓出来。“要单挑，还是你们一起？”我冷冷发问。这小子又笑了，满脸厌倦，似乎无意破坏了什么丑陋的东西却不再自责。他看看苏瑞。冲所有人使劲挥挥手。苏瑞身边的女孩们相继站起来，纷纷向门口撤离。“我们走了，苏瑞，你别伤心难过，永远支持你！——苏瑞苏瑞，歌声最美！苏瑞苏瑞，梦想最美！”

男孩走在最后，低着头，那件紧绷绷的圆领黑T恤下面是几条细细的肋骨。还没到20他就驼背了，大概整天泡在网吧。“对不起，”他拍拍我的肩，像个老于世故的领队，“对不起，我不知道你是残疾人。可我还是想说，苏瑞很棒，她需要支持。”我愣在原地，看着这帮孩子像濒危的大白鲨涌出房门，楼道里一阵骚乱，最终清静了，但气味还在，一丝甜腻腻的脂粉味混合青春荷尔蒙的特殊汗臭正在空中飘荡。

苏瑞咬着嘴唇一声不吭，脸色渐渐苍白，眼里似乎泪花闪动。见鬼，难道我错了？她没打招呼就把一帮孩子弄进家来，还要我为他们烧火做饭吗？

我站着，选择沉默。突然空了的客厅大得出奇。

“你居然没让他们喝口水。”苏瑞总算说话了。

“他们没揍我就谢天谢地了！”我说，“那个小杂种还把我当残疾人！”

苏瑞一阵冷笑：“我今天就走。”

“回去做你的安宁艾薇儿，多牛逼！”

"回不去了。"她看着我说，"我是辞了职跑到昆明参加比赛的。我还借了钱，给我的苏打买车票、管吃管喝。可我居然连昆明前30都没进去。"

"你不是疯了就是傻了。"

"这是全国大赛，你懂什么?"

"对，我真搞不懂你们怎么能为了这种破烂比赛就发了疯!"

"我也搞不懂你为什么天天晚上守着那个破电话发疯!"苏瑞恶狠狠地大喊起来。我懵了，既震惊又愤怒，一个晚辈竟敢如此放肆地冲长辈吹胡子瞪眼。"我说错了?"她站在我面前，眼神骄傲得像视死如归的刘胡兰。我死死盯着她，竭力保持一个长辈应有的尊严。对峙持续了两三分钟，她终于退回去，坐好，低下头，很小声地告诉我，昨天晚上的电话是她打的。

"什么?"

"昨晚，你的电话，是我打的。我在小唐家里拨的电话。我就想听听你到底说些什么。"

我想起昨晚电话里的沉默和呼吸，想起自己冲着电话大声嚷嚷宋末小倩我想你，想起挂断之前持续数秒的刺啦声，想起我说这些，心底里不断翻卷着酸楚和暖流。我看看电话，再看看苏瑞。我等了足足1分钟，最后从牙缝里挤出一句话:"拿上你的行李，走！回你的安宁!"

她满脸的惊讶惶惑，像是突然迷了路。她确认着这一点，最后是毅然决然。她大步走进客房收拾东西，很快拖着箱子径直走到门口，拉开门，出去了。房门一声巨响，把苏瑞和我彻底撕开。我的心脏仿佛摔了一跤，就像吵架的两口子不得不面对突如其来的惊恐。她毕竟是我侄女啊。我听着她的脚步她的动静，高跟鞋的吧嗒声似乎远比她刚来那天轻柔多了，仿佛她用她待了三天的孤独桀骜在鞋跟上垫了一块小东西，好让它又坚硬又柔软。这个19岁的金发姑娘很快就从我们小区里消失了。外面的天空蓝得不可思议，屋子里闷得不像话。

我一直站着，没动。

两小时后我决定出去找找看。没准她正躺在安宁老家的苏打们怀里哇哇大哭呢。拖着一条断腿寻找自己的侄女真不容易，你得同时忍受刚刚撤退的热浪袭击以及没做好长辈的良心谴责。我顺着丹霞路走到白马西路，直扑61路公交站台，一路上我留意着蒙自老头的烧豆腐摊、四川女人的厕所门口、昭通男人的麻辣烫小吃店，还有各种各样的美容店、电信服务点、网吧和小型百货店。哪儿都没有苏瑞的影子。我希望苏瑞还待在站台上等着，等我这个当叔叔的亲手把她带回家。接近傍晚的天空蓝得发青，头顶正中飘着几丝薄薄的云彩，白马菜市场入口人头攒动。61路车站躺在坚硬的阳光里，后面一排老迈的铝皮屋檐几乎全是破的。等车的人群里还是没有苏瑞的满头金发，甚至一个穿水晶高跟鞋的女孩也找不见。断腿隐隐作痛，我凑过去坐到站台的不锈钢椅子上，一时纳闷这么多人居然还能给我留出一个空位。一辆接一辆的61路车开过来了，呼啸着，几乎擦着我的脸一头冲向人民西路。街对面是白马报刊亭和熊熊音像店，后者的茶色玻璃门把两排货架遮得严严实实。

我坐了很久，直到我认为下班高峰期早过去了，我该回家啦。我做梦也没料到从熊熊音像店里走出一个苏瑞来，我看错了吗？可她和她的满头金发就待在门前的阴影里呐。我大声喊她。安宁艾薇儿一眼就看到了我。她面无表情，笔直地戳在原地。我跳起来冲入汹涌的车流，横穿白马东路一瘸一拐地冲向她。我知道我的样子把很多人都吓傻了，几辆汽车在我身边尖叫着停下来，有人冲我破口大骂，还有人正准备骂点什么，突然被我的残疾给吓住了。车声呼啸，喇叭轰鸣，我终于突出重围抵达白马东路彼岸，站在苏瑞面前的李果已经大汗淋漓。

她说她正想坐车回安宁呢，不料正好在熊熊音像店里看到昆明5台的快女重播。

我发现她双眼通红。

“哭了？”

“没有。”

“肯定哭了。”

“我看见我的比赛画面了。我唱得多棒啊!”

我没吭声。她满头金发有些散乱，在热辣辣的半空呼呼作响。

“跟我回家吧。想住多久住多久。”

“真的?”

“真的。”

“我会唱歌，会乱扔东西，会烦死你。”

“没事，随你的便。”

她笑了，眼窝里还有泪水。她使劲擦掉它们，说她想在昆明尽快租间房子找个工作。我拽着她的黑皮箱一路往回走，她哈哈大笑，说李果大叔的样子像个负伤在逃的抢劫犯，然后，她把箱子从我手里一把抢走。

晚饭后我们安静地坐着，好像一切都落幕了，到了那种有点忧伤而你又拒绝那么想象的时候。我起身播放黄舒骏，《恋爱症候群》《雁渡寒潭》《马不停蹄的忧伤》，那些妙极了的歌词让苏瑞哈哈大笑，可我知道她欣赏的还是周杰伦陶喆那帮小子。后来是英国著名的恐怖海峡。她很喜欢，因为他们唱的是英语，而且那些神秘流畅的吉他旋律和几个老男人深沉嘶哑的嗓音多性感啊。我们一首接一首地听下去，她起身去卫生间时我才把恐怖海峡关掉。她回来了，客厅一片宁静，我们像待在山洞里，外面的光线很暗，一些汽车声和野猫扑咬的声音在我窗户上来回晃动，热浪正跟随这些音符节节败退，昆明的夏天即将消失啦。

“明年我还要参赛。”苏瑞说。

“还唱艾薇儿?”

“唱我自己的。”

“你会写歌?”

“学呗!”

“就是，你是安宁艾薇儿嘛。”

“你会来看我比赛吗，明年?”

“不一定。等我腿好了再说。”

“明年还早哪。”

“就是，早着呢。”

“从现在到明年，李果大叔准备干点什么?”

“不知道。”我摇摇头，心里一阵酸涩。本以为它暂时随着热浪蒸腾消退了，可它还在那儿。苏瑞的傻劲让它像夏天清晨的一缕光线那样扎眼。

“那我每天祈祷你老人家的腿快点好!”

“没必要如此隆重吧?”

“腿好了才能看我比赛啊!”

苏瑞咧嘴笑了，我这才发现她笑起来挺好看的，嘴角两个细细的酒窝，皮肤闪闪发亮。“我刚给你买了礼物。”她从黑色皮箱里掏出一部红色电话机。“这是有来电显示功能的，”她说，“这样你就能看到来电了，你就能找到那些每晚骚扰你的美女了。”

我的心脏怦怦直跳，感动和内疚在我身体里来回划拉。我看着这个金发侄女把我那个老掉牙的黑色电话机换下来，把新的装上去，它红得像只熟透的大苹果，随时期待谁扑上去咬它一口。另一件礼物是艾薇儿精选集，封面上的金发女孩很酷很独立，灰蒙蒙的浅蓝色背景让她不食人间烟火。

“要听一下吗?”

我摇摇头。“我想听你唱。你给我来两首艾薇儿吧，就像你比赛那样，就像你面对那些狗屎评委。现在我就是你的评委。”

“行啊!”苏瑞蹦了起来，走到过道那里。我端坐沙发，尽量把那条断腿伸直、搁好。我大声叫了她的名字：“请10号选手，苏瑞上场。”她昂首挺胸走到客厅中间，站好，冲我深鞠躬：“评委老师好，我是来自安宁的苏瑞。我今天演唱的曲目是《Girlfriend》。”（我有点惊讶，居然不是那首“卖海皮恩丁”?）她开始唱起来，嗓音渐渐张开，像一匹撒欢的小马驹冲上门外的丹霞路。苏瑞的金色头发和白色短裙很搭配，发音吐字也没什么可挑剔的；后来她扭动腰肢并甩动金发，像那些忘我的歌手那样把自己打开、尽情展示出来。我眼花缭乱。

突然响起的敲门声打断了苏瑞的演唱。她走过去把门打开，小唐说："又听到艾薇儿了，我能进来听你的演唱会吗?""行啊，请进吧。"他挨着我坐下。我把食指搁在嘴唇上，告诉他这可是快女比赛现场，他心领神会，说他也有资格当一当评委。苏瑞重新登场，把刚才那首《Girlfriend》接着唱完，小唐使劲拍手尖叫，说她真棒真牛，如果评委不发话，她必须继续唱下去跳下去。

"下面我就给两位评委演唱'卖，海皮，恩丁'"。苏瑞稍作停顿，拉了拉裙子下摆，歌声冲出那张口红浓重的嘴唇，像一堆亮闪闪的钻石在我房间里呼呼飞舞。

更意外的事情发生了——老唐推开虚掩的门悄悄走进来。他惊讶地骂着他的儿子小唐："老子头一回见你没跑去网吧!"我邀请他坐下，一起聆听我侄女苏瑞的美妙歌声。他勉强坐下了。苏瑞清清嗓子："再为各位评委献上一首慢歌，《Take Me Away》。"她刚唱到一半小唐带头鼓掌，我也送出掌声，老唐咧开嘴巴呵呵傻笑。我们把苏瑞的即兴表演真正变成了艾薇儿个唱，让她一首接一首，我已经弄不清楚那些歌名，那些调子，那些转折。随她去吧。这丫头越唱越棒，嗓子里仿佛藏着无数湿漉漉光灿灿的金银财宝，她把它们全捧出来了。

那只新电话是在副歌部分响起来的，苏瑞的歌声戛然而止。她孤零零站在铃声中间，用神秘暧昧的眼神盯着我看。谁也没挪窝，谁也没站起来接听。小唐大声说："电话啊，李大哥!"我没吭声；老唐冲我做了个手势，我示意他不用管，咱有来电显示了，不是吗？连续6声之后它果然安静了，那些幻想和悬念纷纷消失在它深红的身体之中。

最终由苏瑞抓起电话，她告诉我一串我没法记住的来电号码，它已经封存起来再不会消失啦。随后这丫头笑呵呵地打量我，仿佛在这个完美的夜晚顺利拿到了晋级十强的入场券。

"10号选手苏瑞，请你严肃一点。还唱吗?"我说。

"唱啊，你们可以点播，任何一首艾薇儿。"

"那你继续吧。"我说。

"我喜欢快歌。"小唐说。

老唐冲他儿子摆摆手："妈的。你懂什么，快歌慢歌都不错。你接着来吧，接着来。随便唱。"

我已经感觉不到夏天夜晚的闷热了。苏瑞叉腰站着，"给我喝杯水，"她说，"你们让我喝杯水，让我歇口气。要我跑下后台换件漂亮衣服吗?"

翠　湖

生活越来越艰难了吗？

——题记

我问她想去哪里走走，她说翠湖。

这个词似乎在我妈脑海里萦绕了很久，她生病那天就这么盘算了吗？好吧，那我们就收拾收拾东西去翠湖——我丈夫，这个小个子的胖老头戴上他的白色鸭舌帽，穿上灰色夹克衫，牛筋底的黑皮鞋擦得锃亮；我呢，梳了一个向上挽起的发髻，这样看起来年轻些，虽然鬓角的白发还是很显眼，然后，我穿了那件暗红色唐装，看起来还不错，刚好能遮住发福的腰围；我给我妈戴了一顶深咖啡色圆帽，好歹能遮挡阳光，穿什么外衣就不用讲究了。这是她说的。她已经拄着拐杖站在门口，冲我们撇撇嘴。“走吧！”她说。

我搀着她慢慢走。去年底她突然中风，这个要强女人的生活被彻底粉碎了。她在医院里躺了15天，偷偷哭了七八回，就因为她身边上年纪的病友每天又哭又喊，抱怨说是不是就快死啦。我这辈子很少看见我妈哭，最艰难的20世纪60年代、70年代甚至80年代都咬牙挺过来了。在那个接近乡下的昆明郊区，她和我爹把我们三个兄弟姐妹抚养长大成家立业，直到1991年冬天我爹去世。但面对疾病，你还能要求一个74岁的老太太怎么坚强？

“请你们，请你们莫再哭了，行不行？”我妈从病床上挺起她衰弱的身体，瞪着她的病友，流着泪央求，“莫再讲那些死不死的鬼话。”

她的病友们会消停一阵子，但很快又难以控制地抱怨和哭喊起来。你让这些上年纪的人怎么阻止病痛带来的绝望感？我妈在那15天里流的眼泪大概超出了她这辈子的总和。后来我们担心被昂贵的住院费压垮，不得不提前把她接回家，这对她反而是解脱，出院那天她总算咧嘴笑了。

中风摧毁了我妈半个身体，她必须使尽气力才能抬起左腿，而左胳膊差不多变成一件摆设，根本动弹不了。好在一切在向好的方向发展。她能走动了，还能爬爬楼梯，能站在阳台上冲着太阳笑出来，说出一只苍蝇差点飞进嘴里这样的笑话。

我们上了出租车，我丈夫坐前排，我们坐后面。司机问去哪里，我妈大声说：“翠湖。去翠湖。你知道翠湖吧？”司机笑了，他说：“当然知道，放心吧。”

我妈把手杖搁在脚边，它硬硬地硌着我的膝盖。可我没动。我能闻到我妈身上散发出来的老年人特有的腐朽气味，这气息提醒我她再也回不到生病之前或记忆中那个风风火火、经常穿一件灰色的确良衬衣的美好时光。她盯住车窗外面的模样兴奋而呆板，那是外部信息在她衰退的脑子里延宕数秒钟之后才有的反应。可是她真的高兴着，松松垮垮的嘴角挂着微笑，皱巴巴的皮肤上有温润的光泽。我收回目光，看着我这侧的车窗外面，阳光还不错，天空像梦境一样蓝，一朵朵白云翻滚向前，高楼大厦在行道树背后躲躲闪闪，空气热辣辣的。这就是昆明初夏特有的模样。

一路上我们没怎么说话，似乎担心打扰我妈的心情。我4年前内退了——其实是提前下岗，我丈夫3年前退休，我们两个人的工资加起来不到1700块。平时也还凑合，但我妈这场大病让我们勒紧了裤腰带。我妈原来的那个小工厂也早没了，她退休后本来还有点退休工资，后来企业改制，医保和退休金全被掐断，我跑了很多部门也没人管，她们厂里一批老家伙四处争取，可是人家说他们人数太少，没法引起劳动部门的足够重视。只能等。我们必须拿出积蓄给我妈治病，她住院那半个多月钱就像水一样哗哗地流，回家后恢复理疗是免不了的，做一次按摩 20 元，针灸 30 元，针灸加按摩 45 元，每天按摩，隔一天针灸，每三天按摩加针灸……我不得不扳着指头精打细算，开始像 20 世纪 80 年代那样每天记账了。

我听见我丈夫说："妈，你还记得上一次去翠湖是什么时候？"

"三年前。"我妈说，"三年前你领着我去的。我记得，是秋天。"

我丈夫笑了笑，"三年了，翠湖没什么变。"他说，"你还记得翠湖的模样吗？"

"有一个亭子。"我妈说，"我记得有一个亭子，八角型的，飞檐斗拱，很漂亮。就在一个小坡上，我们进去坐了很久。我就记得这个。"

"今天一定把那个亭子找出来。"我丈夫说。

上次我来翠湖大约是半年前，一个礼拜六的上午，九龙池附近的相亲会聚集了成百上千个我这种年纪的中老年人，我们就像二道贩子一样来给儿女们物色对象。我记得我坐在一条曲折拥挤的回廊深处，把写着儿子条件的一张 A4 纸掏出来举在胸前，很快就有一个秃顶男人走过来，他说他在给 30 岁的女儿找一个可以赶紧结婚的小伙子。"30 岁的姑娘还不结婚就会被人到处说闲话。"他说，"他女儿在一家会计公司上班，接触面像只老鼠那样窄。"他无助地望着我说："你儿子都 29 了，为什么还不结婚？"

我能怎么说呢？"我儿子在私企做宣传员，忙得像个奴隶一样。"这话让秃顶男人哈哈大笑。他又瘦又黑，如果他女儿长得像他就太惨了。他小心翼翼从西装口袋里掏出钱夹，抽出一张皱皱巴巴的彩色生活照。"这就是我姑娘。"他拿到我面前。我接过来看了看。圆脸，短发，长相还过得去，当然谈不上漂亮。我把照片还给他。"我要多看看，"我说，"不着急。你也不用着急。"男人把照片小心收好。"都 30 了，能不急？"他说，"你儿子 29，儿子大一点没关系，是不用太着急。"我告诉他："我儿子谈过 4 次恋爱了，没有一个能结婚成家。要么女的太娇气，要么我儿子没工夫照顾人家，要不就是女的跟着有钱男人跑掉了。""缘分，"秃顶男人说，"这就是没缘分。我姑娘谈过一次恋爱，没成。男的跑到埃及去了。这也是缘分问题。她后来就没再找。”他说。“可是老天爷知道，我为我儿子的终身大事操心够了。4 个女朋友中有两个是我介绍认识的，我的同学朋友全都被我发动起来。可就是不行。有一阵子我整夜失眠。我经常梦见我出席儿子的婚礼，梦见我被主持人拉到台上去要求说点什么，我紧张得浑身冒汗，我从兜里掏出写着致辞的纸片上居然什么都没有。我经常梦见这个，然后惊醒过来。醒来后我想，不就是说点什么吗？我会对着所有的来宾说，感谢各位的光临，感谢你们参加我儿子的婚礼，感谢所有的人……这么想的时候我真想哭出来。”

我们在翠湖南门下车，付了 30 元车费。我似乎一眼就看到那个亭子了，它就在南门里头的西北角。我伸手指给我妈看，但她否认这是三年前的那一个。她摇摇头，“当年的亭子更高更大，也气派得多。里面围着好多人吹拉弹唱。”我妈用拐杖使劲敲着地面说，“这个亭子太小了。”

我们沿着湖边往里走。今天人很多，好像全昆明的人都认为周末来翠湖走走是必需的。我妈生病以来很少出远门，顶多陪着她在楼下院子里转转。儿子说我应该请个保姆，可哪儿来的钱请保姆？更不用说把我妈交给一个陌生女人是否放心。比如陪她上厕所、下楼、散步不发生任何问题，不把 5 种她吃的中药西药搞混都是严峻考验。我无法想象我妈再有闪失。这个生病之后看起来那么迟钝、虚弱的女人已经变成一个陌生的、需要随时小心呵护的对象，一件我们生活中没办法忽视的脆弱或者沉甸甸的东西。你有能力改变点什么吗？

我妈很快就被一伙吹拉弹唱的人吸引住了——在那个亭子脚下的回廊上，充满二胡、琵琶、手鼓、吉他、笛子的乐音和两个业余女人的业余歌声。我妈指了指回廊，“过去坐坐。”她说。我丈夫已经跑到前面占领位置，我搀着我妈走进去，我丈夫往她屁股下面塞了一只小垫子，她慢慢坐下来。那两个穿着长裙、浓妆艳抹的女人拽着裙子跳舞，为她们伴奏的是一支老掉牙的乐队，队员全是半截身子埋在黄土里的小老头。

我妈的目光紧盯着那两个女人。“她们太胖了，”她说，“你还能看见她们的腰吗？我看不见。”

我丈夫笑了。他坐在我妈身边晃动着两腿，把太阳帽拿下来抓在手里。

我觉得两个女人还没胖到那个地步。回廊里的人越来越多，他们给这支团队加油鼓掌，但掌声并不热烈，他们似乎在懒洋洋地看着一伙人吵架拌嘴，谈不上不喜欢，更谈不上喜欢。他们自带的录音机和扩音器很影响演唱效果，你只能辨认出那是《红梅赞》的旋律却很难听清歌词。

“她们唱什么？”我妈果然这么说。我没办法解释清楚。我没说话。我妈很生气，她用拐杖敲着地面。“我问你话，”她说，“那两个鬼一样难看的女人在唱什么？”

她生气的时候波澜不惊，但嘴角在微微颤抖——我从小就熟悉这表情。她松弛的皮肤和皱纹似乎在掩饰她的颤抖。我只好说出歌名。她点点头，目光转向回廊前面的一片湖水，湖面上有大片碧绿的荷叶随风摇曳。“唱个屁。”我听见我妈说。语调里充满不屑。“她们唱个屁，这种水平也敢跑出来现眼。这算是什么鬼世道。”

我丈夫回头看看我妈。他解释说这些人不是专业演员，纯属自娱自乐。我妈不依不饶：“自娱自乐就该躲在家里，跑到这里来自娱自乐个屁。”她的嘴角继续颤抖。那只干瘪的、皮肤松弛起皱的右手用力握紧拐杖，身体弓了起来。

那天我还看了看别的家长手里的大龄姑娘的照片和资料，当然也有不那么大龄的，最小一个才22。我问那个当妈的：“那么小相什么亲？”她说：“22不小了，我们22的时候都当妈了，对吧？早成家早好。好男人太少啦，再过两年你连别人挑剩下的都捡不着。”这女孩没有照片，我把儿子的照片给她看了看，她给我留了电话。后来我让儿子给她打了电话，她突然改变主意了。她说我儿子的年纪还过得去，但是工作太忙。谁会把姑娘嫁给一个又忙又没钱的老伙子呢？我儿子说：“这个姑娘一定很丑，否则22岁干吗就着急嫁人？‘恐龙’还那么挑？她真是想男人想疯了。”

说来说去翠湖的姑娘没一个让我满意的。当然啦，我对自己的儿子也很不满。他 29 了还跟我们住在一起，他没什么钱，都工作 8 年了，存款不过 2 万多块，他挣钱花钱完全没有计划。从前他有间屋子，我妈生病搬过来以后他只能睡到阳台上去。那里刚好能放下一张小床和他的书桌。这张桌子总是乱糟糟的，扔满杂志、报纸、臭袜子、脏兮兮的 T 恤衫、手机电池、香烟盒之类的东西，我不得不一次次帮他收拾干净。一天下午我还搜出一只没用过的避孕套。我把这个小玩意拿在手里，心脏怦怦跳，它红色塑料包装下面的那条圆边在我的手指间发出老鼠一样的吱吱声。我把它塞在一本杂志下面。第三天或第四天它果然不见了。桌子又乱得一塌糊涂。

他那 4 个女友中的两个是我朋友帮忙介绍的，另外两个是他同事、同学，说实话，她们没有一个长得漂亮。他的爱情总是无疾而终，最后那个姑娘和他分手的原因简单得难以想象，两个人就为了是去新昆明还是新建设看一场电影就吵翻啦，吵架之前他们还好得就像小两口，当着我和他爹的面都敢抱着亲嘴，我们都以为这回有戏了。但这就是他们这代人的混蛋方式。

上个月还有过一次小小的失败：我同事介绍的女孩来我家，我在厨房里张罗着准备给他们做顿好吃的。但进门之后，我发现姑娘和我儿子都挺尴尬。我儿子擤擤鼻子，女孩局促不安。我突然想起来，如果你从外面突然来到我家，一定能闻到我妈身上散发出来的衰败气息，就像烂菜叶或者过期食品发出来的。我居然把这一点搞忘了。我想烧一炷檀香，但哪还来得及？我偷偷打量女孩，她还算漂亮。大眼睛，鼻梁挺直，嘴巴小巧，脸颊很丰满。她那天穿一身白色短袖衫，领子支棱着，头发扎了一个马尾。她显然闻到什么了——没错，我儿子进门的时候，我妈那间卧室的房门大敞着，并且她刚好从厕所里出来。她站在厕所门口冲他们笑笑。我儿子向女孩介绍我妈，她拄着拐杖，一步步走过来，居然挨着女孩坐下来了，就坐在女孩身边那个短沙发上，侧过脸仔细打量她。我看见女孩白净的脸涨得通红，两手紧紧绞在一起。我妈问长问短，像个警察一样调查女孩的年龄、学历、户口……我没办法阻止她。我几次想打断她都被狠狠瞪回去了。那股腐败的臭气四处弥漫，我儿子也很不自在，他坐在我身边，像个没用的傻瓜，偶尔接过话头向他的外婆做着这样那样的解释。我的提议也被我妈否决了——让儿子和女孩到楼下花园走走。

“走什么走，我要跟两个娃娃说说话。你赶紧做饭，少在这里晃我的眼睛。”她说。

我儿子终于站起来说，他们要去外面吃，还有几个朋友等着。我妈埋怨他乱花钱，但她哪有能力阻止？

后果是想得到的，女孩再也没来过我们家。他们还没开始就结束了。女孩对我儿子的第一印象并不好。还能怎么好呢？我骂他说：“为什么要把她带来家里，而不是随便找个属于你们年轻人的酒吧坐坐？”

“喂，你发什么呆，发什么呆！”我妈用拐杖敲我的脚，我差点跳起来了。“老子跟你说话呢。”她说。

“什么？”我说。我看见我丈夫跑到回廊尽头。一个老头用细铁链拴着一只猴子，它正在老头肩膀上翻跟头，龇牙咧嘴的。

“我刚才说，你和你男人在策划什么阴谋，对吧？莫以为我不知道。我身子动不了，但是我耳不聋眼不瞎。”

“阴谋？我和你姑爷？我们能有什么阴谋？”我吃惊地望着我妈。她盯着湖面，几道波光在她前额上划来划去。

“你们心里面藏着一个大阴谋。”我妈说，“干脆，你们把我推进湖里面淹死算了。怎么样，丫头？把我淹死了你们一了百了。”

我不知道她又在琢磨什么。她两只手重叠握在拐杖顶上，下巴搁在手背上。她出神地望着远处的湖，远处的树木和花草。几只灰色的鸭子突然出现在荷叶下面，很快又消失了。“你小时候有一次掉进三岔河，我想都没想就跳进去捞你，你妈我根本不会水，结果你漂上来被树枝挂住，我反而淹个半死。如果不是你爹赶过来我就完蛋了。你都记得吧？你这条小命，我给的，我救的，我养活你的。你都记得吧？”她说。

我没说话。这没什么好说的。她是我妈。

“你都忘记了，丫头？你根本没有记性。你五十多的人了，记性被狗吃了。”她越来越愤怒，虚肿的眼眶里涌上泪水。“你要是不想把我淹死，那就把我撂给你兄弟。让他养活我。我死在儿子家里，我心甘情愿。”

我坐着，觉得手心冒汗、精疲力竭。那种分不清楚白天还是夜晚的晕头转向的感觉越来越强烈地从脚底涌上来攥住我，攥得紧紧的。重新钻出云彩的太阳晃得我睁不开眼睛。我叹口气，扯起嗓子叫我丈夫：“看个屁看，没见过猴子啊，你给我滚回来！”

那个女人一声尖锐的“青藏高原”才把我的嗓门压下去了。这个小小的回廊里人越来越多，三个唱歌跳舞的女人也越来越起劲。微风中飘动着荷叶的清香。我努力让自己放松、平静。我丈夫乖乖走回来，脸上带着孩子般无辜的傻笑。我妈不再开口。她真想去她的大儿子、我的大兄弟家养病吗？这可不是她的真心话。我兄弟连自己的事情都摆不平。前几天深夜 12 点多，我昏昏沉沉被电话铃声惊醒。我儿子接的电话。他很快敲了敲我们卧室的门，“是大舅妈。”他说。我挣扎着起来，经过客厅时发现我妈房间里亮着灯，她穿着那件粉色睡衣，披着外套，整整齐齐坐在床沿上。我抓起电话。

我兄弟媳妇小芬在电话里哭喊着说我大兄弟要自杀了，现在手里正握着一把尖刀。“你们快过来吧，来晚了就出人命了。”她说。

我叫醒丈夫。我们出门的时候我妈房间里依然亮着灯，我凑到门口，让她好好睡觉。

“你兄弟媳妇的电话？”她说。

“没事。”我说，“我们很快就回来。要我扶你躺下来吗？”

“我自己能躺。”她说。

我还是走进去，扶她躺下来，把被子给她拉好，盖上。然后我把纱窗打开一些，屋里的气味太浓了。

我妈在我关灯前冷冷地望着我：“你去告诉你兄弟媳妇，过不了日子就给我滚。”

我们在大院门口拦了一辆出租车直奔西华小区。深夜的昆明就像一堆垃圾泡在水里。我似乎仍在做梦，梦里看见霓虹和路灯把街道和稀少的车辆打磨得闪闪发亮。我依靠在我丈夫肩膀上，几乎睡着了。那种疲惫渗入骨缝里、血液里。我觉得我似乎再也缓不过来了……是我外甥开的门，他伸手指指里间，小芬正趴在床上号哭，我的大兄弟站在阳台上，手里没有尖刀，身上没有伤口。他好好的。我们在沙发上坐下来。我大兄弟搬了一把椅子坐在对面。小芬一边哭一边走出来坐到短沙发上。“这日子没办法过了。”她说，“真没法过了。”事情的原委很简单，他们为了要不要让刚满 20 的儿子找个职业学院学点什么手艺这一事又吵了一架，小芬希望他赶紧工作挣钱，我大兄弟不同意。他们总是为这个那个吵个不停。这天晚上我大兄弟爆发了，他冲进厨房找出一把水果刀，他说：“你还让不让人活？你要我死给你看？”事情变得难以收拾。小芬紧紧抱着他的腿，被他从客厅拖到门外的走廊里，她歇斯底里地喊叫声让满院子的人都听到了；我外甥赶紧跑出去拦腰把他爹从走廊上抱回来。

我大兄弟看着自己的手，那把水果刀就撂在茶几上，寒光四射。小芬用餐巾纸捂着眼睛。我大兄弟说：“跟你这种女人，老子过不下去了。”

“我也过不下去了。”小芬说，“我的脑袋就快炸掉了，我快死了。”

我问我外甥：“你想上学还是想工作？这要听你的。”

他摇摇头，“我还没想好。”他说。

我站起身来，那一刻我觉得我也快散架了。“没想好就继续想。”我说。过不下去就离婚。我想起我妈撂下的那句狠话。“儿子都那么大了，你们凑合不了就不要凑合。就这样。”

我拉着我丈夫走出来。我大兄弟站起身挠挠头。小芬的哭声止住了。我大兄弟要送我们下楼，我说：“不用了，你用不着自杀。明天你就去办离婚。”

我和丈夫回到家大约凌晨 3 点。我妈房间里的灯又亮起来，她仍然披着外套坐在床沿上。我似乎累得抬不起胳膊了，但我还是敲敲她的门：“妈，你怎么还不睡？我扶你躺下来？”

我大兄弟一家第二天就来了，他们说来看看妈，他们很久都没过来看看妈了。他们带来不少东西，水果、营养品、卤菜。小芬卷卷袖子给我丈夫在厨房里打下手。你根本看不出他们头天夜里刚刚发过疯、玩过命。我问我大兄弟："不离了？"他说："再试试看吧。""那就再试试吧。"我说。我大兄弟悄悄塞给我一张存折，"这是8000块钱，给妈看病。"这个仕途上从来没什么希望的小公务员说，"你外甥不想上学，这笔钱暂时用不上。你拿着用。"我犹豫了一下，还是把这张存折接过来了。我大兄弟看看厨房，压低声音说："万一离了，这点私房钱也算是他孝敬妈的一点心意。"我笑笑说："好，我帮你收起来。"

客厅里，我外甥和我儿子正拉着我妈的胳膊做屈伸运动。我妈微闭双眼，对她孙子说："你小时候就喜欢缠着我打争上游，今天我们打一圈试试？"

"什么阴谋？没有阴谋。"我丈夫张大嘴巴，把那顶白色鸭舌帽戴上去。他看起来就像一团肉球。翠湖里熙熙攘攘的人群让人心烦意乱。我开始后悔把我妈带到这么拥挤的地方来了。她是因为受不了乱糟糟的场面才胡思乱想的吗？

"阴谋。就是阴谋。"她转过来看着我，再看看我丈夫，"你们敢拍着胸脯说，你们没对我耍什么阴谋诡计？"她恶狠狠地，眯着眼睛看着荷叶在湖面上摇摆，一阵风掠过树梢，把我的脸划得生疼。

阴谋诡计？我一阵苦笑。但我妈一定认为我在有意掩饰什么。我丈夫无助地看看我。"你把话说明白。"我说，"你必须说明白。"

"养老院。"我妈说，"我听见你们说，要把我扔到养老院去。"

我惊讶地看着我妈。她似乎咬牙切齿，脖子上松弛的皮肤绷得紧紧的。那个唱歌的女人自己报幕说她要来一段《沙家浜》选段。人群稀稀拉拉地鼓了鼓掌。我看见这三个女人已经大汗淋漓。

"我想了一晚上。"我妈继续说下去，"我的病还好得了？人死病断根。我不想再拖累你们。去养老院没什么不好，如果你们还想得起我这个老不死的，隔三岔五来看看我就行。没时间就不用来了。"

"莫说傻话。"我说。

"我都病了10个月了，对吧？还拖累你们干什么？"

"真的莫说了！"我说。

"迟早的，迟早你们会同意，迟早你们会找辆出租车就把我拉到养老院扔在那里的。我不知道那个鬼地方，难说它很适合我这个老不死的。”

“什么疯话啊。”我火了，“你好好听着，我们从来没想过把你送去什么养老院，从来没想把你扔掉不管。”

我丈夫拉着我妈那只动弹不了的左手，用力搓揉肿胀的手指。“妈，如果你觉得我们哪点做得不好尽管说出来。你说出来。但是千万别胡思乱想。你乱想了就睡不好觉，你休息不好怎么恢复？对吧？你要放宽心，吃好，睡好。对吧？”

“我昨晚上两点多起来上厕所，我听见你们说话了。”我妈狠狠瞪着他。她的嗓门又沉又低，似乎每说一个字都用力憋着。“我听见你们说，我越来越麻烦，我不好好吃药，不下楼活动，上了厕所忘记冲水，还把你们的地板弄脏。你们想赶紧找个小保姆，找个人来管着我、看着我你们就解脱了，对吧？”

我妈浑浊的眼中涌起泪水，我掏出纸巾帮她擦掉，她粗暴地把我的手推开。

“我告诉你，你小时候不光掉进三岔河，你还被一匹受惊的马从马车上甩下来。你昏了 4 天 4 夜，是老子天天守着你，4 天 4 夜没合眼。你爹在哪里，你爹那时候被派到四营煤矿出差。我以为你死了，我咬咬牙花了五块多钱给你买了一只老母鸡，熬好鸡汤天天这么喂你，头三天我喂一次你吐一次。根本喂不进去，鸡汤顺着嘴角往下淌。我以为你没救了，丫头。第 4 天你能喝了。我那个高兴啊。那锅鸡汤我没让你两个兄弟喝过一口。我说这是专门给你的……”

我没说话。几十年来这个故事我听了无数遍。但这一次我禁不住浑身颤抖，一股热浪直扑眼眶。我拼命克制自己。那个女人的《沙家浜》唱得像杀猪一样难听。我转过来看着我妈说：“放心吧，我永远不会把你送进养老院。我照顾你一辈子。”

“鬼才相信。”她说，她用拐杖敲打着地面，“鬼才相信。鬼才相信你们说的鬼话。我都听见了。你们早就嫌弃我碍手碍脚。”

我简直不能想象我妈半夜三更爬起来趴在我们房间外面偷听的样子。她一定穿得很少，薄薄的粉色睡衣，没披外套，她瘦骨嶙峋的身体哆嗦着，把耳朵贴到我们的门上听了很久。我和我丈夫的确说了这样的话，但只是一个玩笑，一个念头——住养老院或者请个保姆，这两者当中当然是前者更省钱，也更省心。但你知道，这种话只是说说而已，我们谈论了一下养老院的条件和我们认识的那些住在养老院的老人。我自己倒有个念头，将来老得走不动了，我一定会主动跑到养老院去老实待着，绝对不给我的儿子儿媳孙子孙女们添麻烦。我丈夫也是这么想的，但他还没来得及规划未来就发出低低的鼾声。

“我向你保证，我绝对不会把你扔进养老院不管。我保证。你是我亲妈。”我说。

“就是。”我丈夫说。

我妈终于一声长叹。“我要是给你们添麻烦了，你就告诉我，我不会厚着脸皮待在我姑娘家。我知道，人老了就变成一堆屎了，就是别人的累赘。我不想变成你们的累赘。”她说。

我们站起来沿着湖边甬道往前走，我丈夫跑到前面去了，他想尽快找到我妈熟悉的那座亭子。翠湖到处是亭子，到处是可以歇脚休息的地方。我上次来的时候到处是人，但只要能给我儿子找到合适的女朋友，我宁可被这伙人挤到翠湖里去。我希望我儿子干点别的行当——大概就是他这份干了4年的销售宣传才让他一直找不到姑娘结婚成家的。他在全昆明各大超市来回跑，把一种治疗便秘和一种防皱的药品推销出去。他累得像条狗，而且挣得不多，一旦出现差错还得倒扣钱。去年他因为顾客投诉赔了公司三千。够倒霉的。我让他别再干了。4年里他换了5家公司，但不是推销这样就是宣传那样，换汤不换药。这么下去，他怎么结婚？

我从医院出来那天特地跑到百汇商城，我远远躲在茶色玻璃门外面看着我儿子，他西服笔挺，看起来很精神。他给所有进来的顾客点头哈腰，递上产品资料。这些人离开的时候他看起来累极了。我看见他趴在展示台上，拿出手机拨弄着，后来他抬起头来向外看，似乎已经看见门外这个他最熟悉的女人。我赶紧闪到旁边。几分钟后他已经不在那里了。我给他打了电话。我看着他从茶色玻璃门后面跑出来。“你怎么来了？”他瞪着我说。我把他的领带使劲拉了拉。“我路过。”

我说。“你这是影响我工作。”他说，“出什么事了？”

“没有。”我说，“我最近不舒服，去了一趟云大医院。医生说，体检报告下星期才出来。”

“我帮你取。”我儿子说，“哪里不舒服？”

“我觉得很累，好像怎么也缓不过来。”

“你必须注意身体了。”他说。他回头向商场里张望。“现在客人越来越多，你看。”他说，“我要回去了，现在是上班时间。你回家注意安全。”他说完转身就跑。我看见他拖住三五个顾客，把那些破纸片递上去。

对，这个29岁的小伙子就是我儿子，如假包换。我远远打量着他，似乎不敢相信他已经长得又高又大，早过了可以娶妻生子的年龄。他小时候胖嘟嘟的可爱模样和今天这个开始谢顶、开始长皱纹的男人哪有一点瓜葛？中间的二十多年去哪儿了？

我儿子每周总有那么一两天在外面过夜，他总是说他和朋友唱歌、泡吧、聚会，他说他的哥们猴子和刘冬谁又喝多了、喝醉了，他不得不送他们回家。我知道他干什么去了，这对一个29岁的男人来说不算什么。那个星期五他没回家，直到周六中午才露面，进门后直奔阳台倒头就睡。我在吃饭前把他叫醒。他睁开眼睛，他看起来真是累坏了。我轻轻踢了踢他的床脚：“你要是找小姐的话，最好找高档一点的，不要找那种毛线鸡，就是站在街边拉客的很便宜那种，现在的病太多了。她们浑身都是病，你要学会保护自己。”

我儿子被吓了一跳，他睁开眼睛看着我。“你说什么啊！”他说。但是他脸上突然涌现的羞赧骗不了我。他提高嗓门，“我想睡觉。”他说。他转过身，拉过被子蒙住头。我没再说话。我已经看见我儿子宿夜后的痕迹，脸色发青，眼眶通红。他是该好好睡一觉了。

我搀着我妈往前走，甬道两旁的柔柳迎风摇摆，我丈夫向阳光岛方向跑去，我看着他穿入人群，很快消失不见。我们被人流裹挟着一步步走向阳光岛，每走一步似乎都累得要命。我们看见我丈夫跑回来，他说他已经发现那个亭子，从这里转过弯就能看到，他伸手指指那个缓坡。我看到它了，它灰蒙蒙的琉璃尖顶在太阳下闪闪发亮。但是云层很快从后面涌上来，空气又湿又闷。“要下雨了。”我妈说。她绷得紧紧的，拄着拐杖的右手非常用力，干瘪黝黑的手背上青筋突起。她站着没动，大口喘息。我丈夫转身连走带跑奔向那个亭子，他说他去给我们占两个座位。

“我知道你操心什么。”我说，“你根本不是操心什么狗屁的养老院。对吧？”

我妈站在原地一动不动，她盯着我看，目光像湖水一样冰冷。我转身打量湖面上大片大片的荷叶，那群鸭子又出现了，它们在荷叶下面咂着嘴巴找吃的。

“你担心老二，对吧？你从生病那天开始你就担心他，对吧？你是我妈，我还不了解你？”我看着我妈说。一缕白发从她帽檐下面钻出来，在耳边轻轻颤动。

她咬了咬腮帮子，没说话。

我知道她惦记老二——我的小兄弟。她不可能不惦记他。在她生病之前她一个人带着他住在东郊的老屋里，我们每个周末坐一个小时的公共汽车去看他们。老二从小被当作一个傻子，实际上他只是智商低一点，他数不清楚钱，说话有点结巴而已。其他事情他什么不会干？他曾经把镇上的马车一路赶到呈贡县城再赶回来；我们买回第一辆单车的第二天他就无师自通骑上它跑到海埂钓鱼去了；从前家里的黑狗、花猫全是他养活的。他在某些方面是个能人，他有别人没法比的本事。可是大家都说他傻，他什么都不懂。我妈心甘情愿养了他整整 40 年。他二十多岁的时候我们介绍过一些零活给他干，但要么雇主嫌弃他，要么他自己偷偷跑回来了，说那些活计他干不了。他 30 岁那年，我带他去黑林铺一个村子里相亲，媒人说那女人是个瘸子，35 岁了，她的瘸腿是二十七八的时候被一辆翻倒的拖拉机压断的，开拖拉机的正是她男人。这个倒霉的男人后来在一个采石场放炮，没多久就被炸死了。她就这么孤孤单单过了好几年。这门亲事没准能行。

那天晚上我们深一脚浅一脚赶到黑林铺，媒人带我们进了村，摸黑敲开那个女人的家。那是个黑漆漆的屋子，她家里的电灯光像煤油灯一样昏暗。家里没什么像样的家具。女人招呼我们坐到草墩上，忙着给我们烧水沏茶。我这才注意到她的腿瘸得很厉害，走起路来整个身体向左边猛地摇过去，又猛地摇回来，就像随时可能一头栽倒。老二从不习惯坐着，他干脆蹲到地上去。我把他拽起来。女人和媒人都笑了。女人凑过来看着老二，给他杯子里续上茶水。老二两只手抱着脑袋盯着地面，一动不动。“我想找个能照顾我的男人。”女人说。她的模样也还过得去，不胖不瘦。“我还有几亩地，”她说，“这两年都靠我三个兄弟帮忙料理，我还有一个小卖铺，就在村东头那棵大梨树底下，平时我卖点瓜子花生，生意还可以，日子是过得的。”她坐下来。媒人赶紧帮老二说好话。女人又凑近了问老二：“你能管账吗？给我的杂货铺管管账？”老二使劲摇头，还是把脑袋埋在两只大手里。女人笑了笑。我告诉她，老二就是算账不行，从小不会计数，但可以给她当个好帮手，他有的是力气。女人又笑了笑，“可我真的想找个能给我管管账的男人。”她说。

就是这样。第三天媒人就告诉我这件事黄了。后来我们就没再给老二相过亲，这不是一件容易的事情。老二都 40 岁了。他和我妈在老屋里过得挺好，直到我妈中风。那天是老二找到我给他的记着电话号码的小纸片、在老屋外面的小卖部找人帮忙拨通我电话的。那天他还是结结巴巴，但是嗓门像打雷。“妈昏倒了。”他说，“她昏倒了，昏倒了。”

现在，我拍拍我妈的手背。“老二的事情你用不着操心，”我说，“这事情有我。”

“有你？你也把他送到养老院？”我妈说。

“你记着，老二是我亲兄弟。我怎么会扔下我的亲兄弟不管？”

我妈没说话。我们站在树荫下面，那里刚好有一只长凳空出来，我们走过去坐好。风越来越大，把我们头顶的柳枝吹得啪啪直响。

“老二安顿好了，我可以放心走了。”我妈说。她看着柳树、湖水和远处翠湖北路上来来往往的汽车，沿岸高大的圣诞树把整个翠湖包围起来。

“放心吧，老二我会管好。你也会利利索索好起来。慢慢地都会好起来。”我说。

我妈生病之后，我把老二送到嵩明县一个朋友开的黄磷厂里给食堂烧锅炉，管吃管住，每天还发给他四支纸烟抽，当然没什么报酬。老二干得挺好的，他给我们打来电话，说这里的人对他都不错。我让他好好干。“你要懂事，老二。”我说，“你好好的，妈就放心了。她的病就好得快一点，就能多活几年。懂了吗，老二？”老二说他懂，他什么都懂。

我把老二送走后去过老屋一趟，那里还算整洁，看得出老二走前认真收拾过，床铺叠得整整齐齐，厨房的水龙头拧紧了，地板干干净净，他还把门头上的电闸推上去了。我在外面的小院里坐了坐，想起老二小时候经常和我大兄弟跑到后面的三岔河捉鱼逮泥鳅，六七月份秧苗长到一尺多高，他们跑到黄土坡附近的田埂上，用细细的钢丝穿上蚯蚓钓黄鳝，回来后用一块木板把黄鳝头牢牢压住，再拎一把牛角刀顺着黄鳝的脊骨一点点往下剔肉，那种吱吱声让老二乐不可支。他会拔下那些黄鳝头扔给院子里的鹅或者鸭子，他蹲在地上看着它们吃得嘎嘎直叫，然后高兴得咧着嘴巴笑出声来，迎着太阳眯起眼睛。

我妈出院后我去嵩明看老二，他一直跑到黄磷厂大门口来接我，然后低着头一直把我带到后院锅炉房前面的院子里。他搬来一把椅子让我坐着，他就蹲在锅炉房门口的一道土坎上。我问他饭够不够吃，老二使劲点头。他的两只手像从前那样抱住脑袋。我认真打量着他，这个40岁的男人又黑又瘦，粗糙的皮肤上有很多深深的皱纹。但他依然腰板硬朗，腿脚利索，你要是再给他一次机会，他一定有力气骑着单车跑到海埂大坝上去钓鱼。

“妈好多了。”我说。

老二笑笑，使劲点点头。眼睛闭起来。

“她现在每天在我们院子里转转，我每天扶着她上附近一家小诊所做按摩。医生说她的脚恢复得很快，手就麻烦了，要慢慢来。”

老二还是点点头。两只手放下来抱住膝盖，随后又抬上去了。

阳光暖暖地照着，这个泥地的院子里只能听到烧锅炉的呜呜声，甚至听不到黄磷厂机器转动的嘶嘶声。

“你没钱花，饭不够吃，被人欺负要记得打电话跟我讲。但是活计一定要好好干，别让人家把你撵走。”我说。

“嗯。”老二说。

“你那个外甥还是找不着个女朋友。他挑花眼了吧，他没救了。”我说，“他到底想找个什么样的啊？漂亮的？漂亮姑娘照顾不了他，也看不上他。找个不漂亮的，会过日子的？也不好找。前几天领回来一个，很快就吹了。我看是他自己的问题，老二，你说是不是他自己的问题？他根本不会和姑娘打交道。姑娘是要哄的，要花钱、花时间。不是随随便便就跟你好。对吧，你说我说的对不对？”

老二低下头望着地面嘿嘿直笑。

“你姐夫也挺好的，他好像又长胖了，他现在喝凉水也能长膘。我也挺好，我没什么不好的。”

老二还是咧着嘴笑，他望望院子外面，又望着地面。

“你哥你嫂子还是那副屌样。上次你哥居然要自杀。这个没本事的怂男人，他居然拿把水果刀去抹脖子。哪家两口子不闹别扭不吵架？但是你一个大男人要死要活的就太怂了。对吧，老二？”

老二还是不说话。院子里很安静，也很舒服。我真想在这里一直待下去。

“妈现在最记挂的还是你，老二。”我说，“妈活不了几年了。所以，老二你要听话，你要让妈多活几年。我还盼着妈的病好了，再带着你回老屋里住着。我搬过来跟你们一起住也行。我好几个晚上扶她起夜，她昏头昏脑净念叨你，老二。她说她就快见阎王了，担心你怎么办。”

后来老二把我送到班车站。上车前我在一家烟店里给他买了一条红河，又给他一百块钱。“钱要省着花，”我说，“不会数数就问问人家，莫让人家骗你。烟更要少抽，人家每天给你四支烟，够你抽了。不够再往这条烟里面拿。行了，我走了。”

老二把一百块钱贴身塞进衬衣口袋里。我上了班车，让老二回去。他看我一眼说：“大姐，你路上，小心。”他转身就走。我这才发现他那件灰色夹克衫下面的黑色长裤很短，宽大的裤脚就吊在脚踝上晃荡着，下面是一双很旧的翻毛皮鞋，那是前年买的了；他没穿袜子，露出黑乎乎的踝骨。老二很快就走掉了。我坐在空荡荡的班车上，突然想哭出来。但我使劲忍着，我担心被上车的人看见。

我丈夫跑回来了，他在离我们十多米的地方大声说："我找到两个位子，就在亭子里，你们歇一下赶紧过来。"说完他转身跑回去，他担心空位又被别人抢掉。

我问我妈要不要现在就去那个亭子。我妈似乎没有听见，她望着眼前的湖水一动不动，拐杖顺在脚边。她还在胡思乱想。她这辈子操的心太多了。我碰了碰她的手，这双手凉凉的，骨头和关节硬邦邦的。我问她哪里不舒服，连问三遍，我妈终于开口了。"没什么不舒服。"她说，"要下雨了。你闻见雨水的味道了吗？"

我们就这么坐着，好像我们都累坏了累狠了，再也没有气力去找什么 3 年前的亭子了。我还是看不清那座亭子的全貌，更看不到我那个圆滚滚的丈夫——现在我们说说这个 61 岁的男人吧。几个月前他居然跟他们单位一个 50 不到的小婆娘搞上了。那段时间他很晚才回家，我躺在黑暗中也能闻到他身上的香味和酒气。他告诉我他参加朋友、同事或者什么老年协会的活动多喝了点，然后倒头就睡。我根本睡不着。他睡熟后我悄悄起床来到客厅，就坐在黑暗里，看着窗外的昆明沉没在黑暗中，只有稀稀拉拉的灯光在远处闪烁，更远处的轮廓你根本看不清，大片黑暗的阴影简直一眼望不到头。我就这么坐着，能听见我儿子从阳台上发出的轻微鼾声，这声音让我心里踏实。我宁愿整晚听听儿子的鼾声。我似乎想了无穷无尽的往事，又似乎大脑里空空荡荡的什么也没有。我就这么坐着，一动不动。然后我的泪水无声无息地淌下来了。

我曾经问他是不是跟什么女人好上了，他当然不承认。我只好跟踪他，把事情搞得一清二楚。这个女的我认识，刚从他们单位退休。我难过的不是这个男人在我们结婚 30 年后还干出这么出格的事情，而是因为他欺骗我。我每天夜里就坐在沙发上，看着他和我妈轮流起夜。直到一天夜里，他进了卫生间，打开灯，我看着他背对着门，哗哗的撒尿声很快就停住了。他回身走回卧室间的半道上猛然看见我。

他哇地叫出声来。

“你怎么坐在这里?”他说，突然又意识到嗓门太大会吵醒我妈或者儿子。他立即压低声音：“你怎么不睡觉？我的老天!”

“睡觉？你让我怎么睡觉？你让我怎么跟一个已经跟别的女人睡过的男人睡觉?”我说。

他打开灯看看我，又随手关上了。他一定被我流泪的样子吓坏了。他在黑暗中坐到我身边。我问他打算什么时候离开那个女人。他没说话。我们在黑暗中坐了很久，我说：“你说话啊，是离婚，还是离开那个女人。你不要狡辩，没用。我什么都知道。”

他说他当然不能离婚。那段时间最让我困惑的是，怎么还会有女人看得上一个退了休的、胖滚滚的老男人？反之亦然。难道他们不觉得满身的赘肉、满脸的皱纹早就让那件事情索然无味了吗？30 年的婚姻居然无法抵挡一个快 50 岁的老女人的偷袭？他对我忠贞 30 年，不料晚节不保。到底为什么？那天夜里我们就坐在沙发上长吁短叹，我仍然听得见儿子从阳台上发出的鼾声，甚至也能听见我妈低低的磨牙声。我想起我身边这个男人在我儿子一个多月的时候每天晚上把儿子抱在怀里，从床头走向床尾哄着儿子入睡，他经常一路走到天边发白，最后把睡熟的儿子轻轻放下，钻进被窝睡过去，两三个小时后又挣扎着爬起来赶去上班。

关于这个男人的 30 年记忆多得数也数不清，我眼睁睁看着他的头发由黑变白，身材由瘦变胖；看着这个男人一点点变成大街上那些行动迟缓，让你随时心生怜悯的小老头。那天夜里我想到的就是这些，而不是他和一个我认识的女人在一张我不熟悉的床上胡搞。一个瘦瘦的小个子男人的 20 年前甚至 30 年前的形象在我眼前晃来晃去。那时候他多帅啊，下巴尖尖的，鼻梁挺直，眼睛又大又神气。年轻的他再也回不来了，永远回不来了。我一直在流泪，吓得他不敢吱声，只能默默坐着，心虚地坐着。他胖胖的身体似乎在发抖。

“明天我妈上医院复查。”我说。

他没说话。屋子很黑，我看不清他的脸。我又说：“明天全套检查做下来，大概要六百多。”

“六百多?!”他叫起来，好像被蜇了一下，“怎么要那么多?”

“没有便宜的。”我说，“我算过了，全套检查就要那么多。如果减掉一两项，也就五百左右。还是应该做全套的，对吧？我妈放心，我也放心。”

“全套，就做全套的，绝不能偷工减料。”他说。

我妈生病以来，我丈夫的表现没什么可挑剔的，他鞍前马后忙得团团转，每天变着花样给我妈做一道拿手菜，傍晚陪她聊天、说笑；他甚至把我妈爱吃的炒蚕豆一颗颗剥好放到我妈手边的小盘子里，再把她耷拉僵硬的左手拉起来做按摩，一遍又一遍，不厌其烦。

“明天早上我们打个车去医院吧。”我说。但是他说：“儿子的朋友明天开车接他去金马碧鸡坊。我们可以搭一下儿子的顺风车。可以跟儿子说说，让他朋友顺路送我们过去。可以省下四十多块钱。”

我们沉默了很久。后来我说：“我上医院做检查了。”

他吓了一跳：“你？什么检查？怎么回事？哪里不舒服?”

“没什么。”我说，“只是一个常规检查。医生说，有没有问题要等化验结果。我大概是太累了。”

他一声长叹。

事情好像彻底解决了。他再没找过那个女人。

但我还是睡不着觉，我习惯了每天深夜从床上爬起来坐在客厅里发呆。我坐在黑暗中，听儿子的鼾声，默默流泪。我不知道为什么流泪。好像泪水自己要拼命涌出来，止都止不住。每天夜里我看着我妈艰难走出房间上卫生间小便。她颤颤巍巍，从她按亮的灯光中穿过，她满头银发凌乱蓬松，她脸上还带着做梦的痕迹，带着那个年纪的老人特有的衰弱和悲哀。她左侧的身体一直那么硬邦邦的，像块石头。她只好伸出右手使劲扶住门框，一点点转进卫生间。我不想站起来帮她。她能自己照料自己。我不能什么事情都帮她。

我丈夫又跑过来了。这个圆滚滚的小老头冲我们使劲招手。“快点过来吧，我跟乐队的人说好了，我们就坐到他们中间去。”他说。

我搀扶着我妈站起来向阳光岛方向走。我们转过窄窄的甬道，一眼就看到那座位于缓坡上的亭子了，它真没有什么特别的，只不过所处位置比其他亭子高很多，有点鹤立鸡群。它的八角尖顶、斗拱飞檐、琥珀琉璃闪闪发光，四根红色立柱却很旧了。一群玩乐曲的中年人聚集在那里，没有人唱歌，这是一支真正的交响乐队。他们演奏的居然是童安格的《耶利亚女郎》。我看见中间一个拉小提琴的男人——这个瘦瘦的老家伙一头稀疏的长发，脑门光秃秃的，看起来有点艺术家的派头。他竟然用一只很土气的黑布兜背着一个孩子。他非常投入，紧闭双眼，身体随着旋律的起伏微微摇晃。我看不清那个孩子，看上去好像睡着了。

我们走近亭子，我丈夫努力分开亭子外围的人群挤进去。他给我们找到两个角落里的位子，就在这支乐队中间。

我搀着我妈奋力往里挤，后来干脆和我丈夫架着我妈的胳膊把她高高抬了起来，我们掠过人群一直把她抬到亭子的围栏长凳上放好。那个拉小提琴的男人甩甩头发，向我们点头致意。他背着的是个女孩，圆圆的脸蛋，头发有点脏，她居然在音乐声中睡得稳稳的。我看着这个男人，他冲我笑笑，他带领其余的人拉出一支更熟悉的曲子：《友谊地久天长》。他拉得动情而投入，看上去他好像也枕着他的小提琴睡着了。

“那个小姑娘，就是他背上那个，看见了吗？”我丈夫低声说，“那是他捡来的娃娃。他从南窑火车站捡来的，就带在身边了。一年多啦。”

我和我妈说不出话来。

流畅的由小提琴、二胡、手风琴、口琴和长笛共同完成的奇妙音乐不断敲打我的耳朵，外面，隐秘的雷声响起来了，它好像是从最遥远的地方渗透过来的，就像老天爷懒洋洋地打着哈欠向你表示问候。我妈说的没错，大雨就要来了。围在亭子下面的人群果然四散奔逃，向那些有房檐的长廊、水榭、花园奔去；还有不少露天表演的乐队也慌忙收拾家伙一路逃窜，我看见刚才在回廊外面又唱又跳的三个女人正拉着裙子大声尖叫着向大门方向飞奔。这样一来，全翠湖似乎只剩下我们亭子里这支乐队了，他们成了全翠湖最牛逼的乐队。有的听众来不及跑掉，只能挤进亭子抢夺他们的地盘。他们默默收缩，就站在观众中间表演。很快，大雨汹涌而来，打得琉璃尖顶噼啪作响，湖面上、荷叶上的雨点发出更加响亮的啪啪声，这一切都与他们的嘹亮音乐融合起来，闪现出一种低沉柔美的光彩。背着女孩的小提琴手继续闭着眼睛奋力表演，他的琴声悠扬、高亢，似乎就是这支乐团的灵魂。

我闭上眼睛。耳朵里被这些声音填得满满的。中间我丈夫接了一个电话，是儿子打来的。他马上就过来，他说他离这里不远，就在百汇。我丈夫对着我的耳朵悄悄说："他说他等这场雨停了就赶过来。他把你的化验单带来了，他要亲手交给你。他想陪他的外婆走一走。他就是这么说的。"

我没有睁开眼睛，也没有说话。我仔细辨认小提琴的旋律。这个四五十岁的男人居然收养了一个弃婴。你能听到他在琴声中抱怨什么吗？我紧紧握住我妈那只不会动弹的左手。她的手热热的，变得细小、柔软，真像一个孩子的手。我又听到我丈夫悄悄说："他说他还要带一个姑娘过来给你看看，他刚认识不久。"

我睁开眼睛。外面的细蒙蒙的雨丝飘散进来，湿漉漉地刺入眼底。那个小提琴手背上的孩子还在沉睡。我握着我妈的手，我想，这只手会好起来的。

德罗巴的雷峰塔之夜

迪迪埃·德罗巴，切尔西和科特迪瓦国家队主力中锋，国家队队长，曾三获英超冠军、两夺英超金靴。德罗巴被誉为当今世界球坛最出色的强力中锋之一。2012 年 6 月 15 日，德罗巴以 2000 万欧元身价成功转会上海申花，将于 2013 年正式登陆中超赛场。此举被众多中国之外的德罗巴球迷认为“最愚蠢的疯狂之举”。谁也不明白，一位世界级前锋为什么要在足球极度落后的中国结束自己的职业生涯。

波音 737 一头扎下暮霭，起落架狠狠撕扯跑道的呼啸像刀片划拉我的脸。从伦敦飞来杭州的德罗巴睡了还是醒着？10 天前，伟大的魔兽在慕尼黑安联球场捧起欧洲冠军杯，这趟长途飞行就像对一个伟大冠军的奖赏或讽刺。眼下，瓢泼大雨正在吞噬楼房、行道树和稀稀拉拉的汽车，从嘉兴登陆的台风即将袭来。我比谁都期盼德罗巴走下舷梯，一脚踏上萧山机场干燥的水泥地面。

我叫杨璇，英文名是 Lucy。我 27 岁。他们说我还算漂亮。

他没带护从，一米八九的大高个非常扎眼；一切都黑乎乎的：炭黑肤色、黑色棒球帽和宽边墨镜，阿玛尼黑色休闲西服，黑牛仔裤，黑色平底帆布鞋，黑色嘴唇深处嚼动着口香糖；和电视上那位彪悍的德罗巴不太一样，魔兽明显被十九个钟头的长途飞行折磨惨了，他沉着脸朝我手里的牌子走来；除了小小的黑色耐克双肩包，没一件多余的行李。

他摘下墨镜。“你好，Lucy？”他冲我伸出大手，“可以叫我迪迪埃。”

我笑着和他握手——这只宽大黧黑的手有些凉，我猜他的心跳频率一定很低，缓慢的血液输送导致肢体末端温度不足。我带领魔兽穿出人群走向停车场，一路上他居然没被认出来。我那辆蓝色 1.6 雪佛兰待在角落里。车身很小，他有些笨拙地挤入后排，似乎很难在娇小的车厢里容身。车子驶向杭州，梧桐阴影像接连不断的梦境划过车窗，德罗巴显然对我生活的城市不感兴趣，尽管它和伦敦差别很大。我知道他为什么懒得开口，只有我知道。不仅因为疲惫，更因为共同的无奈和厌倦。快到西湖时我看见雷峰塔在夕照山巅若隐若现，仿佛插入水中的铅笔。我问他听没听说过白蛇和许仙的传说，他摇摇头。“那可是一个经典的爱情故事呀。”他没吭声。敞开的天空没有星星也没有月亮，空气里弥散着湖水腥味和梧桐清香，这是六朝杭州特有的气息。

说真的，我对杭州真是烦透了。

西湖大酒店，乘电梯直达 16 层，还是没人认出这位黑金刚似的大人物就是十天前在拜仁慕尼黑安联主场绝杀主队的著名魔兽。1608 号总统套房视野开阔，从阳台上就能俯瞰灯火阑珊的西湖。我想我该走了，同时反思是否过于冷静——该吊吊他胃口？或者，请他喝上一杯？必须有足够的耐性，否则整个计划随时可能崩盘。

“迪迪埃，你休息吧？”

德罗巴卸下双肩包，优质羊毛地毯吸走所有声音。他抬腕看表——那就是一块普普通通的电子表，没准是产自温州的杂牌水货。“10 点 15 分。”他说，“这是切尔西上午训练的时间。在斯坦福桥球场，很多球迷九点半就跑来看我们训练……”他似乎喃喃自语，转身看着我：“下楼喝一杯，好吗？”

这正是我想要的。晚风在茶色玻璃窗外敲打。我的心跳一定很快，都没法闻到羊毛地毯酥软的奶油味儿了，被橘色灯光填满的房间有点闷。典型的杭州初夏之夜。从窗口你无法鸟瞰西湖夜景，只有零落的光线来回滑动，雷峰塔迷失在比黑暗更黑的树影之中。

出身贫寒的科特迪瓦人在巴黎和伦敦学会了绅士风度，他让我待在酒店大堂吧松软的沙发里，亲自走向吧台，很快端着两杯橙汁回来了。服务生冲我兴奋地招手——大概认出了他，可又没那么确定。我喜欢深夜酒吧间的慵懒神秘。背景音乐是蒂朵的老歌，深沉而伤感。

“好吧，说说俱乐部报价。”

我吸一口橙汁：“年薪1000万欧元，税后。”

“知道广州出多少？1700万。”

“据我所知，广州恒大顶多800万。”

“还有上海，”魔兽咄咄逼人，“上海申花1500万哪。你们杭州绿城好像并不真的希望我来。”

我抑制着激烈的心跳：“不可能。上海申花不在竞争之列。再说，我不是已经给你汇出了20万首付款？”

“科特迪瓦阿加尔部落男人从不撒谎，我可以给你我经纪人的电话。”

短暂的沉默。蒂朵的歌声像一群鸽子掠过黄昏。

“可我还是来了。”他有些沮丧。黝黑的脸和周围的幽暗融为一体。“我完全可以委托经纪人搞定一切，如果你不是那么肯定地说，一旦我亲自来，就能在明天早上，最迟下午5点之前拿到750万——不，730万欧元预付款。”

“没错，730万。放心吧！”

他盯着我的眼睛，宽阔的眼白亮如灯盏。

“你明早就能拿到俱乐部支票。我保证。前提是——我在邮件里说过……”

“救你男朋友。”他说，“什么时候，现在？”

“明晚也行。如果你太累——”

“走吧，我一点不累。”

20分钟后，我们在宽阔的黄龙路上疾驰，梧桐阴影连绵不绝，金色路灯把天空撕开。我告诉德罗巴，我的男友李果曾经是职业球员，退役后开了一家生意糟糕的网吧，我不可救药地爱他。如今，他20年的专业积累只能在业余联赛中撒野，随便对付那些腆着啤酒肚的老傻瓜。不久前，他和一个20岁的姑娘搞上了，我抽他耳光，他差点揍断我的鼻梁骨，我落荒而逃。3 天后他找到我，跪下来讨饶认错，我心软了。这之后他的表现没什么可挑剔的，直到上个月，他撂下洗了一半的碗筷下楼买盒香烟，再没回来。

“他在庄家手上。”我说，“23 天了。整整 78 万！”

“我真的管用？”

“你可是伟大的魔兽啊！”

雪佛兰仿佛在梦境里狂飞。河滨路灯光稀少，一轮上弦月照亮左侧的西湖，波光在梧桐树后闪动，像一排排尖刀。

“当年巴黎马赛区也有一个小公园，有一片美丽的湖。”德罗巴低声说，“我和我女朋友常去湖边约会。那儿有野鸭和田雁，湖水平静清澈，我们把身上的零钱掏给流浪汉——他们经常点起篝火，围在火边发呆，把啤酒倒进火里。”

当年勒芒少年队主帅不许 17 岁的迪迪埃谈恋爱，天赋异禀的科特迪瓦人必须专心致志，一旦被大牌俱乐部看上，何愁美女？德罗巴哪听得进去？他的姑娘住蒙彼利埃区，他每天训练结束就搭乘地铁穿越大半个巴黎去找她，有时候干脆在她租来的小屋里过夜，次日清晨搭最早一班地铁赶回。她也会混入零星球迷中间溜进勒芒训练营，远远待在看台角落里看他踢球。没人认出她来。

1996 年球队去德国拉练 4 个月，不许任何人返回法国。出发那天，姑娘追着球队的大巴飞奔。教练命令停车，同意德罗巴下车和姑娘道别。他们在车下拥吻。大巴静静等了 3 分钟或更久。德罗巴上了车，姑娘渐渐变成巴黎街头的一粒小小的黑点。他紧握着她交给他的一枚小小的象牙匕首吊坠，走到教练面前真诚道谢，教练抬手抽他的耳光，骂他是没出息的科特迪瓦黑猪，把他手里的吊坠一把夺过扔出车窗。德罗巴跑到最后一排低声哭泣。他回过头，浓密的梧桐早就淹没了街道和泛黄的白石房子。教练说，没想到他女朋友也是黑鬼，原以为德罗巴迷上了巴黎某个金发碧眼的小美女。

“她和我都来自科特迪瓦的贫民窟。我们青梅竹马。”

“艾拉。”我脱口而出。

魔兽甜蜜地笑了：“我的头一个姑娘，也是唯一一个。”

现在我没法断定德罗巴的到来对我以及阅读这个故事的你们究竟意味着什么。我只想认真复述那天夜里发生的一切，至于魔兽最终选择了杭州绿城还是广州恒大，这不是我关心的问题。我只是俱乐部小小的兼职翻译嘛（有引援或外事活动才有用武之地）。如今，持续3天的大暴雨让我情绪低落。我真想逃离杭州飞往一个陌生城市，比如昆明，丽江，香格里拉……我想心平气和地度过自己40岁前的生活，摆脱现状的愿望远远超过你们的价值观，超过你们小心维持的生活平衡，超过每天买两份固定报纸、一日三餐从小区里3个小饭馆来回点餐的可怕惯性。谁说不行？谁规定我只能待在一个邮票大的角落慢慢老去和死掉呢？

德罗巴需要这笔钱——750万欧元吸引他从切尔西飞抵杭州，它能让艾拉延续治疗。阿布，冷血的切尔西金元国王一个子儿都不愿意掏，理由很简单，魔兽不再是切尔西的一员，34岁的他没被续约。只有魔兽的哥们马卢达拿出200万欧元帮他，但这远远不够。

待在德国的4个月，德罗巴和艾拉每周通一次电话。结束拉练回法国后他立即赶往蒙彼利埃，但咖啡馆顶楼的小屋里没有艾拉。房东说："她昨晚被送进医院急救——她喝醉了，掉进马赛公园湖里差点淹死。她不会游泳，而且烂醉如泥，是几个同性恋救了她。"德罗巴赶到医院。艾拉瘦得像只小鸟。他握着她的手号啕大哭，让人依稀想起刚来法国闯天下的科特迪瓦小男孩。8年后，她成了他的妻子。艾拉，全世界球迷谁不知道她？

魔兽望向窗外，月光和灯光洒满额头。之后的故事我再清楚不过了——4年前德罗巴和意大利名模伊丽莎贝塔·卡纳莉斯爆出婚外情。艾拉像冰山一样隐没在丈夫的绯闻背后。我追问德罗巴细节，心里早已知道他不会说的。他果然保持沉默。汽车发出单调的嗡嗡声。驶入人民路不久，德罗巴开口了：

"2009年8月，我在西西里遭到几名黑手党绑架，他们向艾拉索要800万欧元，勒令我远离丽莎贝塔·卡纳莉斯。钱是借口，威胁才是目的。我这才知道卡纳莉斯是黑手党党魁洛尔迦的秘密情妇。两天后，艾拉带着现金前往西西里火车站。两名壮汉用AK47顶住我的脑袋，直到艾拉交出赎金，他们才礼貌地把我推向她。连续 7 天囚禁把我吓坏了。他们揍过我，只给我喝西番莲汁，问我各种赌球问题，我的直觉帮他们赚了一大笔钱，他们这才给我端来面包和火腿。我奔向艾拉，流着泪祈求她的原谅。她紧紧拥抱我，没有半句责备。”

我们驶入西市区，灯光稀稀拉拉，低矮的小区楼房千篇一律。我们距离西湖越来越远。

“所以，为了艾拉，我非来不可。”

“她好点了吗？”

魔兽没吭声。他轻轻咳嗽的样子又酷又性感。

艾拉是在他抵达拜仁安联球场踢决赛的当晚出的事——她的丰田吉普在切尔西区被一辆大巴狠狠撞击，艾拉昏迷不醒。德罗巴刚刚尝到的冠军骄傲立即被噩耗瓦解，他带着巨大的痛楚从慕尼黑直飞伦敦；艾拉的科特迪瓦国籍需要支付 1300 万欧元的治疗费；他傻眼啦，他和艾拉的账户居然只剩下区区不足 2 万欧元。

魔兽从后座向我探身，一字一顿地说：“Lucy，如果明天就能拿到 750 万欧元，我会在杭州踢满 3 个赛季的。我发誓。”

“我发誓，你一定能从宋总手里拿走这笔钱。只要救出我的李果。”

凌晨 1 点，我们抵达城西观澜小区。在漆黑的没有一棵树的大门口，王重叼着烟，站在 24 小时营业的杂货店门前。我让德罗巴等着，下车走向他。

我说：“我必须带走李果。”“一手交钱一手放人啊美女。”他说。“我没那么多钱。”我说。王重笑了。我第一次见他的时候他还是李果的队友兼兄弟，现在他就是个狗杂种，我恨不能宰了这个杂种。“不是小数目啊，妹妹，”他说，“不是 78 块，是整整 78 万！不是我跟老李过不去，是澳门庄家跟我过不去。”

“那我跟你赌一把。”

“拿什么赌，你？”

“滚！跟你还能有什么好赌？”

王重哈哈大笑，露出被香烟熏得漆黑的烂牙：“欧冠都踢完了，德罗巴在安联球场头球破门，切尔西捧起冠军杯。你还跟我赌什么？”

“我赌德罗巴不在欧洲，在中国。”

他恍然大悟。“你一定听说他来中国了？不是广州恒大，”他盯着我，“是上海申花。”他吐出的烟雾在黑夜中弥漫。“你一个美女那么热爱足球？李果手把手教的吧？”

“不在广州，也不在上海，没准在杭州。”

“狗屁。”王重哈哈大笑，“要真在杭州，见他一面我立马死了也值。”

“宁可不要李果的78万？”

王重闻出味儿来了：“杭州绿城？不可能！但也不是不可能，中国这帮二逼俱乐部都疯了。你想说什么？你见过德罗巴？真在杭州？”

“如果德罗巴手把手教你踢上两脚，我就带走李果。你还能索要德罗巴的帽子、墨镜和签名。”

王重像只鸭子一样哈哈大笑：“你疯了，杨璇，脑子进水啦？你只是个小小的兼职翻译！你要真能让我见到魔兽，那78万就当我孝敬老李的，要是你逗我开心，我会卸他两条腿。”

我手心冒汗，拼命抑制激烈的心跳，让他把李果叫下楼；他一面打电话一面偷看我鼓鼓囊囊的背包，琢磨我一定带了足够的钱。我耐心等待，远处传来汽车轰鸣和醉鬼的吵吵嚷嚷。一串脚步声由远及近，走在两个家伙前面的李果明显胖了，也比23天前白了。他满脸惊喜，大步向我奔来。“我就知道你不会丢下我不管！”他叫喊着，勒得我胸口生疼，捧起我的脸使劲亲，他满嘴烟臭。我扭过头。他瞪大眼睛：“怎么，嫌弃我呀？”他两只手罩住嘴巴像条狗一样使劲呼气。

我们前往小区灯光球场。所有人都莫名紧张，似乎我叫来了警察。但他们知道我没那么傻。他们什么都干得出来，比如把李果扔到荒郊野外砸碎他两条腿或剁掉几根手指。我回头张望，娇小的蓝色雪佛兰趴在街对面的梧桐树荫下，灯光清冷纯洁，人民路一片雪亮。

“偶像驾到。”我咬着李果的耳朵说。他没反应过来。我又说一遍，他眼珠子快掉出来啦。

他当然知道我将用什么方式救他。我给他发过短信，用D字母代替魔兽。这20天来，D字母的重要性绝不亚于切尔西拿到冠军杯。

我狠狠给他一巴掌：“离开那个小婊子！”

他惊慌失措。

“杂种！”我冲着他那张漂亮的脸低声说。

他把我拽到胸前，使出浑身的劲儿拥抱我，差不多快把我揉碎了。

“宝贝，我的宝贝！”他低低的嗓门像羽毛在我耳边拂过，我差点哭出来了。

是王重的奚落把我们分开，让我果断走向雪佛兰。他们远远站着没跟过来。我拽开车门之前往后看了看，李果和王重交头接耳。1.89米的德罗巴像一头不可思议的巨兽钻出车子，像埃菲尔铁塔矗立在杭州深夜。他摘下棒球帽，晚风撩起他标志性的斗牛士般的小辫子。他冲王重、李果挥挥手。

四个男人被雷劈了一样目瞪口呆，杂货店灯光向前倾泻，让我无法看清他们的满脸蠢相。

王重和李果坚持和德罗巴踢两脚，魔兽只好答应，他知道这是证明自己的唯一办法。看守小区灯光球场的老男人收了王重100块小费，为我们打开5只3000瓦的夜光灯；球场很小，两道孤零零的小铁门立在两侧，人工草皮闪闪发亮。

此时王重的两个手下待在场边，原职业球员李果、王重来回慢跑；他们窃窃私语，打量德罗巴的眼神像小偷一样猥琐而兴奋。德罗巴用脚尖娴熟挑起足球托在手中，左手食指顶住它，右手轻轻拨动，让足球在指尖呼呼旋转。李果、王重要求德罗巴瞄准对面那个5人制小球门射5个球。德罗巴让他们先来。李果把足球放到场地这头，正脚背连进3个。我象征性地为他拍拍巴掌。他浑身哆嗦着退回来。王重成绩稍差，只进了2球。他紧张地长吁短叹，像个从没踢过球的小屁孩。轮到德罗巴，他要赖般地用脚弓轻轻把皮球推入球门。李果、王重纷纷抗议，德罗巴笑着脱下休闲帆布鞋，亮出黑脚丫，稳稳后退两步，上前正脚背发力抽射。足球像一粒白色的子弹直奔球门。随后4个球进了2个——这样一来，他和李果居然打了平手。

德罗巴哈哈大笑。李果冲他伸出大拇指。

“我们走吧。”德罗巴说。转身望着李果和王重：“可以走了吗?”

老奸巨猾的王重不再笑了，要求玩点别的。魔兽走到罚球弧位置，背对球门，以一个匪夷所思的动作将足球背向挑起，脚后跟轻轻磕动，它像精准的核弹飞越场地直入网窝。在场的男人们全傻啦。德罗巴大步捡回足球，一边让它在指尖上旋转一边示意李果和王重试试看。

但这两个家伙连背身挑球都做不了——我头一次见李果这么狼狈。足球总是无法从他两脚之间听话地蹦起来；试了很多次都失败了。王重更差劲，蠢笨得像业余的傻瓜。他们满头大汗，足球在空荡荡的夜晚来回蹦跳，发出啪啪的无情嘲弄。他们只好停下，又羞又急地寻求偶像的援助。

德罗巴亲自示范背身挑球的诀窍。李果和王重试了十多次终于成功。两人高兴坏了，大喊大叫着击掌祝贺，一起奔向德罗巴狠狠拥抱他。当他们小丑般的情绪平息下来，我对王重说：“该走了。”

我们上车时王重和两个家伙都没阻拦，连一句过分的话都没说，王重拼命让德罗巴往他们三人的T恤上、背上、前胸上签名，还索要了那顶棒球帽，德罗巴一一满足。满头大汗的王重亲自给德罗巴拽开车门，小心翼翼问他明天能否共进晚餐，德罗巴不置可否。我发动汽车，一脚凶狠的油门总算把王重甩了。雪佛兰冲上乐怡路，我长长吁了一口气。李果向德罗巴问这问那：什么时候回伦敦的、欧冠奖杯重不重、那记头球绝杀什么心情……他像个蹩脚的小报记者。德罗巴一笔带过或拒不回答。李果总算知趣地安静了，几分钟后，他向我复述这23天是怎么挺过来的：每天和王重及其手下打麻将，竟然赢了他们3000块；他不满王重的高额利息，被揍了一顿就再没异议了。“他们打我的下巴。你看看，还青着吧?”他仰起脸凑近我。在他看来，23个白天和夜晚没多大区别，他早就做好了最坏打算：如果自己的女人没法凑齐78万或找来德罗巴，他将失去左手或左脚，绝不能是右手或右脚。他那位名叫赵小津的小美女彻底消失了。“患难见真情啊。”李果不停唠叨，旁若无人地亲我的嘴。

“一切顺利？明天怎么安排？”他终于消停了。

“今晚，你回去就预订昆明的机票。明天最早一班飞机。”

“遵命，宝贝。”他笑得像个白痴。

后座上的德罗巴默不作声，我们差点忘了他的存在。魔兽大概做梦也没料到他的中国之行将两手空空。我的心脏连续发出虚弱的响声，就像几枚钱币掉进一只罐头盒子里。我们小时候不就经常这么干吗，用铁皮罐头盒存钱，当你手里小小的镍币在它底部发出清脆的回声，你简直幸福得仿佛看到钱存够了买回一只洋娃娃的美妙未来，而未来离你一点都不远。你只要把钱一分一角不停存下去就是。李果在我小区门口下了车，我答应他把魔兽送回酒店就回。李果像个孩子一样摸我的胸，低声说他洗好了等我，这二十多天真是想死我了。最后他和德罗巴握手道别。雪佛兰掉过头，我从后视镜里看见他一直站在空空荡荡的小区门口，从前满不在乎的得意相已经被莫名的失落取代。他一动不动，目送我们缓缓驶向灵隐路，向西湖大酒店一路飞驰。他从镜中消失的影子让我想起巴黎街头的艾拉。我心里热浪翻滚，想象自己的脸一定红透了。当然啦，待在后座的魔兽没法看到。

在酒店大堂，我告诉魔兽明早8点接他前往绿城俱乐部，宋总将把730万欧元的支票亲手给他。

魔兽彻底放松下来。“不再喝一杯吗？”

“不啦。”我很累。

他笑了：“谢谢你，Lucy。谢谢。”

他冲我伸出手。这只石头一样微凉的大手让我的心脏一阵狂跳。凌晨3时47分，酒店大堂只剩下我们，身高不足1.63米的我必须抬头仰视他。魔兽的微笑温暖平静，我身体里像有只老鼠在狠狠撕咬——你们即将知道这是为什么。我真担心脱口说出谜底。我挣脱他的手疾步走向旋转门，似乎听到魔兽喊了一嗓子，我没回头。我出门直奔雪佛兰，拽开车门跳进去，哆哆嗦嗦插入钥匙，发动，全速冲上幽暗的大街，似乎弥漫着薄薄雾气的路面洒满细碎的光亮，远方埋入黑夜。我奔向家，奔向李果。这个消失23天的男人，一定在床上幸福地等我。

他没在家。

我洗了澡，吃了一个苹果，打开电视看一场没头没脑的足球赛，这才意识到李果真不在家。他关机了。我呆坐在沙发上，夜晚无比漫长。我差不多每半小时打一次电话，全被告知关机。

大约凌晨3点接到他的短信：宝贝，谢谢你的德罗巴。我和赵小津约好了去泰国芭提雅游泳。另外，王重从德罗巴身上挣了100万。记得那个小区球场保管员吗？那是王重的老对手，一个大老板，我和老王联手赢了他。因为他根本不相信我能把德罗巴弄到杭州来。再见了。我赌球没输80万，只是800块，我打麻将全赢回来了。再见。你对我真好。

我无论如何该向德罗巴道别。

清晨，西湖大酒店1608房的电话一直无人接听。我估计他自己想办法去了绿城俱乐部。我知道他将得到什么样的答复——作为整个事件的策划者，我必须告诉你杭州绿城根本没打算引进德罗巴，当我在英国太阳报网站看到德罗巴妻子急需治疗费的消息后，我知道我和李果的机会来了。但是现在，李果这个杂种，他把我们手挽手飞向昆明的画面彻底粉碎，他临时撤换了女主角。我一直以为丽江的玉龙雪山一直在2000公里之外呼唤我，就像雷峰塔呼唤许仙一样。

白天我没吃一口东西，久违的乏力感直透骨髓，让我没法从沙发里起身。电视一直在播放没完没了的足球赛，那是李果订购的足球频道。天色越来越暗，我爬出沙发，随便洗把脸就出门了。晚饭后在小区里散步遛狗的男人女人神色悠闲，只有我，大概只有我像死人一样满面沧桑。一阵大风袭来，我知道这是登陆嘉兴的台风前哨，大约12个小时后登陆杭州，届时全城的人都将躲在家里祈求它赶紧过去。总会过去的，无论好坏，都会过去。我不想开车，出小区大门往左，沿着还算整洁的黄龙路往前走，抵达西湖边时大风神奇止歇了，像疯草一样摇晃的梧桐安静下来，街上行人稀少。突然放晴的天空像剖开的苹果，一弯上弦月破云而出，西湖满眼波光，夕照山匍匐在幽暗中，雷峰塔时隐时现；西湖大酒店亮闪闪的尖顶出现在另一侧，离这儿不足一公里。

我打开手机。魔兽的电话来了。他应该找了我一整天。

“Fuck！我该亲手宰了你！他大声狂吼。我像个小丑一样跑到一个毫无名气的中国俱乐部讨要根本不存在的730万，德罗巴的名声被你毁了！我已经通过大使馆报警。你等着瞧。”

“迪迪埃，你在哪里？”我快哭出来了，“对不起，对不起。能见你一面吗？我被他们骗了——”

“还想玩什么花招？等着警察来抓你吧！”他挂了电话。

浓黑树影和刺眼波光来回交织，我像被捆着，勒着，头疼欲裂，脑子里像塞满碎钉子一样雪白尖利的空洞，似乎有人在我耳边反反复复说话，像挥动锤子的砰砰声，又像一堆不相干的家伙连续不断地埋怨和谴责。断桥边的空地上有几个孩子在玩滚轴溜冰，很快跑掉了。我顺着桥面往上走，突然感到身后的呼啸几乎把整个花岗岩石桥掀掉。不用回头就知道是德罗巴，科特迪瓦人的脚步惊天动地，我被逼向岸边；他扑向我的瞬间犹如掀起巨浪，我还没来得及回头就像断线风筝飞向漆黑的水面。冰冷的湖水把我一口吞掉。在忍住刀子戳入鼻孔般的疼痛和惊恐之后，我冲出水面向断桥上无法辨认的魔兽大声呼救。他就待在黑暗中，和黑暗连成一体，我什么也看不清，什么也看不见。冰冷的湖水捅进我的嘴巴我的喉咙，暴躁的窒息感拽着我急速下沉。

我不会水呀。从来不会。我记得我在高喊救命，同时清晰地感到坠向湖底时竟然产生了莫名快感。此后的情形仿佛在我短暂的记忆中蒸发——一个记忆的黑洞，让过程变得模糊不清。我知道是德罗巴跳下来托我上岸的，接近昏迷的混乱中我剧烈咳嗽，呕吐，大口喘息。李果消失的空虚感重新回来了，像冰冷的湖水一样锋利沉重，在我太阳穴两侧狠狠抽打，让我放声大哭。我两手紧紧攥住德罗巴，似乎担心他也会消失不见；他坚实的肌肉和体温就在眼前，我被他抱住又放下；他脱下阿玛尼铺展在桥面上，让我躺好。我睁大眼睛，薄薄的弯月正从高高的柳梢划过，月辉清亮无比。我的哭泣仿佛是冲它去的——凭什么它永远这么冰冷超脱？凭什么它就能永远保持不容侵犯也绝不改变的酷劲儿？

“没事吧？”魔兽大声说，“……我不是故意的，我从酒店大堂看见你走过来……所以……”他直摇头，黝黑的脑门在月光下闪闪发亮。

我低低啜泣，浑身湿透但一点不冷。我看见水珠子沿着魔兽的发辫、下巴和紧绷绷的白T恤往下淌。他坐我身边呼呼喘息，宽阔的眼白有些吓人。

我不再哭了。突然觉得失态而丢脸，还会让他误解为狡猾的装模作样。湖面的细浪把月光一点点撕碎又一口口吞掉。他没头没脑问了几个问题，我似乎全没听见，也就毫不理会；冷风吹来，真冷啊。那种突然降临又成倍放大的刺痛比跌入冰窟还糟。我蜷缩起来，紧紧抱住自己。

不知过了多久，他焦躁的催促和安慰（半真半假吧）终于发挥作用，我开始把事件经过详细告诉他。月光像锋利的冰碴在我身体里来回敲打。我闭上眼睛。全是李果。泪水再次不争气地涌出来。德罗巴低声说：“好了，好了。我相信你。我宁愿相信你。”他伸出大手为我擦掉眼泪，它比湖水还凉，反复刮擦我的脸。我厌烦地把它推开。

“可以报警啊，”他说，“报警吧，如果你说的全是真的……”

我坐起来。湖滨路一片漆黑，月光冰冷刺眼。断桥在德罗巴两侧展开，雪白的花岗岩又滑又硬；柳树梢掠过桥边栏杆时发出唰唰声；魔兽结实的身躯让人想起他所有的经典战役。这头健壮的科特迪瓦猎豹，令人闻风丧胆的足球枭雄，你没法想象我居然和他湿漉漉地呆坐在中国的西湖岸边。

他一声长叹：“酒店的人说，这里是白蛇和许仙第一次碰面的地方？”

我无力回答。

“给我讲讲这个传说，好吗?”

我想了很久才开口。告诉他白蛇如何爱上许仙，又如何被法海压在夕照山头的雷峰塔下。魔兽抬头张望。桥下水波轻轻拍打堤岸的呢喃声持续不断，月光锋利洁白，德罗巴似乎被这个古老的传说镇住了。

“这故事让我想起艾拉的车祸。”他说，“是黑手党精心策划的。当年我迷上卡纳莉斯，艾拉只好参与赌球，差不多输光了所有的钱，否则我随时有生命危险。现在你知道为什么我们只有区区两万欧元了？为了治好她我什么都愿意。我以为我跑遍这个地球也搞不到救命的750万，除了中国杭州。你真聪明，一个小小的兼职翻译居然能编造这么完美的引援计划，还通过瑞士银行给我转来20万首付款——我猜我永远无法取出来。干得真漂亮。就为了那个不要你的小男人?”

“对，就为了那个不要我的小男人。”

德罗巴似乎累极了。“你说我该怎么办，跳进你们西湖里睡大觉不让那帮狗屁医生找到我?”他笑了，声音在黑魆魆的湖面折返，“我明天就走，明天一早回伦敦。”

“别再恨我。求你了，迪迪埃，求求你。”

“你非常爱他?”

我一声不吭。

他凝视着我：“Lucy，我们扯平了。”

远处的雷峰塔闪出一丝金黄，那些精巧、复杂的古典轮廓简直美到极致，它远在天边，又近在咫尺。一片厚厚的云彩很快把所有光线抹掉了，就像我被擦掉的泪水和他消失在黑暗中的黑色手指。

“对不起，真的对不起。”

德罗巴做出一个惊人的举动——取下小小的吊坠；他说这是科特迪瓦阿加尔部落的象牙制品，一直给他带来好运。我借助月光仔细端详，小小的匕首经过西湖的浸泡后更加莹洁通透，还带着他微热的体温。

"无论如何，"魔兽说，"你是我在中国认识的唯一朋友。"

我说不出话来。

"多美的传说。一个女人为了自己的男人被永远惩罚。"他摇头叹气。眯起眼睛打量幽暗的雷峰塔。"我会记住这个故事的。走吧，我们快走。真冷啊！"

远处隐约传来凄厉的警笛。

登上机场大巴是清晨 7 点钟，杭州夏天的暴雨狠狠敲打着车窗。没多少乘客，他们蜷缩在安全、稳定的车厢里恹恹欲睡。我就待在最后一排，望着窗外的暴雨吞掉杭州的梧桐树、楼房和行人，大风在车窗外咆哮；街边有限的自行车几乎凝固不动，身披雨衣的车主趴在车把上奋力向前。这是 8 月的台风吗？我没听天气预报，就算听了也没在意。现在我怀疑这样的天气还能否起飞。我脑子里一片空白，短暂的睡眠加重了这空白，它像黏糊潮湿的东西一直粘着我的脸，你差不多能闻到它的焦臭味——这气味来自清晨出门时点的一根烟。我抽几口就扔了。空空荡荡的家再也没有李果的影子。这个男人已经消失 23 天零 17 个钟头。没有电话，没有短信，没有开机。我无法忍耐也无法寻找，这就是我庸常生活的最大悲剧。离开一阵子会好吗？能不能让他也找不到我？（如果他还打算找到我）我手边有一张不知是谁落在车上的《体坛周报》，它详细报道了英超切尔西球员德罗巴将赴上海申花踢球的消息。我知道我睡了一个多小时，德罗巴大概是我清醒和睡着之间的唯一联系。

不懂足球的我准备飞往昆明，我将在中午一点登上另一架飞往丽江的小型飞机。六七个乘客一言不发，司机没有播放音乐，耳朵里充满引擎的轰鸣，很快就变得沉闷、单调、不易察觉，似乎被窗外的狂风暴雨吞噬了；车厢里弥散着塑胶味，雨水在玻璃窗上敲打着。后来我隐约听见天空传来飞机的轰鸣，伴随路边一阵空洞的高音旋律，是《两只蝴蝶》，大概是某个骑摩托车的家伙无所顾忌地放着车载音响。他一点也不担心大风和暴雨？

天知道我什么时候哭出来的，是前排一个中年男人问我怎么了，我才意识到正在流泪和抽泣。他满脸关切。"没什么。"我说，"我太累了。”我摇摇头。“德罗巴。”我说。“什么?”他说。“听说过德罗巴吗?”我说。他迷惑不解地摇头，似乎听到一个谜语。不懂足球的男人怎么可能知道伟大的切尔西魔兽?

“没什么。”我说。

他从两只椅背之间给我递来纸巾，一枚细小而雪白的象牙匕首在他衣领间闪动。“有什么需要，你就告诉我。好吗?”

开往糖厂的末班车

是否半夜里心痒痒，直蹭炕沿……

——二手玫瑰《生存》

89 路末班车晚 11 点 5 分从烟草路出发，薄荷绿车身上的人流广告融入黑夜，车载电视开始播放 MTV，不再是白天的方言新闻；它冲出龙泉路、北二环，从东三环直奔昆明糖厂。炎热的 9 月，李果多次跳上 89 路末班车，周围没几个乘客，两排硬塑胶座位插在昏暗中，犹如 27 块冰冷的墓碑。48 分钟后，吴菲就站在糖厂门口惨白的路灯下，两手握在小腹那里，身材高挑得不像话。

干吗非要选择末班车？明明可以早一点出门，早一点和吴菲见面的。

李果在更热的 8 月认识了吴菲。那天晚上喝多了，被王重塞进车厢（他们在烟草路一家小饭馆喝酒）。他瘫倒在最后一排椅子上，搞不清唯一的旅伴——左前方穿米色职业装的高挑女人哪一站上的车。她笔直坐着，两手紧攥前排的铁把手，不时回头打量他；汽车的轰鸣像酒鬼在呕吐。李果想追随液晶电视上邓丽君演唱会吹口哨，可调子跑得很厉害。女人的回头频率加快了。他在一个转弯处溜下去，女人松开椅背走过来，搀起他，坐好。

“谢谢。”他没闻到香水味。没有任何香味。真少见。“你喝多了。”她说。“没事，我没事。”他挺直身体。她走回去，想了想又折回来，小心挪到他前排坐下，把那一侧的车窗关好。

一连串惨白的路灯让他彻底清醒。女人走到后门。他问这是哪儿，她说，糖厂。他叫起来，“怎么跑糖厂来了？我住白马小区。”他只能跟她下车，这才发现糖厂连个像样的站台都没有，一道生锈的大铁门出现在玫瑰色的夜空下，人字形的厂房屋顶匍匐在黑暗中，一条窄窄的河（盘龙江还是金汁河?）散发出甜腻腻的臭味。判断方位是困难的，但好歹知道远在三环以外，没有出租车。“还有返回的89路吗?”她说：“没了，刚才那辆是末班车，有来无回。”“那我怎么回家?”他急了。女人攥住白色漆皮挎包的带子，咬住嘴唇，那身米色职业装雪白耀眼。几条电线融入黑暗，糖厂的红砖墙头插满碎玻璃碴子，有什么机械在远处轰鸣。她让他稍等。5分钟后，她走出糖厂大门，变戏法似的推来一辆黑色女式永久单车。

“我就住糖厂宿舍。”她说，“你有空就把车还我，没空算了。”

“怎么能算了?”他要了她的电话号码，“我一定给你骑回来。”

“无所谓。”她温和地笑了。

他们连续约会三次。李果每次搭乘89路末班车抵达糖厂，在招待所住一夜，第二天一早他们去糖厂背后的金殿水库一带爬山散步。他没和她睡过，甚至没动过这念头。她好像凛然不可侵犯。次日清晨，她从单身宿舍出发敲开他的门，给他带来饼干牛奶或油条豆浆。真是好女人哪。窗外，灰色的厂房、高大的烟囱和围墙外面绿得发黑的桉树林像梦一样虚幻，让人怀疑这里到底还是不是昆明以北；山坡上有灌木丛，一小片白色野菊花昭示秋天即将到来；距离厂区不远的河面有8根细松木拼成的小桥，跨过去是大片草地，金殿水库在阳光下闪闪发亮，岸边几只白鹭像巨大的飞机一样起起落落。

离婚3年了，李果头一回这么规律地和女人约会。他喜欢唠叨过去，吴菲只听不说。中午他们在金殿附近的小餐馆吃饭，差不多轮流掏钱。下午3点，他们在臭水河边道别。她高挑的背影有种特别的庄重，让他觉得格外谦卑；她两手抓紧白色挎包，转身走进糖厂大门，步子不慢不快，周围的空气和小石子似乎纷纷闪开。对这类女人你将一无所知。他走的时候没一点留恋，反而急不可待。但是到了周末下午，他一定会给她打电话的，然后跳上 89 路末班车前往糖厂，仿佛就为了看看她提前等在大门口，在苍白的路灯下冲他微笑的模样。

好吧，李果开始讲他的故事：离婚那阵，他二话不说就把房子给了前妻。买房的钱大部分是他的，没关系，她跟他 12 年，比起他给她带来的伤害，没什么不能给她。

3 年前他失业了，整天宅在家里给老婆买菜做饭。他喜欢这样，真喜欢。还喜欢给老婆买点小东西，袜子啦，内衣啦，甚至卫生巾，偶尔也买两件衣裳。她高兴坏了——是货真价实的高兴。她从没贬低过他。她不是那样的女人，她知道该怎么小心翼翼看护男人骄傲的心。她不逼他找工作，“我每月挣五千多呢，够花了。”她说，“除非你着急要孩子，着急买辆车。”“不，”他说，“我不急，听你的。”

他和吴菲坐在一块大石头上，金殿水库泛起皱纹。他继续说下去：一些错误一瞬间就发生了。总是这样。那天他在附近的小超市给老婆买东西，碰上楼下一个教钢琴的姑娘，她很吃惊，“你居然买女式唇膏、棉签、内裤?”“是的，我老婆的。”她笑了，一边笑一边难以置信地摇头，“我可以教你们孩子学钢琴，八折。”她抬头看着他说。“我还没孩子，谢谢。”他说。大约第三天，他路过她一楼的家兼钢琴教室，他奇怪自己过去怎么没认真留意它——拉着厚厚的粉色窗帘，窗台上有一株盛开的水仙。他站了站。她从窗口叫住他：“给你儿子报名?”“我没孩子呐，我不是告诉过你吗?”“啊，真抱歉，”她笑了，“我忘了。好吧，为真诚表示歉意，进来坐会儿?”

就这样，他进去了，被她说服学几个课时的钢琴，稀里糊涂交了 200 块钱。她那里真干净，钢琴一尘不染，水仙花蕊嫩得像婴儿的小手，淡淡的薰衣草清香像从墙里渗出来。她的钢琴弹得很棒，那是一双无与伦比的手——修长、雪白，在琴键上来回翻飞，像跳舞的天使。大约第 6 天下午，他满头大汗地弹完音阶，她突然把他的脑袋揽到小腹那里，让他的脸触碰到光滑微凉的皮肤。他吓傻了，但没反抗。他们身下的钢琴乒乒响，简直在模仿一个电影镜头。

那以后，他每天都下楼，不用敲门就能进去。她在固定的地点等他。

吴菲面无表情。起风了，白得发黑的细浪推推搡搡向前奔跑。

“后来我老婆发现了。”李果说，“这种事情，你瞒得了多久？”

吴菲摇摇头。太阳穴周围有淡蓝色的血管，皮肤薄极了。“她揍我，”他说，“打耳光，狠狠打，差点把我打晕了；半夜用台灯把我狠狠刺醒。”她说我是不是做了什么决定——比如离婚。“不，我不离。”我说。“我们好了12年，12年哪。”我说。“你还会找楼下的女人？会吗？”她说。我没回答。早上我起来的时候她不见了，也没像从前那样在茶几上给我留点钱。我没去菜市场，没打扫房间，没收拾垃圾。下午，我下楼找钢琴教师，她说我老婆来过。“你老婆那么镇定，一直坐我对面抽烟，”钢琴教师说，“她讲了一大堆你们的故事，说你当年多穷呀，她经常从她上班的工厂跑到你那儿照顾你，天冷的时候给你弄一个热水瓶子捂你的胃——你胃不好，年轻嘛，总觉得自己是铁打的。再后来，你老婆瞪着窗外发呆。外面能有什么呢？天蓝得发紫，她又看着我的水仙花，说这白白的花朵多小多脆啊，一不留神，一碰就碎。你老婆攥着我，两手冰凉，她说：‘我能给你钱吗？我把我全部积蓄都给你，搬走吧，行吗？求你了。’她看着我说：‘你不搬走我会杀了你的，我会忍不住跑下来杀你。’她让我把门窗都关严，关死。别再让任何人进来。”

吴菲一声不吭，望向水库对岸黑魆魆的松林。

“我问钢琴教师什么打算，她哭了，长长的手指捂住脸。她说不知道，没想好。天黑的时候我上楼回家。我老婆的手机关了——一直关着。我心里发慌。我知道出事了。你懂我意思吗？”

吴菲眯起眼睛，把一丝刘海捋到耳后。

“她大约凌晨3点才回来，她的白毛衣、牛仔裤、磨砂长筒靴和蓬松的头发、浑身的酒气明确告诉我，她出事了。她拼命洗手。她收拾东西。我问她那个男人是谁，她一阵冷笑：‘谁都像你那么无耻？’我让她明天再走——我们小区背后是庞大的城中村，深夜游荡着吸毒、醉酒的流氓，发生过多起刑事案了。想想吧。”

吴菲咬住嘴唇，脸色越来越苍白。沉默让空气里的水味有增无减。

“你没什么要说的？”他看着她。

她摇摇头。“没有。我没有这些乱七八糟的故事。”

李果对89路末班车的运行路线已经烂熟：从烟草路口到糖厂大门，一共12站，耗时48分钟。摇摇晃晃的车厢把他带向吴菲，一个高挑女人，像前妻一样高挑。那天夜里，她到底去了什么地方？酒吧？酒店？还是某个男人的家？不，都不重要了，重要的是后来。凌晨4点多，她在白马西路拦下一辆出租车，次日晚上，昆明电视台《巷尾街头》说大观东路发生一起凶杀——一个贵州籍男子在一个公用电话亭后面的巷道里连捅一个33岁女子7刀，抢走了她的手机、钱包和首饰。

那天夜里他一直开着电视。后来醉了，咚咚咚跑下楼，敲一楼的门。钢琴教师哀怨地劝他回去，可他推门而入。再往后呢？再往后就喝了酒，上床做爱，醉醺醺返回。7点钟的天空干燥清亮，像孩子的鼻涕。她手机继续关机，他们失去了联系。在最不该失去的时候失去了。他中午醒来，外面白亮刺眼，云彩又薄又脆，风把什么东西吹得啪啪直响。

现在，他下车，吴菲站在路灯下冲他微笑。多美的笑容啊。

糖厂招待所那个五十多岁的老女人短发，圆脸，表情淡漠，塌鼻梁两侧有很多雀斑。她检查他的身份证，登记，给他押金条，交给他一把房门钥匙。每晚30块，这大概是全昆明最便宜的招待所了。他逐渐发现，这栋陈旧的红砖筒子楼只有他一个客人。第二天上午他退房，从老女人手里接过押金和找零。她似乎整晚坐在那里，狭小的房间两侧是用厚纸板糊的，柜台是一张老式的七十年代的黑木桌子；身后的蚊帐洗得发黄；招待所背后，高大的厂房是天空和大地之间的唯一过渡，甜腻腻的空气里有下水道的呛味，像一群老鼠正在腐烂。

“你为什么就不讲讲自己？”

“没什么好讲的。”吴菲拉起袖子闻了闻，“我身上还有糖味哪。”

她微笑着说："我就是一个普普通通的糖厂工人。"

"你就不担心我再不来了？"他说。

她摇摇头："那是你的事情。想来就来，不想来就不来。"

他和她大概都习惯了这种周末节奏——散步、讲述、倾听。没什么理由停下来，也没什么理由必须继续下去。

他们偶尔碰上她的工友，他们穿得一模一样：米色工作服，白衬衫，黑皮鞋；他们拎着铝皮饭盒，要不就坐在破旧的台阶上晒太阳。他们冲她打招呼，用眼角余光打量李果。她从不把他介绍给他们。她和他们的关系有点微妙。他想。他们的面孔看过就忘，他本来就记性不好。第四个周末，他们在水库南面的山坡遇到一群八哥，他们一动不敢动，直到它们拍动黑黄色的翅膀飞走。

他宽慰她说："我还会来的，你要是不耐烦了就赶我走。"

她微笑的样子让人难忘，嘴角有小小的酒窝。"你要是觉得你把故事都讲完了，可以不用再来。"她说。

"我记得似乎离婚了，又似乎没有。"他说下去，"因为手续是她律师来办的，我一直没见到她本人。那天晚上的凶杀案总让我提心吊胆。她一直关机。我到处打听那天夜里死亡女子的姓名，可迟迟没有答复。再后来，终于听说停放在西山区医院楼下冷柜里，还无人认领。我出发了，坐了很久的车，又步行了 20 分钟才到。我直奔地下一层，值班老头说我没权利查看死者。我只好偷偷往他手心里塞了 50 块钱，他总算同意了。他走到柜子前面，拽开，四周的灯全亮起来；他退到角落里，到处是冰块和福尔马林的味道。我凑过去，那张脸你这辈子都忘不了——被彻底毁了。记者报道失实，何止 7 刀，她应该挨了无数刀。衣服似乎是她前一晚穿走的，但不确定；发型也未必吻合；老头说公安局留下的唯一遗物是一块西铁城手表。"

"他捧出一只小小的纸盒，表盖几乎全碎了，指针停在 4 点 58 分。这应该是她那只，但还是说明不了问题——任何一个女人都能戴西铁城，对吧？但我记得，那天凌晨 4 点 58 分之前，她蹲在出租车后面。我跑过去，她哭得那么伤心，那么多泪水从她脸上噼噼啪啪砸下来，把柏油马路都打湿了。我在想象中把她搀起来，往回走，回我们的家；我想象她在大观东路的电话亭里给我打电话，她一定想告诉我她手机没电了。可那天夜里我没带手机就去了一楼。再后来，你知道的，我再也打不通她的电话。再后来……4 点 48 分，表碎了。”

吴菲还是一声不吭。他们沿羊肠小道下山，从水库左侧绕过一片松林，找到一块草坪并肩坐下来。他们之间至少保持半米距离。

他继续往下说：“离婚的时候，我告诉她的律师，房子家具都给她。我会搬走，尽快找份工作，找地方住，实在不行就回父母家。可我老婆——不，应该是前妻，一直没回来。我买菜，做饭，洗衣服，拖地板，想象她就睡在卧室里，从来没离开。我到处找工作，有段日子大概 7 天没回去。7 天后我踏进家门，她累得不想说话，晚上 8 点多我把她从床上叫醒，让她吃我做的青椒肉丝和麻婆豆腐。接下来我们上床，被她抱得那么紧，就像从没离婚——我已经没法分辨幻想和现实的界限，我明明知道房间一直空着，拍一拍杂志，灰尘就铺天盖地，真像她没完没了的眼泪。”

他深深叹气，说不下去了。

9 月下旬，李果买了一束香水百合带上 89 路末班车，让甜丝丝的花香充满车厢。11 点 53 分，她出现在路灯下，他老远就看见了。他早早起身等着司机打开后门，在薄薄的尘土中跳下来，走向她。吴菲穿一件咖啡色涤纶外套，一条黑色长裙，一双平底磨砂皮鞋。“真漂亮。”她接过鲜花，满脸绯红。

“为什么送我花？”她说。

“不行吗？”他说。

她一路沉醉地嗅着它，带他直奔糖厂招待所。老女人一声不吭，撂给他房间钥匙。他开门进去，她站在门口，粉色的花瓣碰到门框上。

“不进来坐坐？”她摆弄着那束百合。他想她大概误会了。他的意思是，他们可以随便聊点什么嘛，然后，他会把她送回 300 米外的单身宿舍。她终于抱着那束百合进来了。他让她搁到桌上，她却抱得更紧。“我喜欢百合，”她说，“就是喜欢。”好吧。他坐在床沿上，问她喝水还是喝茶，他抓起暖瓶。“茶。”吴菲不再那么抗拒了。是因为那束花吗？

她坐到黑木椅子上，吱嘎作响。“说吧，我听着呢。找到你前妻了？”

李果把茶端过来，放到桌上。“她走了。”他说。

“走了？”

“走了。”

“去哪了？”

他摇摇头。

吴菲愣在那里。“被杀死的女人一定不是她，对吧？”

李果坐着没动，巨大的厂房阴影扑到窗台上。“那个女人的身份确定了。”他说，“我总觉得那就是她——是我把她害死了。我让她那么伤心，那么无助。关键时刻居然错过了她最后一通电话。”

李果打量吴菲。她的眼神恍恍惚惚。远处响起什么东西被撞翻的乒乓声。“我每次经过一楼那个带钢琴的房间就万箭穿心。最后一次见她差不多是一个月以后了，我们在楼道口撞个正着。她憔悴多了，问我能不能进屋坐坐，我想拒绝，可她说她正搬家呢，唯一的床已经拉走；我走进去，钢琴没了，水仙花开始凋谢；房间里很乱，我们连个坐的地方都没有。有的东西打了包，有的没有，很多抽屉堆在一起。她说她打算去一家餐厅弹琴伴餐，每月收入两万，不少了。她给我一张名片，上面是一串模糊的地址和她新的手机号码。‘可以给我打电话。’她说。她给我一个结结实实的拥抱。‘对不起，李果，对不起。’她哭了，脸埋在我胸前。我浑身冰凉，对这一切充满仇恨、怀疑以及说不清的遗憾。我默默退出来，上楼，把那张名片扔进垃圾桶。院子里响起马达声，搬家公司正在把她和她的东西搬走。”

一楼的某个地方，大概是老女人值班室里的壁钟响起当当声。凌晨1点。李果抬头看着吴菲，她的左手一直在抚摸花瓣。“不走了吧？”他说。吴菲没吭声。“两张床哪。放心吧。”

她放下花，同意了。

李果失业很久了，前妻离去后他大多数时间仍住在白马小区。她果然把什么重要东西带走了，家里空得吓人。电话一直不通。她消失了吗？他没办法找工作，只能继续待着，每天傍晚竖起耳朵聆听她的脚步声还会不会传来。他坚持打扫房间、跑步、看报纸，在小区里和邻居聊天；夜里，他经常被载重卡车的轰鸣惊醒，他坐起来，在脸上摸到大把大把的泪水。他吓坏了，以至于从不敢开灯。他想找到钢琴教师的名片，那个和他一起把钢琴弄出巨大响声的女人在哪里？他还想给某个朋友——比如很久没见面的王重打个电话，可这是凌晨3点，谁愿意被一个莫名流泪的家伙骚扰？

89路车呢？89路末班车为他打开梦境之旅：地板和椅子是簇新的，硬塑胶座椅散发出碳化物的气味，不锈钢管流光溢彩；车厢很大，环绕着雾蒙蒙的淡蓝；窗外的烂尾楼、立交桥、霓虹灯交替划动；上车的人真少，谁愿意搭乘开往昆明糖厂的末班车？车厢里有一枚硬币来回撞击，叮当，叮当，清脆悦耳，但你找不见这枚硬币，司机也没工夫管它。司机是全昆明最普通也是最牛逼的司机，粗壮敦实，像块石头卡在驾驶座上。液晶电视连续播放MTV，李果就快睡着了，在梦里闻到甜腻腻的糖厂气息。

吴菲睡他左侧的床，雪白的月光把她的轮廓变成一座小山。“你没什么要跟我讲的？”他执拗地问她，“那天为什么管我？第一次，89路车上？”

“你喝多了。”她说，“再说89路开往郊外。”

“你不怕碰上坏人？”

“你不像坏人。”

李果翻一下身，面向天花板。“什么时候到糖厂的？”

“10年了。大学毕业直接进了这个厂。”她说。

“够久的。”他说。

“是太久了。很多事情都忘了，就连第一次进厂的情形都忘了。唯一记住的是我们几个女工跟着几个小伙子跑到金殿水库游泳，我差点淹死。”

"你不会水？"

"会一点。那天小腿抽筋，整个人沉下去，动弹不了。幸好人多，七手八脚把我弄上岸。"

"就记得这个？"

"就这个。"

"你头一次遇到我那天，你进城了？你很少进城。"

她半天才开口："我忘了。"

"说说你的爱情。"

她的被子窸窣直响。"我离过婚。和你差不多。恋爱，结婚，离婚。也是3年前，7月吧，差不多跟你同时。"

李果的心脏怦怦直跳。"跟我说说他，说说你前夫。"

"他呀，他的工作跟你很像，文案，也失业了——小企业嘛。后来，他背着我和别的女人好上了。一个女人遇上这种事情还能怎么办？"

李果有点失望。沉默像火柴一样燃烧。百合的清香钻入鼻孔，很远的地方传来空洞的鸟叫。李果下了床，趿着鞋，故意弄出响声。那座小山绷得紧紧的，一动不动。他大着胆子凑到她身后，上床轻轻贴住她。他嘴里发干，喉咙发紧。她没反对，但浑身颤抖。他伸手抱着她纤细的腰，脸贴近颈窝，一股恬淡的像20世纪80年代雪花膏的气味冲进脑门，几缕发丝在脸前缠绕，让他鼻孔发痒。他突然觉得踏实了，好像期盼已久。远处的鸟叫声似有似无，很快被黑暗抹掉。他还闻到洗发水、香皂和汗液混合的淡淡甜味，一个女人特有的慵懒但是坚强的气味。

"他个子跟你差不多，身材也差不多。"吴菲继续说下去，"气质、相貌、发型都很像——这就是我头一次见你的感觉。你不是说我一直回头看你吗？就因为这个，太像了。"

"怎么好上的？"他贴着她的耳朵，像个循循善诱的老手。

"我们是大学同学，毕业后我分到糖厂，他在一家小公司。那时候我们真穷，他每个周末从市区坐车来糖厂看我；我们在食堂吃饭、去金殿后山散步，坐在水库边打水漂、聊天、晒太阳。"

李果开始发抖。他的左手停留在她薄薄的白衬衫第三颗纽扣上，他抚摸它粗糙的突起；她居然捂得严严实实，连长裙也没脱。

“我隔三岔五坐89路车进城，他自己租房住。连个煤气灶都没有，我给他买了酒精炉，冬天我们缩在他的小屋里煮火锅，酒精热浪把我们熏得睁不开眼睛；他胃不好，我用酒精瓶子冲上开水暖他的胃。就像你现在这样，我从后面抱着他，攥着瓶子，贴紧他的肚子。他能睡个好觉。”

他抖得越来越厉害。左手抽回来的同时向后仰。他能猜到她要说什么了。

“结婚那天他喝了很多酒，胃疼得死去活来。我让他上医院，他说哪有新婚之夜上医院的，他让我给他冲一个酒精瓶子。可新房里连热水袋都没有，哪还有那种东西？我跑下楼，大冬天的，真冷啊！凌晨2点多，所有超市都关门了，我跑了七八条街，终于找到一家24小时便利店，买了两瓶橘子罐头，我跑回来，把橘子倒出来，往瓶子里灌上热水。我上床抱着他，他直哼哼呢，‘我以为你跑了，’他说，‘不管我了。’‘笨蛋，我能跑哪儿呢？’他说他担心我，天那么黑，那么冷，坏人那么多。‘没事的，没事，吉人自有天相。’我把瓶盖拧拧紧，贴在他肚子上。一直这么贴着，两小时后我换过一次热水。他好多了，踏踏实实睡了。”

李果开始流泪，羞惭的低低啜泣渐渐变成干咳般的抽噎，泪水滚到床单上。“别说了。”他低声说，“别再说下去了。”她没转身，没有安慰他。马蹄形的月亮滑过树枝和云层。她伸出一只手，轻轻拍打他的后背。

“我就要说到最关键的地方啦。”她的声音藏在黑暗深处，既困乏又伤心。“一天夜里我想给他打电话，我要告诉他我想回家，我可以原谅他。如果你爱一个人你会原谅的，会的。那就是一次意外，婚姻中有的是比那种意外更可怕的意外。我打电话的地方一团漆黑，到处是大观河的臭气；电话亭的灯坏了，只能摸索键盘，可他没接电话，我觉得它足足响了100年——我猜到发生什么了。我知道他在哪。你还能怎么办？跑回去踢他们的门？我只能继续打电话，继续打。很快，我听见脚步声，闻到一股子烟臭、汗臭。噩梦说来就来。一个贵州男人一把拽住我，把我拖向河边并且警告我不许出声。他要什么？我，还是我的钱包？”

她的手继续拍打他，一下，两下，三下。

“别说了！”李果说。

“他是小个子男人，我看不清他的脸，我说：‘我给你钱，都给你，好吗？’‘好。’他伸出手。我给了他，钱包，项链，玉镯。‘我能走了吗？’‘不行。’他的嗓音厌烦透了，‘你见过我的脸，你就走不了啦。’我对他说：‘我老公要是接了我电话，我永远不会碰上你。他老早就说过，天那么黑，坏人那么多，我一直不相信。’贵州男人笑了：‘你为什么不信？你该信。信了你才晓得深夜不要着急出门。白天是你们的，晚上就是我们的。懂了吗，美女？对不住了。’他舔舔嘴唇，好像渴得厉害。我打算看看手表记住时间，他一把将我搡到围栏上，表砸碎了。‘你就是记住几分几点又怎么样？’他摇头，喘气，像条野狗。‘你老公不接你电话那就是命，美女，你认命吧。’他从身后拽出刀子。我连刀锋都没法看清。”

“跟我回家好吗？跟我走。”李果说。

她幽幽叹气。

“跟我过吧。重新开始。”

她还是没说话。

“我下星期就来接你，好吗？我们组建一个新家。”

吴菲终于转身，仰面躺着，在黑暗中睁大眼睛。“那天我出去过，凌晨才回，还记得吗？知道我去哪了？我去他从前租住的地方。早拆了，一大片废墟，到处是垃圾、碎纸、水泥碴子，连一只像样的玻璃瓶也找不到。我跑到对面一家小酒馆，喝酒，抽烟，流泪。我看着那堆玩意儿，黑乎乎一大片。它死了，再也没有了。”

借助月光，李果似乎看到她眼窝深处涌出潮汐，那大概是她作为一个女人最后一次坦荡、直接地表达自己。

89 路末班车每天夜里 11 点从北市区车场出发，11 点 5 分来到烟草路口。9 月末的月圆之夜，李果手捧一束红玫瑰跳上车，但他很快就发现不对劲了——液晶电视始终关着，屏幕黑沉沉的；两三个乘客缩在座位上打瞌睡。李果走向司机。

“能放 MTV 吗？”他说。

矮小、敦实、留板寸的司机头也不回：“坏了，早坏了，放什么 MTV。”

“坏了？”

司机一声不吭。

“一直好好的啊。”他说，忽然觉得有些异样。“这是开往糖厂的 89 路？”

“糖厂？”司机瞥他一眼，满脸疲惫和不屑，“哪来的糖厂？”李果回头打量另外两个乘客，男人抱着两手垂下脑袋，中年女人困倦地朝窗外张望。

“这不就是 89 路车？糖厂是倒数第二站。”他说。

司机挥挥手，很不耐烦：“这是 89 路，但从来不去什么糖厂。我也没听说过昆明有什么糖厂，你以为这是临沧耿马？”

“我每个礼拜五都坐 89 路车去糖厂的啊！”李果大声说，“第二天下午再坐 89 路回来。怎么可能搞错？”

很快，路线也出了问题——这辆 89 路穿出龙泉路笔直向南，从青年路冲上金碧路。明明通往城里，哪有烂尾楼、城中村和荒郊野外？他探出车窗，搜寻昆明糖厂高大的人字屋顶。一切都是徒劳，金马碧鸡坊的霓虹灯四处攒射，双龙桥的狗肉摊布满整条街，北京路正修地铁，插满蓝色施工墙。他跳下车，站在两栋高楼之间询问 114，一个清脆的女声确定说没有昆明糖厂。捧着那束红玫瑰，李果在东寺街口跳上出租车，向记忆中的糖厂进发。金殿水库在 30 分钟后出现了，但记忆是靠不住的，一切都很怪异。附近有家小旅馆，值班的老女人否认见过李果。“没什么糖厂，你一定记错了。只有个搪瓷厂，对，昆明搪瓷厂。”老女人幽怨地叹气，“搪瓷厂 3 年前就拆了，改制，倒闭，就那么回事。”

“听说过一个叫吴菲的女人吗？年纪和我差不多，三十多岁？”他说。

“没有。我们村没有姓吴的，更没有叫吴菲的。你肯定记错了。”

李果返回出租车，让司机沿着黑漆漆的水库大堤往对面山坡上开。司机稳住方向盘：“上面什么地方你知道吗？深更半夜，我劝你别上去了。”“我知道，金殿公墓。”李果说，似乎终于坦白了，“我老婆就睡在那里。你送我上去好吗？好歹让我把这束花放在她墓碑底下。”话音刚落，一束强烈的灯光从对面一辆大货车车头猛地射来，李果闭上眼睛，指尖擦过 4 点 58 分的指针和表盘，这才发现泪水像一阵暴雨打湿了面颊。

两点钟方向的叶捷娜·卡佳

一

这么干，谁能预测结果？李果觉得自己像个轻狂书生，能为了女人干点傻事。佛说，救人于水火胜造七级浮屠。他不信佛，但他猜想这么干一次也许功德无量呢。足够张丽记一辈子。

张丽在红苑舞厅跳舞，任何男人都能邀请她。在一曲（大约五分钟）结束之前，你可以摸她，揉她，干你想干的。但是，当你俯在她耳边说："我们去包厢怎么样，我给两百。"她将拒绝你："不行。我只跳舞，十块钱。谢谢。"于是你只能掏出十块钱塞她手里。钱当然得提前准备好。不多不少，就十块。之后，偌大舞池上方的霰射霓虹倏然开动，你眼睁睁看着一个又一个女人跟随舞伴去了走道两头黑黢黢的包厢。可张丽就是不干。

李果记得，头一次来红苑舞厅遇到张丽的时候她就是这么说的——她趴在他肩头，随着舒缓的音乐轻轻摇摆，散发出杏仁般的清香，乳房像把小刀直戳李果的胸口。"十块钱。"她说。黑暗中，她把李果的右手从她平滑的腰部拽到身前，像在引诱一条毒蛇。他的手，只能顺着领口滑进去。

他整晚都在邀请她。前前后后不下六支曲子。二十二岁的张丽终于笑了，趴在他肩头说，她来自贵州六盘水。“我是有工作的。”她说，“我卖衣服。但是房租真贵，我连我卖的衣服都买不起。”她又笑了。他也笑了。流行歌改编的舞曲延绵不绝，他紧张而惶恐——似乎担心结束得太早，却又害怕自己在这个陌生的鬼地方待得太久啦。她的乳房柔韧挺拔，像某种奇迹。他的手心出汗了，她的皮肤也在冒汗。到处滑溜溜湿腻腻的。一束旋转霓虹从头顶坠落，划过她的脸，提醒他曲终人散。她笑了：“谢谢啊帅哥。”她紧紧攥住他塞过来的最后十元，转身没入人群。他还想说点什么。来不及了。

二

两只燕子紧贴水泥操场一闪而逝，阴沉沉的天空就快下雨了。李果隐约听到学生在教室里高声朗读，窒闷的回声一度让他厌烦，但今天不同，这些声音里似乎充满着鼓舞的气势。抵达学校大门，他看见校工王重（这是他在西林学校唯一的朋友）呆坐在门卫室看报、抽烟。他看不清王重的脸。

“去哪里？”王重说，“红苑？”

他没吭声。

“你疯啦，伙子！才三点多。没课？”

“没有。”

王重盯着他：“还去找她？”

李果默认了。

“真疯啦！”

李果的脚在一张梧桐落叶上搓动。它十分脆弱。他抬起头：“我想给她笔钱。”

王重哈哈大笑：“你想干嘛？你不就想干她吗？”

他还是一声不吭。

“赎身？”王重继续笑，但被李果的沉默吓住了，“好吧，给她多少？你想让她回六盘水，还是给你洗衣服做饭生个娃娃？”

他抬脚迈出学校大门。

王重追出来大喊："今天卡佳又来啦。卡佳，叶捷娜·卡佳——这名字如何，牛逼吧？"

李果转身，抬起右手比了一个大大的"V"字。王重咧嘴笑了。天边传来窒闷的雷鸣。黄昏前的第一场雨即将到来。

三

西林学校位于总站隧道口向南七百米处，生源大多是城乡接合部外来务工者的孩子。某一年的教职工大会上，李果质问校长为什么削减收入，遭到校长严词批判；王重是唯一站起来帮他说话的人。他说："我连二手沙发都买不起啦，更别说买车买房买女人。"一片死寂。校长宣布散会。李果担心王重将被开除。幸好没有。就这样，他们成了哥们。周末夜里，他们穿出总站隧道，前往南盟街的烧烤摊上啃猪蹄、喝啤酒、聊女人。

直到卡佳出现。

大概是四月的一个星期一，也可能是五月的一个星期二。正好十点的课间休息，李果走出教室，来到三楼走廊，突然看见大门外两点钟方向出现一个金发美女——身材高挑、两腿修长、皮肤白得惊人，一袭黑色职业装，大大的白衬衫领口像翅膀一样张开；拎一只黑色小包，迈着轻盈的步伐，约二十秒后，消失了。天空湛蓝，白云待在远处。他以为这是幻觉，但很快看见门卫室的王重冲自己招手，接着，手机响了。"伙子，看见那个老外了？"王重说。李果跑下楼，攥住大门栏杆向外眺望。北京南路，除了车辆和行人什么也没有。对面的杂货铺敞开着，卖烧饼的小贩无所事事，7 路公交站台上有人等车。

"我看见了。"他说。

王重啐口唾沫。璀璨的阳光洒在他们脸上。传来尖锐的电铃声。该上第三节课啦。孩子们惊叫着冲向教室。

第二天课间休息，李果再次看到她。这回格外清晰——鼻梁挺直，下巴柔美，被照亮的身体侧面不容置疑，犹如刚刚出土的贵金属。孩子们涌出教室，叫着，闹着，把他撞来撞去。他看见王重跑出门卫室，冲她消失的方向，紧紧贴住大门。

周末下午，王重告诉李果，他给老外取了一个名字。“卡佳。”他说，“怎么样？一看就是俄罗斯人。”

李果有点惊讶：“卡佳，姓氏，还是名字？”他想起苏联战争电影里高大美丽的女主角。

“算是姓吧，还没有名。”王重说，“会有的。”

“卡佳。”他笑了。

“卡佳，卡佳。”王重笑了。

每天上午十点，卡佳准时从两点钟方向经过。第二节下课铃声刚响，李果立即宣布下课，大步冲出教室，站在三楼走廊上向外眺望。卡佳的出场方式大同小异，唯一变化的是黑色与灰色职业装里来回变更；她偶尔伸手把一头金发掠向脑后；二十秒的通行时间基本不变，准确迈出三十五步（他数着呢），消失在熙攘的北京南路。像一滴水融入更多的水。优雅，昂扬，自信，让他不断想起小时候看过的一部露天电影。她来自哪里？去往何方？干嘛不停一停？为什么从来不瞥一眼西林小学的校门？为什么从不抬头看看三楼的李果，甚至，趴住大门的王重？

四

红苑舞厅就是这个城市的老男人们常说的“难民舞厅”，它位于总站隧道西北口，一幢老式红砖商场侧面，上二楼。顺着铁板楼梯进入一道黑乎乎的大门，再穿过一条漆黑的长廊，尽头是更黑的大厅；四周的窗户捂得严严实实，即便晴朗的下午，这里也不见一丝光亮；到处飘散着莫名的腥臭，像什么腐烂的东西藏在角落里。大厅四周挤满男人女人。男人踩着晦暗的光线绕场一周，女人们自发站成一排，专供挑选。也有的女人主动凑上去拖住男人，告诉他随便干什么都行。音乐响起，他们结队跳舞，顶灯倏然寂灭。太暗了，你无法看清他们的表情和动作。一些男人把选中的女人拉进包厢；其余的就留在舞池里对自己的舞伴肆无忌惮。当然，早就准备好了零钱。

通常，红苑舞厅三个白场两个夜场；无论白场夜场，你只需购买五块钱的门票。半年前，李果被王重首次带到这里，之后，王重消失了。恍惚间，那种由臭味、黑暗、碎灯光和甜腻腻的流行歌曲构成的世界很快把他牢牢拖住，似乎要为他预言结局。主动凑上来的女人很多，她们穿着低胸长裙，将硕大的乳房挤出来；她们低声问他要跳舞还是别的什么服务。李果连连摇头，心脏怦怦跳，惊讶得浑身冒汗。他跑到大厅一侧的人群背后，突然被谁轻轻捅了捅腰。

“跳舞吗?”一个穿着正常的姑娘说。他看不清她的脸。

他摇摇头。

“来吧，”她在黑暗中说，“我叫张丽。陪我跳支舞吧。”

她绵软的普通话一点也不标准。他犹犹豫豫。她的手伸过来，握住他的右手，再把他左手轻轻拉过来按到背上。音乐响起来。他窘迫地说：“我不会跳啊。”

“没事。”张丽说，“会走路就行。我们就走走路吧。”

他笨拙地探出左脚，又立即缩回，仿佛被热辣辣的地板烫了一下。

五

走过拎着皮衣叫卖的小贩，经过收购二手单车的三个胖女人，走出隧道口左前方一条积水的小巷，终于抵达红苑舞厅门口。阴沉沉的天空似乎即将坍塌，红砖楼房异常破败，抬头就能看见二楼舞厅门口售票的小个子女人，她穿一件皱巴巴的黑色皮夹克——六月的下午，她不热吗?李果顺着窄窄的铁板楼梯爬上去，掏五元钱买了门票，掀开厚重的布幔往里走。难闻的腐臭味尿骚味扑面而来。音乐震耳欲聋。他努力适应水底般的光线，发现赶午场的男人女人并不算多。

张丽可能在，也可能不在。他不知道。他幻想她的服装小店生意不错，白天不用上这儿来。可他不就是来找她的吗？找到她，还是别找她？他拿不准。绝大多数的周末夜晚，他都能找到她。只跳舞，不干别的。她说她从不干别的。别人干是别人的事情，反正她不干。她依偎在他肩头，淡淡的杏仁香气抚摸他的脸。她像个天使，沉默而温柔。他能感到她贴紧自己时扑通扑通的心跳，比他的心脏跳得更快些，似乎也更有力。他紧紧握住她的乳房，从左到右，从右到左。似乎它们即将飞走。在度过整个夜晚之后，她笑了，告诉他她六盘水的老家还有个念大学的弟弟，一个丧失劳动力的爹。

散场时他再也找不到她。是故意不找的。她肯定走了。他不愿意在舞厅外面当着那么多人找到她。潮水般的人流涌向门外，面目不清的男人们低着头，掉进黑夜。王重钻出某间包厢，拉着裤裆拉链，心满意足地喊他：伙子，宵夜，我请客！

很长一段时间，他们不再谈论学校的八卦，也不再探讨如何对舞厅女人胡作非为。卡佳是唯一的话题。他们陷入癫狂的猜测：卡佳究竟是何方神圣？她应该就住附近，可能在某个外企工作（比如附近一家日资服装公司，一家泰国人的蛋糕店，一家德系奥迪 4S 修理厂），或者给人当俄语教师？要不就是在三公里外的理工大学研习中文。

王重猜想，卡佳的男友是个大块头，就像苏联老电影里那些威猛的帅小伙，他们在莫斯科红场揭发了一桩黑帮密谋，不得不分头躲避追杀。小伙子跑到圣彼得堡乡下；而卡佳，几经辗转，从哈尔滨入境直奔这座毫无特色的南方城市；不久得到男友消息，告诉她城里一个重要的接头点，这是她摆脱危险的唯一机会。

李果接着往下编：卡佳在百货大楼的地下停车场遭到袭击，她这才发现，她的一举一动全在对方的掌握之中。可是，居然有人在暗中保护她呢。这人是谁？是男友派来的？还是她的什么仰慕者？或者，一个警方卧底？

故事总在细节处卡壳，或者说，他们根本没心思编造那些细节，只好端起杯子喝酒，哈哈大笑，把自己想象成卡佳最需要的中国男人，那个神秘的保护者，在颠沛的生活中陪伴她一起历险。

他们开始赋予卡佳一个平凡的、解释得过去的身份。李果认为，如果卡佳有个心上人，干嘛跑到这种鬼地方？卡佳一定单身，年龄不会超过二十二（对，也许和张丽同龄），刚从莫斯科一所大学毕业，拿了一笔奖学金，跑到中国深造；再或者，她是长期居留的背包客？如果那样的话，她干嘛穿着职业装？最合理的解释是，她每天固定去往某个地方，教一帮孩子或者一个孩子学习俄语。

李果抓起筷子，在桌上画出卡佳的行进路线——由北向南，上午十点经过西林小学；附近有什么地方能让一个外国女子如此不慌不忙？往南三公里就是蓝湖，湖边有一家宽敞的咖啡店，十点三十分，那里坐着一帮孩子。他想象蓝湖岸边高大的银桦在落地玻璃窗上投下阴影，反光遮蔽了她；卡佳的嗓音清脆、梦幻，孩子们大声跟着她学习怪异的卷舌音；卡佳的微笑十分迷人，她教孩子们唱歌——《喀秋莎》或者《三套车》；几个早熟的男孩呆呆望着她，两手背在身后，微微发抖。

“一天下午六点多，我看见卡佳回来了，”王重说，“她经过学校大门，很快就在前面的铁皮巷口消失了。”

“你该跟上去。”

“为什么？”

“你该主动跟她搭搭话。”

“为什么！她不是红苑舞厅的女人。伙子。”

“你该跟上去，和她说话。”

“为什么?!”

李果使劲摇头。

“卡佳，这个卡佳，”王重说，“让我反思历史。”

二十八到三十二岁之间，王重和一个四川女人谈过恋爱，差一点结婚。不是四川女人甩了他，是他热衷舞厅的癖好被发现了，那时他还在西郊一所私立学校当生活老师，那一带的难民舞厅比总站更多，跳舞挣钱的女人也年轻得多。一天夜里，被他带入包厢的姑娘顶多十六七岁，他产生了强烈的负罪感。果然，后来发现女孩就是本校的高三学生。晚上他跟踪她，四川女人又跟踪了他。一直跟到舞厅门口。女人一把扯住他，说："你准备救苦救难，还是趁火打劫？"他张口结舌。女人扇他的耳光，掉头就走。一路走出了他的生活。

再后来，三十七岁之前，他还好过五六个女人。那时的王重漂泊不定：做过假证、代办发票、散发传单。他的女人也漂泊不定。"如今，我老了，"他说，"伙子，老了就想明白了。总有一天，你也会明明白白。"

比起王重，李果只好过一个女人。"难怪你看上了一只鸡，"王重笑了，"六盘水来的鸡。伙子，我理解。没法理解的是，你跳那么多次舞，竟然没把她干了。"

"她不是鸡。"李果说。

"她是。"

"她不是。"

"你懂个屁。"王重说。

李果问他看中卡佳什么。王重十分困惑。"不知道。"他说，"我怎么知道？"

"这就对了。"李果说。

"大雪。你想想看，俄罗斯冬天的大雪。"王重说。

李果还是摇摇头。

他们把面前的啤酒喝掉，看着漆黑的大街。

"你在红苑的时候，"王重说，"你摸着张丽奶子的时候，想过卡佳吗？告诉我，伙子，老实回答，有没有幻想，她就是卡佳？"

"去你的。"他说。

七

李果绕了一圈也没找到张丽。那些放下门帘的包厢正被使用，他不可能硬闯。他松了口气，却莫名紧张。明明知道不会问出任何结果，他还是跑向守门的小个子女人询问张丽的下落，对方表情悲戚，仿佛遭受过家庭暴力。“谁是张丽？跳舞的小姐？她们又不归我管。”“她们归谁管？”女人一阵冷笑：“你说谁管？谁也不会管。她们自己管自己。”

李果回到舞池，冲一个倚在包厢旁边没人光顾的女人询问张丽。对方的回答被嘈杂的音乐淹没了，他只好扯起嗓子，贴着她的耳朵大喊：“张丽，你知道张丽吗？”女人指了指身后包厢。“贵州女人？”她说。李果没点头，心跳得很厉害。“你等她出来吧，等她出来。”女人在音乐的缝隙里尖声说，上下打量他。“跟我跳一曲怎么样？”李果有些恍惚，只能握住那只冰冷的右手。他跳到一半就放弃了。她劣质香水的气息让他无限悲哀。女人似乎把他抛在荒野里，四周全是泥泞。他赶紧在她手里塞了十元钱，走开了。

包厢门帘是放下的，黑乎乎一团，宛若坟墓。真希望它是空的。他伸出手，但中途停住了。厚厚的深紫色粗绒布坚硬如铁。如果张丽走出来——他想好了，他就邀请她跳支舞，然后永不再来。他开始轻声呼唤：“张丽，张丽。”门帘后面悄无动静。音乐包裹着他，震得后脑发麻。“张丽，张丽。”他继续呼唤。传来一个男人的吼声：“没姓张的，找错了！”李果茫然无措，沿深长的过道往里走，两头的包厢一模一样，深紫色帘子垂挂下来。她究竟在哪里？

后来的事情有些突然。李果记得当时他返身往回走，找到最初的那一间。他等了等，打算放弃。他走向舞厅大门。红苑舞厅的灯光突然亮了，一瞬间回到白昼。那些粘在一起的身体触电般弹开，男人女人惊惶失措地向后退去；穿得极少的女人低低尖叫，高跟鞋将舞池地板敲得啪啪响；有人拽着肩上的胸罩带，有人拉紧裙子；一群女人高声叫骂着冲向门口。简陋、封闭的马蹄形舞池完全袒露出来，犹如一块裸露的疤。

直觉告诉他，出事了。

严严实实的门被推开，几个警察出现在门口，几个往外冲的女人被堵个正着。他们的动作比他想象的快得多，大声喝令所有人待在原地；两名警察冲向过道。挡在包厢门口的李果被一名高个子警察一把推开。他扯下门帘。李果看得清清楚楚：一个慌乱的女人背对他扣上胸罩、整理裙子。她身材消瘦，头发高高挽起。还能是谁？他以为自己会闭上眼睛的，可他没有。他看见她身边那个男人——怎么也穿不好裤子。一切都有些滑稽。就像一部夸张的无声电影。门帘垂下来，高个子警察的嗓门懒洋洋的：“出来，站好。”

八

即使下雨，卡佳也会准点经过西林小学的校门。她撑一把粉红色雨伞，伞面宽阔，刚好遮住她，你只能看到笔直的小腿和黑色的皮鞋。她踮着脚尖避让积水，动作精准优雅；不太高的鞋跟在水洼边缘引发细细的涟漪，让城市的一角摇曳不止；之后，它们像搁浅的音符，被模糊的行人扯碎、消灭。

下雨的星期五，他们待在门卫室。“那天我在沃尔玛遇到卡佳了。”王重说，“我看见她买了卷筒纸，伙子，就是普普通通的卷筒纸。还有不少零食和牙刷牙膏；我是在结账柜台碰到她的。她在我前面，中间隔着六个人，等我结账出来，她已经走了。我拎着东西，跑出老远才找到她。个子真高，扎一个金色的马尾辫；我看着她走向公车站台。我想，我是该跑过去，和她坐上同一辆车，对吧？”

“对。”

“可她拦了一辆的士，跳上去，嘘——开走啦。”

李果表示怀疑，淅淅沥沥的雨声让他烦躁。但王重偶遇卡佳的真实性有那么重要吗？每天都在路过，每天都在重逢。怎么办？在她经过的二十秒之内把她拦下来，向她讨要电话号码？王重没这个胆量。他敢把红苑舞厅任何一个女人拖进包厢，可就不敢走向卡佳。他猜他永远也不敢。再说，他拿什么跟卡佳交谈？俄文？英文？除了中文，他还能说点什么文？

雨水渐渐激烈，模糊了门外的一切。人行道上的积水又多又脏。

他已经无法想象，下周一的卡佳如何才能优雅跃过。

“叶捷娜怎么样？”王重说，“叶捷娜·卡佳？”

“叶捷娜？”

“叶捷娜·卡佳。”王重说，“对，叶捷娜·卡佳。”

“哦，叶捷娜·卡佳。叶捷娜·卡佳。”

王重继续他的幻想，把自己设定为叶捷娜·卡佳在异国他乡的一次艳遇的对象，她喜欢上了他。而他呢，发现她被人追杀，果断扮演了保护神的角色，帮助她一次次幸免于难；最终，他们逃入总站一间破烂的出租房，俄罗斯黑帮分子封锁了四周，他们无法突围。食物很快吃光，水也没了；他们在小小的、只能住进老鼠的阁楼里紧紧拥抱，一动不动，身体活动降到最低以保存体力。

楼下枪声大作，“我们绝不撒手，”王重说，“死也要死在一起。”他咧嘴笑了，眼神虚幻。“你想想看，一个老外，一个俄罗斯美女老外！伙子，你想象一下！”

他无法想象。

故事自有故事的逻辑：王重和卡佳保持一个完美的姿态拥抱三天三夜；一滴雨水垂落，敲打他们的额头，顺着鼻梁滑入嘴唇，这让他们获得了神奇的超能力，俄罗斯黑帮需百年之久才有望冲进来。于是他们松开了。叶捷娜·卡佳告诉王重，她做了一个梦，梦见自己回到俄罗斯，一条清澈的河流两岸是一眼看不到头的白桦林。她真正的男友出现了，他们奔向彼此，却被宽阔的河水隔开；他凄惨地呼唤她，脸上沾满鲜血。她惊骇不已，搞不懂这个梦暗示了什么，也搞不懂为什么黑帮分子一路追杀自己。

“他们认定，”王重说，“你掌握了什么秘密。”

“他们的目标应该是他呀——我的季廖沙（姑且她的男朋友就叫这个名字吧）。季廖沙才掌握秘密呢。那么，他们想找到我，只有两种可能……”卡佳睁大眼睛：“王重点头，不错，季廖沙要么背叛了你，要么被杀了。”卡佳拼命摇头：“不，不，他怎么可能背叛我？！”随后她哭了：“不不，我宁可他背叛了我。”

小阁楼上，雨水在窗外倾泻。他们已经获得百年生命，足够平静地生活下去了。除非卡佳打算回到过去，回到和季廖沙厮守的俄罗斯冬天。卡佳央求王重："回去吧，请帮助我回去。"外面传来密集的枪声、黑帮分子包围阁楼的脚步声。王重苦笑，最终答应了。卡佳流下激动的热泪，使劲亲吻他的脸。雷声似乎在屋顶炸响。王重默默祷告，卡佳倏然消失了——她成功战胜时间返回圣彼得堡乡下，返回河边，季廖沙大步走来。她叫了一声王重。没有回答。她天真地以为，那个中国男人将陪在她的身边，哪怕返回过去探视她深爱的男友。

黑帮分子破门而入。王重高声大笑，冲着消失的卡佳大声说："没有过去，没有未来，只有现在，恐怖的现在！"

"数不清的子弹把我打得千疮百孔。"王重待在幻觉里，张开双臂。"我放弃长生的机会，只为了让卡佳返回。"

李果一声不吭。

王重放下胳臂，嘿嘿直笑。

雨水敲打屋顶的噼啪声十分空洞。李果说："你该重新找个女人。你要把所有的钱都扔进红苑舞厅吗？"

"别傻了。"王重说，"伙子，别傻了。"他哈哈大笑。

"去找她吧，找你的卡佳。"

"我会跟校长请个假的，挑一个好日子，穿一套笔挺的西服，把皮鞋擦得贼亮，搞一个牛逼的发型。上午十点，我就跟出去，看看叶捷娜·卡佳到底是去了什么鬼地方。"

九

张丽低头走出包厢，一头长发披在脑后。李果这才看清楚她穿了什么：一条淡蓝色低胸连衣裙，居然趿一双拖鞋。一双黄色塑料拖鞋。那些额外的夜晚，她就穿着它们和他跳舞的？

一名警察拉开四周的窗帘，灰尘从布幔后面散开，阴沉的天空和刺眼的灯光划过她的脸。淡淡的铁青变成惊人的惨白。李果想起她的乳房，想起她没多少脂肪的腰，想起她慢慢才会暖和的、冰冷的手，想起她低沉温柔的贵州腔。它们正慢慢融化、解体。张丽始终没抬眼看看他，似乎不认识他。那个刚刚从她的身体中回到现实的中年男人满脸不屑，抽出一支烟点燃，冷冷打量三名警察。

从几间包厢里，一共抓到八男八女。警察教育了在场所有人，言辞冷酷、程式化、千篇一律。最后，高个子警察大声说："其他人，可以走了。你们十六个，跟我们走。"

李果凑到她身边，低声叫她。

张丽低着头，把长长的头发捋到耳后。

"我啊。"他说，"是我。"

她毫无反应。

李果打了一辆出租车，尾随警方仅够坐十二人的海斯车来到总站派出所。还没到环城路就开始下起小雨，出租车窗很快一片模糊，李果央求司机将雨刮开到最大，好让他看清楚前面的警车。在派出所，他拼命向警察求情，从随身那只牛皮纸信封里取出五千元钱，帮助张丽交清罚款——这是他带来的所有的钱，原本打算亲手交给她的。她一直抱着手，缩在走廊尽头的绿色塑料椅子上。这是闷热的夏天，她冷吗？窗外雨水纷扬，她消瘦的侧面渐渐虚幻。不久，电视台的记者赶来了，原来这是一次警方和媒体事先策划的扫黄行动。他们大声说笑，拎着摄像机的小个子男人指着坐成一排的八男八女说："就是他们？"警察说："对，就是他们。"他立即扛起摄像机。李果冲过去，挡在他面前。

"不要拍了，你不要拍了。"他说。

"不是说好的？"记者说。

"我说了，你不要拍了。"李果伸出手，死死捂住镜头。总站派出所走廊爆发了一场不大不小的骚乱，直到两名警察将李果拖出去，扔到外面院子里。不大不小的雨水让他很快失去了判断力。他站在冰冷的雨水中，视线一片模糊，再也看不清走廊里正在发生什么。"别拍了，你别再拍了！"他的喊叫响彻整个派出所。

十

他等了很久。几对男女有的走了，有的被扣下。那个中年男人临走前看看李果，眼神暗含讥讽。小个子摄影师经过李果身边时目光凶恶，他跳上一辆三菱越野，从车窗上方伸出脑袋，冲两个民警大声说："放心吧，今晚就播，晚八点，《新闻现场》。"——李果知道，他故意这么说的。他与两个民警握手，关上车窗。车子呼啸而去，车轮卷起的雨水四处飞溅。张丽终于从走廊深处走出来了。

她还是没有搭理他，径直往前走。雨水扑面而来，她抬手挡了一下。警察在李果身后交代什么，他全没听清。他脱掉外衣追上她，在她头顶撑开。

"张丽。"他说。

她推开他。"谢谢，"她说，"我自己走。"

他只好跟在身后。来到环城路时她仍然没叫出租车。雨水持续不断，很快就把他淋湿了。首先是头发，肩膀，之后是大腿和双脚。她也湿透了。那条低胸连衣裙紧紧裹住身体，娇小的上半身仿佛遭到胡乱包扎，看上去廉价而荒唐。他知道街边避雨的人们都在打量他们呢，骑车经过的男女也都慢下来。她这一身实在太显眼了，湿漉漉的后背闪闪发亮，黄色拖鞋很快沾满泥浆，苍白的脚趾一团污黑。

"打车走吧。"他大声说，"我送你。"

她还是不说话。

"喂，张丽！"

她终于回头了。"我没钱打车。"她说。

"我有。"

"你走吧。"

"我送你。"

"滚！"她突然说。

他蒙了。

“你是谁？”她抱着两手站在环城路上，湿漉漉的头发紧贴额头。

“李果啊，西林小学，六年级，教语文的。你忘了？”

“我是说，你以为你是谁？”

李果站在雨里，感觉自己就像她脚下的拖鞋。

“我没以为我是谁。”他说。

雨水一刻不停，他甚至看不清她了。汽车在四周咆哮。

“你交什么钱？你以为你很有钱？”张丽咬牙切齿。“你不给钱，我顶多待几天就出来了。你要我还钱？我哪有钱？”

“不要你还。”

张丽一阵冷笑：“那你想干我？五十次？要么打个折，八十次？”

汽车的轰鸣极其嚣张，身边一个打伞的女人投来一瞥，犹如躲避瘟疫般迅速逃开了。他一把拽住张丽，将她拖到路边的房檐下。

“我本来准备给你的，”李果擦掉脸上的雨水，“是给你的钱。你要么回老家，要么干点别的。”李果取出钱包，抽出最后的几百块，“这点钱都给你。全部给你，走吧，回老家，或者重新找个工作。”

张丽笑了。“完蛋了，”她说，“完蛋了。帅哥，你怎么了？”

“你听我说，五年啦，我没攒下什么钱，剩下的几千，我留给我妈。”

她眼中的怒火正在熄灭。她摇摇头：“这点钱够做什么呢？半年房租都不够。我也不缺这点钱。”

他不知道该说什么好。卡佳仿佛出现了，就待在不远处的公交车站上，金色长发来回飘舞。

“找你女朋友去，找你喜欢的女人去。”张丽说。

她大步往前走。雨似乎小了很多。那双拖鞋一路发出软塌塌的噗噗声，有时踩中烂掉的地砖，激起一缕缕脏水，喷射到脚踝、小腿上。在返回一座城中村的半小时内，她再也没有搭理李果。后者一直跟随她走进一条复杂的小巷，角落里的垃圾堆恶臭刺鼻。在巷道底部，雨水从两幢高楼之间的深谷跌落。光线骤然变暗。张丽打开一道门，没有阻拦李果。这是他头一次来到一个陌生女人的住处。房间很小：茶几，电视，单人床，靠背椅，简易衣柜，墙上巨大的刘德华照片。让他惊讶的是，房间太干净了，几乎一尘不染。鹅黄色被子叠得整整齐齐，雪白的床单平整干净，四处弥漫着杏仁清香。

张丽把拖鞋放进一只红色塑料盆，背对李果换下裙子、胸罩、内裤。李果转过身，再转过来，张丽已换上一件宽松的灰色睡衣，进卫生间洗了脚，趿上一双棉布拖鞋走出来。她用一块蓝色毛巾一边擦拭头发一边打量李果。

“还不走?”

他没说话。

“走吧。我想睡一觉，我太累了。晚上还要找地方跳夜场。”

他还是一声不吭。

“我会还你钱的。”她说。

“不用。”他说。

她找了一条毛巾递给他：“擦擦吧，你看看你。”

“你的店，你的服装店开在哪里?”

她笑了，指指自己的太阳穴，“开在这里。”她说，“别用这种眼神看我！我不欠你的——钱我一定还。”

“你念大学的弟弟呢？还有那个不能下地的爹?”

“我男朋友被抓进去了。打架，差不多把人打死了。这是真的。我跟警察也是这么说的。”

他慢慢把自己的脸和手擦干。突然扔了毛巾抱住她。她的身体犹如一颗子弹。

“行了，走吧。”几秒之后，她挣脱出来。

“我不走。”他说。

“不行。我会报警的。”

“为什么不行？为什么偏偏我不行?”

“对，偏偏你不行。”她看着他说。有点恶狠狠的，几乎要哭了。

他再次抱住她。这一回，她一动不动，像根木头。他能闻到她头发里冷冰冰的雨水味。

“放开。请你放开。”她说，“我从来不在家里干。我觉得你们脏。”

十一

回到学校的时候，王重的门卫室上了锁。李果径直走入大门，穿过操场，走向教学楼背后的单身宿舍。大约晚八点，雨终于停了。李果躺在床上，开始发烧。他抱紧自己，那种彻骨的寒冷让他觉得一切都在梦中发生，也必然在梦中了结。屋檐上的雨水越滴越慢，随着汽车马达渐渐消失；红苑舞厅的烂俗音乐来回敲打，仿佛某种尖锐之物；六年级二班的四十多个孩子朝他蜂拥而来，他们嚷嚷着，尖叫着，高处的灯光——或许是太阳突然升起来了——一下子亮如白昼，孩子们犹如曝光过度般消散，眼前只是一片白花花的马蹄形空地。他瞪着它，知道自己已经睡着。

王重敲开他的房门时他似乎醒了，但很可能连眼皮都没抬一抬。他觉得渴，在黑暗中摸索水杯，喝干后又昏昏沉沉倒下去。张丽的脸非常模糊，无论如何也无法回忆她完整的样子。她的消瘦、苍白、冰冷仿佛藏在雨水淹没的沼泽里，而他正在忍耐的高烧，如果不是一个梦境，那就很可能是被她诅咒的结果。卡佳，只有叶捷娜·卡佳十分清晰。两点钟方向，猫一般的步伐，二十秒钟，三十五个步子，脸上的微笑货真价实，不再是也肯定不是什么无聊的幻象。叶捷娜·卡佳，生于莫斯科，现年二十二，身高一米七四，体重六十。他醒了。王重拽下灯绳。他摸摸李果的额头，为他倒了一杯水。

"我必须告诉你一件事。"他说，"关于卡佳。"

李果猛地坐起来。这回是真的醒了。没有王重。空空荡荡的房间被黑暗填满。初夏雨后的夜里传来野猫的啼哭。他强迫自己喝水，没有开灯。大约晚上九点半，他走出学校。门卫室依然没人。他没心思猜想王重去了哪里。他拦了一辆出租车直奔红苑，但舞厅大门上了锁，有人告诉他红苑停业整顿，鬼知道什么时候恢复营业。他步行穿越总站背后的城中村，带着雨水味的晚风逐渐让他清醒而激动。他找到了亮着灯光的小房间。看起来，它和所有逼仄的出租屋没什么两样。

她没去什么夜场。他又被骗了。

后来，这起被广泛描述的事件与真实细节稍有出入，但基本情节是一致的——在红苑舞厅挣钱的贵州女人张丽真的报了警，李果因涉嫌强奸被110带走了。还是总站派出所，民警一眼就认出了他。高个子警察乘周围没人，低声说："给钱不就行了吗？傻呀！"大约子夜时分，王重赶到派出所，但被告知李果可以走了——待在另一个房间做笔录的张丽推翻了所有指控。她对民警说，实在对不起，这个李果，是她的朋友。

他们打车回到学校。雨水味、梧桐叶的气味还在空荡荡的黑夜中扩散，操场庞大而深邃，少量的积水反射着零星的灯光。王重命令他躺下，让他吃药，为他敷上毛巾。最后，他坐在床头打量李果。"伙子，我有卡佳的最新消息。"他没有吭声。王重接着往下讲："今天晚上，我看见她从蓝湖方向回来，穿过学校后面的铁皮巷，跳上一辆黑色桑塔纳——看来她经常坐这辆车呢。我打了车跟上去。卡佳下车的地方是春苑小区。我没看清她进了哪栋楼，哪个单元。我向小区保安打听。那人告诉我，她不是什么俄罗斯人，当然，保安也不清楚她到底是哪国人，美国人？法国人？德国人？没准就是中国人……她每天早上要去的地方你知道吗，说出来你绝对不相信——"

"你别说了。"李果打断王重，冲自己唯一的朋友摆了摆手。

上午十点，躺在床上的李果依稀听到课间长长的铃声。叶捷娜·卡佳正在经过学校大门。他闭上眼睛就看到她了：两点钟方向，踮着脚尖，黑色皮鞋跃过积水，昂扬挺起的额头和前胸突然定格。不是二十秒，是整个夏天。

十二

6月29日，李果被西林小学开除——总站派出所还是通知了校方。再说，几个校领导和众多同事都看了某一期的《新闻现场》，惊骇于自己熟悉的伙伴居然要封堵记者的扫黄镜头。李果离开西林是次日上午9点55分。他们，他和王重，第一次走到学校的大铁门外，背靠冰凉的栅栏，耐心等待叶捷娜·卡佳。9点59分，卡佳似乎出现在远处的昏暗街口。王重揽住他的肩，浑身颤抖，对着天空吹了一记低沉的口哨。“伙子，多保重。”他说，“别忘了，一定抽空回来看看我。”

凌晨三点的卡瓦格博

今晚只能去父母家，我答应把房子借给王重。他明天请我吃饭，我说你们绝不能弄脏床单——刚换上的，白得像冬奥会滑雪跑道。我把钥匙给他，告诉他床头柜里还有一盒没拆的安全套。

王重是我哥们，没理由让他和赵芹跑到臭烘烘的宾馆去。刘蔓不会知道的，这会儿她应该站在泰山之巅抬头望月哪。她在短信里说：我们抵达山脚时天全黑了，只能月夜登泰山。能想象吗？我回复她说我没法想象。我没去过泰山，更没深更半夜爬过任何一座山。这对我来说太不可思议了。

我从西市区前往北市区父母家，七点一刻冲出北站隧道，天刚黑。我从金星立交向右开上东二环，车速不快，大约60迈吧。进入新迎北区就迷路了——一条不太平坦的柏油路向南伸展，一面蓝色施工围墙挡住去路，我前面的丰田花冠掉头往回开，另一辆大众干脆停下。我冲上人行道绕过那片深蓝，前面出现三条岔道，往右肯定不对，只能往左——那会是哪里？往哪走？怎么回家？我稳住方向盘，两分钟后擦着一棵冬青树细碎的白花停下，街边闪着一排霓虹：丁香酒吧。我下了车，走向它。

我和刘蔓结婚不到两年。今天她出差山东，送她去机场的路上我笑出声来了。

“你笑什么？”她把后视镜拧过去，从包里取出两只又大又白的铁环，小心塞进耳洞。

我说："我想起一个冷笑话，一只燕子超低空飞行，告诉所有人就要下雨了，因为燕子正低低地飞啊。"我哈哈大笑。刘蔓仔细打量耳环，"无聊。"她说。这耳环真大，像一对怪异的轮胎。我不再笑了。我在安检口亲亲她的脸，看着她高挑的背影和她的男同事们一起消失，我吹着口哨走出机场，想象刘蔓的飞机从万米高空坠毁，你连一丝残骸都找不见。后来他们找到了那对大耳环，让我确信我老婆刘蔓永远蒸发了。

我和刘蔓是在西门驿站认识的，那是西站立交桥边上一个小酒吧。那天夜里人真多，我们被安排到一张桌上。她个子高挑，皮肤雪白。她的姐妹大约十点半才到，我们一起玩骰子喝啤酒。凌晨一点我开车把她们分别送回家。那以后西门驿站成了我和刘蔓的根据地。她考虑要不要搬来跟我一起住，我说咱们结婚吧，她没反对。她说头一次见面那天我真像个坏男人，看上的准是她朋友而不是她，好在我没腆着脸问人家姓甚名谁。我和刘蔓有很多问题。我们烦透了的日子就K歌、做爱或重返西门驿站。如果吵得很凶，我会死死关上门，这个30岁女人就在屋外尖叫，用花瓶、杂志和杯子砸我的门。次日清晨我把战场打扫干净，她让我帮她扣好乳罩穿好鞋，出门前她跺跺脚，使劲拍我下巴，像一记余兴未消的耳光。

我和刘蔓都不小了，我34岁，她30岁，我想抓紧时间制造儿子，可刘蔓不干。我的偷袭均以失败告终，她在我耳边嘶吼："少装蒜，套子！"它早攥在她手心里，她直视我的阴茎硬塞过来，塑料包装带的锯齿把它狠狠刺疼了。我哇哇大叫。

丁香酒吧的格局一点不像西门驿站，它很窄，一条细细的通道伸向里间，外间由客厅改装，桌子和椅子都很小，淡黄色桌布有蓝色花纹。坐在吧台后面的姑娘没站起来。我说："我迷路了，能告诉我怎么走吗？""出门往左，一直往左，"她微笑着说，"第二个路口上文艺路，继续往左就是人民西路。到了那里，你应该知道怎么走。"

酒吧里没有一个客人。这姑娘个子高挑（像刘蔓那样高挑），挺漂亮的，一头长发，黑色夹克下面是大翻领的白衬衫。我谢了她。看不见的音响在播放王菲或莫文蔚，我要了汤力水加冰，挑了角落里一张很小的桌子坐下。外面很暗，楼房一片漆黑。

“就你一个人？”我说。

她点点头。

“没什么生意啊。”（我想说的是，什么生意也没有嘛。）

“10点以后，通常10点以后生意才好哪。”她说。

凿冰块的乓乓声响起来，把歌声压下去。夜空是玫瑰色的，能看见薄薄的云彩和细细的电线。她端着一杯加了冰的汤力水向我走来。

“还要冰块吗？”她把杯子放到桌上。

“要。”

我头顶的光从黑色灯罩里射出来。黑色牛仔裤勾勒出她漂亮挺拔的腿，再往下是一双黑色耐克平底鞋。她走回来，把盛满冰块的玻璃碗轻轻放下。我喝汤力水的声音很响。她大概二十五六吧，似乎湿漉漉的，西门驿站那些打工挣钱的大学生和她没法比。我端着杯子走过去。她在吧台后面写什么东西。

“找你问路的人一定很少。”

她笑了笑，嘴角有细细的酒窝——你必须盯着看才能发现。“最近经常有人跑来问路，昆明大变样，到处施工。”她看看我说，“还要别的吗？”

“够了。”

“给你一张奖券吧，喏，20元，周末以外的任何时间都可以来。”

我接过那张皱皱软软的白纸，上面写着数字和兑换说明。

“这是给每天头一个进店顾客的小礼物。”她说。她继续埋头写她的。

“账单，还是日记？”我说。我把那张奖券折好，塞进衣兜。

她摇摇头：“信，是一封信。”她写得很快，能听见圆珠笔划过纸面的嘶嘶声。

“信？”我很吃惊，“现在谁还用笔写信？给谁的信？”

“对不起，我工作时间不允许随便和客人说话。”

我听见外面的汽车马达声由远及近，又缓慢消失。我那辆海马静静匍匐在冬青树的阴影中。

她停下来看着我："现在已经很晚了，你是不是着急回家?"

我付了钱，走出酒吧。我站在路边回头大声说："你能给我指指路吗?"

她走出来，手里攥着那支圆珠笔。"往左走，一直走，大概5分钟你就能开上人民西路了。"她说。

我再次谢了她。我看着她折进店里，坐回吧台后面。靠左那条岔道窄窄的，两侧几家水果铺，中间的路面又黑又亮。我钻进汽车，过了几分钟才把它发动起来。

事实上我找到了乱糟糟的人民西路，我知道笔直走就是世博园，从那里沿铂金大道一路向北就能开到我父母楼下了。我在新迎南路靠边停下，一群戴头盔的小子正骑着小轮车跃上花台，再玩命往下蹦。正前方的新迎北区飞溅着电焊火花，那是刚刚展开的昆明防盗笼拆除工程，趴在笼外施工的家伙让人心惊胆战，深蓝和淡蓝的火光很快连成一片，把昆明北部变成牛哄哄的艺术之城，简直比北京奥运的漫天焰火还壮观。

我发动汽车调头往回开，5分钟后重新擦着雪白的冬青树花停好。我下车，跨上人行道，走进去。她就在那里。我刚才坐过的那张桌子旁边已经坐了几个客人。

"你那封信，写给谁?"我说。

她瞪着我。她的头发真黑。

"又迷路啦?"

我笑了："能不能告诉我，你给谁写信。"

"给男朋友。"她看着我说，"我们快结婚了。我差不多每周三给他写封信。"

我祝她结婚愉快。"能说说你要嫁的人吗?"我说。

"唉，"她轻轻叹气，"上班时间，不能随便和客人说话的。"

我站着没动，突然想到一个不错的办法——我伸手从柜台上抓起圆珠笔和白纸，在上面写起来：能否给我你的电话?

她接过我手里的笔和纸，在下面写上：不便透露。

是吗？我这样写。

是的！

我继续写在这句话后面：那我把20元奖券用掉总可以吧？来杯咖啡，我喝完就走。

她笑了。把这张写满字的纸条小心叠好，塞进吧台抽屉。我眼前闪动着她的字迹，小小的，微微向右倾斜。“徐艳。”她压低声音说，像黑白片里的地下党，脸颊涌出一片潮红，“我叫徐艳。”她把电话号码写在新的纸上，递过来。我把它折好，揣进兜里。

“谢谢。”我往外走了。徐艳一言不发。我回到车上，夜晚似乎才刚刚开始，9点23分。头顶上方传来巨大响声，有人像玩杂耍一样趴在防盗笼外巴掌大的窗台边缘，电焊枪喷出刺眼火花，转瞬被浓烈的蓝烟吞没。街灯全亮了。即将被拆除的防盗笼发出咔咔脆响——这些黑乎乎脏兮兮生了锈的大家伙来到生命尽头，市政府一声令下，所有的临街防盗笼彻底报废。我和刘蔓的家可没装防盗笼。我们的家是全新的。

刘蔓在短信上说她正在登南天门，那种几乎虚脱的兴奋就像灵魂出窍。男同胞们冲着山谷叫喊，每个人都被汗水湿透了。整整4小时，他们从中天门顺利登顶。泰山实在大得离谱，她接着说，月亮升上来啦，又大又圆，好像你一蹬腿就能跳进去。我突然发现我的态度有问题，她说，我对你的态度。是吗？我没吭声，想象刘蔓坠下悬崖，鲜血把两侧峭壁染得通红，在月光下闪闪发亮。她问我现在何处，我说回家路上。她没再回我，大约15分钟后直接打来电话：“你怎么还没到家？这么久了怎么还没到家？”我能听到泰山顶上的呼呼风声。“我被王重拉去坐了坐。”我说，“就在西门驿站。”

“哎，西门驿站，”她说，“哎，老样子？”

“老样子。还是又黑又吵，喝酒的全是一帮小屁孩。”

“我都快忘了。”

“我也快了，”我说，“快到家啦，马上。”

她愉快地叹气：“我们今夜借宿泰山之巅。”

“跟你那些男同事？”

“放屁！4女7男呢。”刘蔓啪地挂了电话。

我知道，今晚她不会再打来。

我从人民西路掉头往南开，在密密麻麻的楼房背后，一个小小的角落就是我和刘蔓的家，王重和赵芹大概已经上床做爱。小西门一带也在拆除防盗笼，到处是蓝色火焰，半空中飘着雾蒙蒙的光。一个小子像海盗那样站在斜前方二楼阳台，把割下来的铁栅栏往下扔，后面院子里传来一声闷响，仿佛大地都给砸坏了。

如果当初没遇到刘蔓也没结婚，生活会是什么样？后来我才知道就在我们首次见面的前一天，她刚把两个多月的孩子做掉了。她就是为这件事约见她朋友的。意外的客满让我和她坐到一起——现在回想起来，究竟什么东西打动了我？是她的满不在乎还是满怀忧伤？后来的生活证明我的判断全错了，我常被她扇着耳光陪她玩通宵吉普赛扑克，被牌面上的缘分、奇遇这类字眼唬得一愣一愣的。一年之后，她才说出她的故事：

那家伙是她第三任男友，有一天，他失踪了——不声不响就不见了。她还等着他“十一”那天娶她哪。他是北京公司派往云南的负责人，她飞去北京找他，他们说他没准正待在非洲大草原上打狮子呢。她回昆明那天医生说她怀孕了。她没哭。她决定堕胎。她没对任何人说。

“要是我生下那个儿子，你会和我结婚吗？”她说。我答不上来。“男人啊，自私的狗东西。”她说。“我知道是儿子。一定是。”她说。这件事让刘蔓逐渐变成悍妇。她揍我、咬我，趁我睡着的时候用指甲刀划伤我的背，半夜里抱着台灯猛射我的眼睛。“你回答我，”她说，“如果我生下儿子，你还要不要我？回答！不知好歹的狗东西！”我什么也回答不了。她扒开我的眼皮一字一句地说：“李果，我不会给你生儿子的。记住我的话。”

我们最近的谈话是关于防盗笼拆除的，那是在去机场之前。她说：“那些家庭需要防盗笼，那是很久以前就修的了，拆了以后他们拿什么保障安全？”

“会修一个新的。”我说。

她摇摇头：“要换掉很多东西。就像把你的血抽干净，再换上别人的脏血一样。”她说：“李果，有时候我觉得你就像个白痴。”

我像个白痴那样待在建设路口。一对年轻情侣站在新建设电影院门前，就在《三枪拍案惊奇》艳俗的招贴画下面伸出舌头舔一只蛋筒冰激凌。我决定回去，回新迎小区，回丁香酒吧。我记得大学毕业那年我和王重骑车闯入云南大学篮球场，一个刚从盥洗室回来的高个子女孩把我深深打动了，我们鼓足勇气拦住她，问她能不能一起玩会儿篮球。她说：“我男朋友正在宿舍里等着呢，要他加入吗？”我说：“谢谢，不麻烦了。”

我开到武城路附近才掏出那张纸条。大片灯光把翠湖北路照得惨白，一个家伙从他的捷达车里跳出来叉腰站着，嘴巴张得很大，仰头张望楼上正在拆除的防盗笼，我真担心飞溅的火花砸烂他的牙。他不停叹气，左右打量，一边啐唾沫一边骂娘。

电话通了。

“哪位？”

“是我。”我说，“那张奖券还没用哪，我能现在过来吗？”

她像是长长叹了口气。“12 点打烊。”她说。

再次走进丁香酒吧还不到 10 点，已经有不少客人，徐艳端着饮料和果盘在窄窄的过道里穿梭。她看见我的时候满脸无奈，接着往旁边直瞅，冲我挤挤眼——就在我坐过的那张小桌前坐着个老家伙，夜里还戴一副茶色眼镜，一头三七开的花白长发；脸很瘦，皱纹很深，穿一件黑色粗毛线衫，正捧一杯红酒慢慢喝。他抬眼打量我的模样不太对头。

“是你，我一眼就看出来了。”他说。

我站着没动。他大约 50 岁，也可能 80 岁。他冲我微笑，把手里的酒杯举高，“一起喝一杯？晚上喝点红酒有好处，我晚上经常睡不着，就下来喝上一杯，回家倒头就睡。”他说，“我这里有不少好酒，弥勒酒庄 1986 年第一批云南红，1882 年的怒江茨冈干红，那是法国传教士在云南酿造的精品。”

我还是没动。他站起来冲我挥手：“来吧，兄弟，喝一杯！我差不多该上楼睡觉了。”他让徐艳取一只长脚杯来，给我斟酒。瓶子上没有商标。“这是 1997 年的法国波尔多，”他说，“一个朋友从香港带的，不是太好，但比现在的云南红好多了。”

我谢了他。我看不清他茶色镜片背后的目光。我猜他是丁香酒吧的常客——不对，他一定是酒吧老板。我直接问了他。老家伙嘿嘿一笑：“这有什么关系，我的，徐艳的，有什么关系？干杯，身体健康！”他抓起杯子碰了碰我的，一口气干了。他抿着嘴唇，看看吧台后面的徐艳，又看看我。

“头一回来丁香？”

“头一回。”我说。

“还算安静，对吧？都是回头客，他们就喜欢丁香的安静。小是小了点，但是，足够了。”

我没吭声。

“我是云南最早一批驴友。不信你去各大旅行社打听，上点年纪的没有不认识我的。”他突然俯身盯着我：“见过凌晨三点的卡瓦格博吗？”

“什么？”

“凌晨三点，滇藏边界，梅里雪山主峰——卡瓦格博。”

我使劲摇头，觉得老家伙就像这个复杂的夜晚一样不可思议。

“当年我常去看它。一个人骑单车从丽江到中甸再到拉萨。天气好的时候，卡瓦格博峰就像泡在水里的金子，你盯着它看，顶多 10 分钟你就飘飘欲仙了。不骗你。”

我说我很难想象。

“每到一个地方我就找酒喝。后来我闻一闻就知道是哪个地方产的了，都不用尝。我是在丽江束河认识我老婆的，3 年前，我们爬梅里，遇上雪崩，我跑啊跑，我一直拽着她呢，后来我回头看，手里只有她那只手套。我回到昆明，开了这家酒吧。现在你知道为什么叫丁香酒吧了？”

徐艳正背对我们收拾酒柜。我能从老家伙墨镜上看到自己变形的圆脸。透过茶色镜片，我隐约看见他的右眼比左眼更大更白，深黑色眼仁一动不动。我明白了——这是一只假眼。一些惊悚的念头在我脑海里翻腾。我左右打量，音响里还在播放王菲或莫文蔚的歌，又空灵又神秘。有一句歌词是："好好想一想，你我当初的模样，我的心是一道墙……"

我听见他把刚说的话又说了一遍，"很久没去了，3 年多了。我连做梦都没梦见过它。但只要你闭上眼睛，只要你愿意，它就在那里，高耸入云，一清二楚。"他笑了："兄弟，你在听我说吗？"

"你说什么？"

"我说，我和徐艳，我们就快结婚了。"

"结婚？"

他老得能做徐艳的亲爹啦，还是半个瞎了！老家伙用他完好的右眼盯着我，缓缓转动手里的酒杯。"我们认识很久了。准备下个月 18 号结婚，我想带她去吴哥窑看看。不，不去卡瓦格博，去柬埔寨。她啊，打着灯笼都难找。兄弟，我运气不错。"

我什么也没说。

"你要了徐艳电话，"他压低声音，"你还给她打过电话。对吧？"

我盯着他那只假眼。心脏怦怦跳，像一只抛了锚的破马达。

"你误会了。"我说。

"误会？"他摇摇头，指了指吧台上方的墙角，我这才发现两只黑乎乎的摄像头。谁能料到这间小酒吧还装了这东西？一股屈辱随着背景音乐顶住我的喉咙。我浑身冒汗。

"没事。"他笑了。他使劲摇头，好像觉得这里太热。"兄弟做什么的？"我告诉了他。"结婚了吧？"他说，"我看你戴着戒指。"我承认了。他轻轻敲他的空酒杯："你真该去看看凌晨三点的卡瓦格博，真该去看看，那种感觉很牛逼。你会对很多事情产生全新的理解。不骗你。"

我想告诉他我老婆刘蔓就待在泰山顶上呢。她是否已经对很多事情产生了全新理解？当你烦透了的时候，只要看看凌晨三点的卡瓦格博就管用吗？他站起来了，走到吧台后面抱了抱徐艳。他拿到她今晚写给他的那封信，我猜他就为这个来的。他凑到灯光下面，掀起眼镜。我能看到他左眼完好的那一半脸，他认真看着，笑了，把信纸合上，折好，把眼镜拉下来。他走向我，冲我大声复述一个重要的句子——我想跟你出一趟远门，我可以趴在你软塌塌的肚子上说你又老了。“哈哈，写得多好，比于坚的诗还牛逼!”他大声说，“兄弟，你们聊。时间不早了，你喝了酒别开车，打车走，可以把车停我院子里。”

他冲我伸出手。我们握了握。他的手又粗又热。他转身看着他的女人说：“早点回，我等你。”

她沉默着收拾酒瓶、杯子和瓜子壳，后来她把莫文蔚的音量调得很大，然后又关小。直到两桌客人起身结账离开，酒吧里只剩一桌客人——一对情侣模样的男女，徐艳才走到我面前。

“抱歉，11 点 58，打烊了。”

我把杯子里的酒喝完。她微笑着驱赶最后那桌客人，饶了他们 3 块零头。我跟她走出去，看着她拉下电闸，拽下卷帘门。现在一片黑暗，远处楼房传来电焊的吱吱声，淡淡的蓝光来回摇曳。

徐艳站在门口。“我该走了，”她说，“他在等我。”

我点点头。“再见。”我说。她在我身后说：“他是个好人，你别怪他。”我转身看着她。“对不起。”我说。

她看看我，又看看远处的黑暗。她突然说：“能上你车里坐几分钟吗?”

徐艳坐上副驾位置，我发现她在微微发抖。我一动不敢动。

她本以为那只摄像头早没用了——他很长时间没看过什么监控录像，她才给我留了电话。偏偏今天，他被拆除防盗笼的工人赶下楼，继续喝他上次留下的红酒，突然想看看今天都录了些什么。他在电视上看到我时笑出声来。说这小子真有意思，居然写字条，亏他想得出来。然后他独自待在角落里，很长时间一声不吭，就连老顾客冲他打招呼他也没说一个字。

“这不是我的问题，”徐艳说，“是你走进来问路，又打听我姓什么叫什么的，对吧?”

我望着外面的黑暗。“我该走了。”她说。

我把汽车发动起来，她即将下车时我问她：“你去过吗，凌晨三点，卡瓦格博？”

她摇摇头。

“今晚就去？”我说，“汽车能开上去？”

她总算笑了。“去一趟海埂大坝就够了。”她说。

“海埂？”我说，“现在？”

“就现在。”她说，“想象一下。行吗？”

我照她说的做了。我闭上眼睛，由绕城高速冲上高架桥。该往哪儿开呢？顺东二环一路往南，没错，再掉头往北上高海公路，40 分钟后抵达海埂大坝。黑乎乎的滇池躺在西山脚下，我们沿大堤往前走，四周大风呼啸。我们坐在硬邦邦的木头椅子上，真冷，即便她温暖的清香环绕着我仍然很冷。如果你去过海埂大坝，你会知道那种感觉——荒凉，边远，没有尽头。堤岸下面的红塔南路没有一辆车；飞来昆明过冬的红嘴鸥早睡着了，天亮的时候它们将振翅疾飞，迎着大风冲上最早一批游客的头顶。

“我们下个月 18 号结婚。”徐艳说。她睁开眼睛。挡风玻璃前面一团漆黑。

“你看上他什么呢？酒吧？”我说。

“一年前，我刚认识他不久的一天，我们的车撞上隔离栏。我没事，他的左眼没了。”

我盯着外面，一片蓝光在又高又远的空中明明灭灭。

“那天晚上喝了红酒。我坚持开车。现在你知道我怎么想的了？”她说，“他是个好人，真的。但运气不好。我每星期给他写封信，我喜欢丁香酒吧，我可以一辈子守着它。”

我还是一动不动。冬青树、垃圾桶和一两个模糊的人影掉进黑暗里。

出事之后他的丁香酒吧快料理不下去了，她干脆辞了职帮他看店。就像我和刘蔓在酒吧认识那样，他们就是在丁香认识的。他为她播放了一首《萍聚》，问她喜不喜欢，她说还行。他塞给她一沓代金券，希望她经常过来坐坐。就这样，她经常溜达过来喝点东西，几乎没花过什么钱，可她从来不是头一个进店的顾客。

正前方突然蹿起刺眼的火花，远处传来嘶哑的汽车马达声。“对不起。”她说。

“对不起什么？”

“今天晚上的事情，对不起。”

“这事怪我。”

“不怪你。”她看看我，“我该走了。”

我似乎被海埂的冷风吹得够呛。刘蔓会从泰山顶上下来飞回昆明的。她不会留在那里削发为尼或者做个专职导游。她的飞机永远不会坠毁。她将在5天后的某个清晨咔嗒一声撞开房门，拖着行李箱闯进卧室，把我从床上揪起来让我整理她的乳罩、T恤和内裤，给我看她都给我买了什么，一块能敲断小腿的泰山石，一根帮我走路的竹节拐杖。

“你不了解他。”她说，“有一次还为了我和几个小混混打架。”

“嗯。”我说。

“他不太会说话。他就是不太会说话。其他的，都很好。”

我没吭声。过了几分钟才说：“我送你上楼？”

“不用了。”她说。

“刚才你看到什么了？”我说，“站在海埂大坝上眺望滇池？”

“我就去过一次，”她说，“我想不起来了，什么都忘了。黑乎乎一片。”

她推开车门走下去，站在黑暗中冲我挥挥手。我半天才发动汽车，慢慢往前开，往左，再往左，200米外就躺着笔直的人民西路。从倒车镜里你是看不见她的。

我没回头。

我在8分钟后收到刘蔓的短信：我睡了，南天门的小旅馆真冷，一把牙刷卖5块钱！我真想家。我回了她：晚安。3分钟后短信又来了：李果，我是不是该为你生个儿子？

我把车子靠边停好，不知道怎么回复刘蔓。

她发来最后一句话：可我已经有过一个了。

我想象刘蔓在泰山顶上的小旅馆用5块钱的破牙刷就着冰冷的山

泉刷牙，直到把整张嘴巴戳破、搓烂。车外右前方是某小区仍在进行的拆除现场，这帮家伙没有老婆孩子不用回家睡觉吗？几条绳子从屋顶垂下来，穿灰色制服的小伙子们岔开两腿骑在绳子两侧，手里举着电焊枪和防护面罩，在防盗笼上不断制造魔幻般的蓝光。如果耐心一点，你还能听到挖掘机吊车卡车在远处工地上的轰鸣。一路上我看见很多小区的防盗笼还在拆除，这帮民工要干到天亮吗？凌晨一点的北京路又宽又直，路灯洒上去像刚下过雨一样透亮。我打开车窗，夜风扑面而来，狠狠划拉我的左耳，让我差点没听清手机铃声。泰山顶上的刘蔓改变主意了？

"李果，还没睡？"王重大声说，"你肯定想不到，他们正在拆对面的防盗笼，我和赵芹根本没办法躺下来。他们的电焊枪那么亮，把卧室晃得一清二楚——这帮杂种，全疯了。窗帘呢？你和刘蔓嘿咻的时候不用窗帘吗？"

"洗衣机里找找看，一定是刘蔓出差前把它拆下来了。快找找，你把它装起来就行了，再亮的光也透不进来。"我说。

你收到我短信了吗

在这个时代，如果你连短信都没有，还怎么混啊。

——于丹对孔子“人无信不立”的解读

我接到第一条短信是去年 12 月 19 日，我记得很清楚，那天一个染着金黄色头发的姑娘在我店里大声对另一个也染着金黄色头发的姑娘说，周杰伦明年 1 月要来昆明了，这次是参加什么“M 大会”。这个姑娘在我店里挑了一袋土豆片，另一个抱着手，什么也没买。后来她们走进文林街的阳光里，我收到了那条短信。当时我正在想，她们无论如何都算不上漂亮。

“时间是苍白的，友情是真挚的；等待是无奈的，问候是热烈的；冬天是寒冷的，期待是温暖的。祝我最好的朋友周末愉快！”

这就是那条短信，一条我们在任何节假日都有可能收到的短信。问题是，这是一个陌生号码。我不认识发信人。我朋友不多，也没什么新朋友，认识的人把我号码透露出去的可能性太小了。最好的朋友？我琢磨这句话。那么，发错了？看起来应该是这样。我把手机举起来，凑到阳光里，想把发信人这串陌生的数字看得更仔细些。最后我按了返回键。

是的，我没回这条短信。

但那只是开始。

3 天后我又收到相同号码发来的短信。这次的问候还要长些，看起来应该是网上最流行的那种短信。我还是没回。第6天，短信又来了，这一次他（她）劈头就问："收到我短信了吗？"

我从藤椅里站起来，在货架之间来回走。今天是星期三，没什么生意的星期三。蒂朵的歌声来回飘荡，我把音量开得太大了。她有点嘶哑的高音为这条短信增添了神秘气氛。如果对方早就发现错发短信的话就应该停止再发；否则，要么他（她）真认识我，要么把我的号码当成某个朋友的；当然不排除恶作剧的可能，但显然不是招领大奖的诈骗短信。我考虑要不要回。公交车驶过门口的文林街，发出干瘪的吭哧声，对面米线店的窗玻璃脏兮兮的。我还是回了："你好，发错了吧，我不认识你。"

对方没有立即回复。我等了很久。直到蒂朵在演唱会上引发的骚动和尖叫消失，我的手机才嘀嘀尖叫起来。

"现在不就认识了？你好，很高兴认识你。"

我想了想，回到藤椅上坐好。后来又起身走到门口，让阳光洒到身上。

"你好。"我回复说。

"每一朵鲜花就是一个世界，每一份心情就是一种聆听，每一个朋友都值得关怀，每一次问候都值得期待。"他（她）回复。我拿不准，这是他（她）现编的还是转发的？

"能告诉我你是谁吗？"我说。

"祝你今天开心。"对方说。

"你没有回答问题。"我说。

"祝福还不够吗？"

"我总该知道，谁送的祝福吧？"

"比起祝福，我并不重要。对吧？"

"不想说还是没必要说？"

他（她）没回。

事情的起因就是这样。现在回忆起来也没什么好说的——我们的手机不是经常接到这样那样的奇怪短信吗？很多短信我们悉心珍藏，更多短信我们看过就忘，还有的短信注定会改变点什么，我现在不能肯定去年12月19号的短信最终能改变什么，但，我有这预感。

我的小超市或杂货店生意一般，我没想过再干点别的。还能干点什么呢？10年前，大学没毕业我就辍学了，昆明那所大学除了让你练练酒力打打群架实在不怎么样（我就不点名了），之后我干过广告公司跑单、旅行社计调、导游、报社发行员、公司内部刊排版等等等等。后来终于开了这家店。一切还算顺利。我终于安定下来，老老实实待在一个角落里，挺好的。再说文林街是你们知道的那种最适合开店的街道之一。我的意思是，你总会找到适合你的那种生活。生活本身没什么诀窍。

上午9点开张的时候，我习惯向文林街西头眺望。一排5层高的灰色楼顶有几只黑乎乎的鸽子笼，每天早晨9点钟，一个身材瘦小的老头准时爬上楼顶平台，打开鸽笼。他吆喝着，把二十多只（通常是一大群，我总是数不清楚它们的具体数目）鸽子赶出来飞进蓝天。鸽群没有鸽哨，它们沉默地飞翔一天之后通常在黄昏时分贴着新建设电影院的广告牌返回，我能听到它们哗哗降落的声音，就像一群树叶被抖落下来。它们落在楼顶平台的围栏边缘，迫不及待地梳理羽毛，咕咕直叫。老头及时出现了，他迎着薄薄的夕阳，给他的鸽子带来食物和水。

后来的短信不算长，对方好像已经是我的朋友。“你在干吗？”他（她）说。（当然啦，我当然期盼对方是个女孩。）

这一次我刚刚目送鸽群在一片楼房后面消失。我想了很久才回复：“坐着。”

对方回得飞快：“有意思。你上班，还是不上班？”

“我上，也不上。”我说。

“呵呵。”（注意，如果对方是个男的，通常会傻乎乎地“哈哈”。）

“我开店，就是那种小超市。”

“呵呵，真羡慕啊！”

“你呢，哪里高就？”

对方回答：“一家事业单位。”后来我们聊了点别的，比如我的店，我卖的方便面和餐巾纸，她（他）的生活：无聊的文件、会议、打杂。我的眼前已经出现一个长发女孩抱着文件夹在数不清的陈旧、阴暗的办公室跑来跑去的模样。但我想象不出她的相貌、身材、年龄或者衣服的样式。她（他）说话了："我知道你是个男人，年龄在28～35之间。对吧？"

我暗暗吃惊。"对，我猜你是个女人，年龄18～25之间。对吧？"

"呵呵，真聪明。"

我按住手机键的手指微微颤抖起来。我倒了一杯水，回藤椅里坐好。一个学生模样的男孩走进店里，他打量着我。10分钟后他离开了，没买任何东西。文林街上非常安静，听得见单车胎碾过路面时细微的爆裂声。

她接着问："结婚了吧？"（你看，一切都在朝我期待的方向发展）

我没回。她又问："呵呵，总不至于离了？"

我还是没回——别太快了，对方还是一个陌生的神秘女人哪。我冲我的诺基亚吹了一记口哨，退出短信菜单。店里还是没什么生意，我搬起椅子坐到门口，阳光在对面的米线店折出一个奇异的菱形。我看见戴白帽子的女店员给自己拿来一张报纸。天空中什么都没有，但我真希望我能看到那群鸽子。它们飞越西山和滇池了吗？

第二天没有短信。第三天还是没有。我想我是不是把她惹恼了，是不是该主动发给她？像我这样的老家伙主动给一个工作不久的姑娘发个短信能有什么问题？可我想再等等。我把手机放在柜台上，不久它就嘀嘀尖叫起来。我抓起它。这不是她的，是银行投资顾问介绍之类的杂碎。我把它删了。

我看见养鸽子的老头走上屋顶平台，他两手叉腰，冲西边天空张望了很久，然后动手打扫鸽笼。大约1点，刚刚看过中午场《投名状》的年轻人潮水般涌出新建设电影院，他们兴奋得要死，三三两两经过我的门口。一个眼圈漆黑的男孩和他的伙伴走进来，他一直在称赞《投名状》。"姜武阳把一颗人头举起来的时候真牛逼，帅呆了。"他说。他们买了几包红河烟。这个孩子临走前点燃他的烟，眯着眼睛对我说，我该进一点流行小说摆在门口，比如郭敬明什么的。我没搭理他，只是微笑着摇摇头。他们走的时候还在谈论郭敬明。我想说的是，我凭什么要卖一个小偷的书？

黄昏说到就到，我劝说自己应该在鸽群降落的时候给她发条短信。但它们出现时我还是一动不动。我看着鸽群掉落到屋顶平台上，它们凌乱地扇动翅膀，一些羽毛飞入夕阳。我能听到噼噼啪啪的响声，它们似乎在鼓励我按出几个问候的字来。可我还是找不到勇气。

晚8点，我打烊，拉下铝皮卷帘门，慢慢走回翠湖北路的住处。我没心思吃晚饭。后来我泡了一杯红茶，把电视打开。手机放在茶几上。我考虑要不要把上次刘东送我那瓶云南柔红打开喝几杯，但我还是坐着没动，要找一支开瓶器再拔出它的软木塞多费事啊。

大约10点，我说服自己走进厨房煮一碗面。就是这时，手机发出短信嘀嗒的尖叫。我冲进客厅抓起手机。果然是她。

“没睡吧？”

“没有。”我回复，“你也没睡吧？”

“躺下了。”她说，“我睡得很早。”

“这两天很忙？”

“对啊，年底，事情很多。”

房间里回荡着短信来回奔走的嘀嘀声。

“注意身体。”我说，“我一个朋友的舅舅最近被查出肺癌，很快就不行了。从前没有一点征兆。”

“唉。”她叹气，“各安天命，对吧？”

“要善待自己。”

“我上次的问题还想再问。”

“什么？”

“你结婚还是离婚之类的。我现在对感情故事比较感兴趣，多刺激啊。能告诉我吗？”她说，语气像在恳求我，“好吗？行行好嘛。”

我看着这个句子，它们待在那里，似乎被无限放大了。我在客厅里走了一个来回，然后来到窗前，我看不清外面，只有稀稀拉拉的灯光透进房间。电视在放一部军事题材的电视剧，炸弹假模假式地爆炸，尸体一类的东西飞向空中。

“我离过婚。”我回复。还是说了实话。我把电视声音全部关掉了，这样一来，我感觉自己在面对一个耐心的倾听者。手机不断闪烁的光亮和嘀嘀呼唤使它看上去就像拥有生命的小动物。她只回复了一个字：“哦。”为慎重起见，我追问她：“你是怎么知道我电话号码的？”大约一分钟后她回过来：“随手发的，前三个是空号，只有你的手机回信了。”

“你不相信我啊？”她追问。

“不，不是。可为什么要随手发短信呢，给你不认识的人？”

“我怎么知道？”她说，“呵呵。我收到别人的祝福就随便想出几个号码转发出去。这有什么好奇怪的？给我发短信的家伙我也不认识啊。”

她催促我快讲讲我的故事，作为交换，她当然也会讲讲她的。看起来，她有点急不可待。

我喝了一口水，身体陷进沙发。我字斟句酌。该从哪儿开始？从陆小鹿走进我店里的那个大雨天？我能准确想起那天的情景，大雨从中午一直持续到傍晚，大约7点钟的时候陆小鹿跑进来了，她的头发湿漉漉的，她没带伞。我猜她是从文林街西头一路跑过来的，在每个屋檐下面走走停停。当时店里的光线太暗了，但是她的脸被光照着的那部分还是很漂亮，鼻子挺拔上翘，穿一条蓝色牛仔裤，一只脚搭在门槛上，一头长发随随便便扎了一个马尾。她没买我的任何东西。但这有什么关系？店里没有其他客人。雨水的气味夹杂着文林街上梧桐树叶的腥味涌进店里。我故意把音响打开了。我看见她终于回过头，似乎被蒂朵的歌声震了一下。我把音量再放大了些。她看看我，像在分辨什么东西那样皱皱眉头，果然，她向我靠近了一些，我看见她脚尖上的雨水很快就把地板弄湿了。

我能想到的就是这些。后来是我主动把伞借给她的。再后来，这个在一家保险公司上班的姑娘隔三岔五跑到我店里买点东西。三个月后她就成了我的女朋友，又过了三四个月吧，我们结婚了。

“很浪漫。”她的短信这么说。

“也许吧。”我说，“挺顺利的。”

“什么时候的事情？”

“两年前。”

“什么时候离的？”

“半年前。”

“为什么？”

我仔细搜寻着字句。这该怎么回答？

我还记得陆小鹿伸手接过雨伞时说的那句话：“你这个人胆子不小。”我还记得当时雨几乎停了。我们结婚那天也是雨天，我的亲朋好友都抱怨这可不是什么好天气，但我还是庆幸这天能下雨。婚后我们的生活还算稳定，我的店基本能维持这个家。陆小鹿挣得不多。我们要那么多钱干什么？当初我就是这么想的。陆小鹿大概也这么想。后来公司把她派到深圳总部干了两个月，回来后她就变了。她在那边有了别的男人。

“这算不上什么新鲜故事。”我说，“知道我是怎么发现的？”

“你说啊，快说。”

“是短信。”我说。

“你像《手机》里面的女人那样偷看她的短信？”

“不，你猜不到。”

“洗耳恭听。呵呵。”

我迟疑着。现在电视在播放广告。我想关了它，但又觉得应该把它开着。我当然记得发现短信的那个晚上——我要了一个花招——那段时间陆小鹿的手机总是在夜里10点过后接到短信。她解释这只是同事、朋友的问候。那天夜里，我大约凌晨2点起床，乘着窗外的月色把她的手机翻出来，我悄悄来到客厅里，在黑暗中逐一翻看那些短信。我看到的是众多肉麻的、不堪入目的短信。其中几条足以证明他们上过床了。内容我不想再重复。当时我在客厅沙发上一直坐到天空发白，那种尖锐的疼痛后来转变成空空荡荡的麻木。我在沙发上紧紧抱住自己。她醒来上厕所的时候吓了一跳。

“怎么了，李果？”她摇晃脑袋，揉着眼眶，似乎想把我看清楚，想确认我的身份。

她呼唤了很久我才感觉自己清醒过来。那种钉子钉入身体的疼痛又回来了。我把她的手机举起来。她站在我面前，摇头，叹气。我突然哭出来了，哭声越来越响。我觉得这就是世界末日。有什么东西坍塌了，轰的一声，像一幢房子，比如我和小鹿的房子，坍塌了。她走近我，试图抱住我。我用力甩开她，缩进沙发，像个孩子那样逃开。她最后用尽浑身力气紧紧抱住我，一动不动。我后来发出的嘶吼居然变成莫名其妙的哀求："我想回家，我想回家。"我听见自己不停重复这句话。我也听见小鹿不停地哀求我："李果，你别这样，别这样，这就是你的家，你还要去哪里?"我看见她早就泪流满面。没有比眼睁睁看着你心爱的人泪流满面却无能为力更让人伤心的了。

我记得我打了小鹿，或者说我狠狠抓了小鹿。在她的左侧下巴到左耳之间的地方，至今还有一道若隐若现的伤痕。那一下子来得极其凶狠，即使房间里昏沉沉的，我还是看见鲜亮的血从她下巴上涌出来。

"后来呢?"她问。

"后来她去了深圳，在那边物色新的男人，开始新的生活。"

"嗯？我不明白!"她被搞蒙了。

我摸了摸自己的左侧下巴，心跳在加速。我在手机上按下这个句子："所以现在我的脸上至今留着这道抓痕——我妻子的杰作。你明白了吗?"

"你是说，那天晚上，发现秘密的人是她?"

"唉……"我说。

接连几天没有她的短信。临近新年的时候我的生意好了很多，我开始忙起来。转眼就是圣诞，她给我发来一条很特别的问候短信——不规则的八角形组成烟花漫天的模样，中间几个字是圣诞快乐。我也给她回了，但没有转发现成的，而是特意祝她在圣诞节一大早收到圣诞老人的礼物，堆满她的所有房间。我就是这么说的。我想这就是我能想到的最好的祝福了。她最后回了我一个冒号和括号组成的笑脸。

新年说来就来，2008 年第一天的中午我收到她的短信，看得出不再是转发的，她祝我在新的一年赚大把大把的钱，再娶一个全昆明最漂亮的老婆。这天晚上我溜达出门，夜晚的文林街和白天没有多少相似之处：我超市左边是花冠蛋糕店，生意通常做到10点；再过去是著名的凯撒酒吧，每天晚上从电影院散场出来或者等候夜场的年轻人经常聚在这里喝酒，在凯撒和电影院之间是另一家名叫滚石的酒吧，生意永远赶不上凯撒；如果穿过新建设十字路口，左右两侧是各种各样的碟店、小吃店、精品店和服装店。这一带越来越热闹，甚至出现卖假耐克的小店，一件逼真的耐克外套只要40块，能想象吗？顺着新建设大坡向下有大片手机店，我经常被人叫住问要不要700块的仿真诺基亚手机。有人说麦当劳在电影院下面开家分店是迟早的，现在新建设的日本面馆太赚钱了。

新年的夜里，灯光好像比平时更多更亮，到处是彼此缠绕的音乐和歌声，我路过花冠蛋糕店的时候看见王重还在忙着收钱找零。我抬头看看远处的屋顶平台，鸽笼模模糊糊，什么也看不清。我想象那个老头爬上屋顶，把鸽子赶入黑夜。你见过鸽群在夜晚飞翔吗？我往回走的时候看见一个家伙从凯撒跑出来，就蹲在刚刚打烊的花冠蛋糕店门口大声呕吐。我想让他去别的地方吐，但我站着没动。他发现我的时候向后退了退，背靠着墙。"你的，看什么看。"他说。接着他咧嘴笑了笑，"大哥，"他说（但很明显，我比他年轻得多），"不好意思，真的不好意思。我刚发现我的女人干了对不起我的事情。我们正准备结婚。现在怎么办呢，你说，我怎么办？"

我看着他。"我不知道。"我说。他顺着墙壁坐下去，坐到地上去，把头埋到膝盖上。他的一只手在地上抠来抠去，好像要把盲道上的地砖抠出来捻碎。一个年纪和我差不多的男人从凯撒走出来奔向他，他叫着他的名字，想把他拽起来。我默默走开了。

我回头向屋顶平台张望的时候，还是什么也看不清。我想我总有一天会爬上去看看的，没准帮着那个老头把几只懒惰的鸽子赶出鸽笼，再给它们买点什么好吃的。

短信从1月3号或4号重新开始。她解释说这几天去了一趟腾冲和顺，玩得很愉快。"我都不想回来了。"她说，"如果让我这辈子做一个选择，比如待在什么地方，我就会选择和顺。太漂亮了，而且安静，夜里你能听到潺潺的溪流声，推窗就能看见荷叶在溪面上摇曳。”

我回复她：“听说过和顺。真想去看看。”

她说：“呵呵，你应该去那里开个分店。如果是我，一定去。”

我琢磨着怎么回复她，一边给一个买了几盒鸡蛋的中年女人找零。她一直在抱怨最近的鸡蛋价格涨得太离谱了。“干脆买一只母鸡，让它下蛋算了。”她说，“这是一笔划算的买卖，对吧？鸡蛋吃腻了的话你就把鸡宰掉吃鸡肉喝鸡汤，对吧？你说我买这些鸡蛋的钱够买多少母鸡了？”我看着她缩着脖子走出店门，有点吃力地拎着一篮子东西，身体向左侧倾斜，慢慢消失在新建设十字路口。

我这样回复她：“我昨晚梦见我和你在发短信，后来左右店铺的家伙上法院起诉我，他们说我的短信噪音超过 100 分贝，严重干扰了他们的正常生活。我被法院判了无期徒刑。奇怪的是我在梦里一点不觉得悲伤，我平静地接受判决。然后我醒了。真巧啊，你的短信就来了。”

这次她哈哈大笑。

上午的信息基本如此。卖出几样东西之后我把藤椅搬到门口，给自己泡了一杯茉莉花茶。上午 10 点多，生意莫名其妙地冷清下来。花冠蛋糕店香气扑鼻，但也没什么生意。我看见王重戴一顶印有花冠字样的红色圆帽擦着玻璃橱窗，夜晚消耗过度的凯撒酒吧大门紧闭，对面米线店的女孩正忙着给客人端上一碗小锅米线。

她的短信又来了：“店门已经打开、阳光洒了进来？”

“没错。街上很安静，阳光正在把我和我的店照亮。”

“如果我来买你的东西，会认出我吗？”

我不知道怎么回答她。后来我说：“没准。”

她半天没说话。我估计她忙活起来了。她忘了对我的故事刨根问底。

大约中午的时候，一个高个子女孩从对面米线店走过来要了一盒红河香烟；不久，一个男孩买了一条绿箭口香糖，一个中年女人买了一包巧克力威化。就这些。王重进店时我正在向楼顶平台张望——今天店门开晚了，我既没看到老头，也没看到鸽群，但鸽笼是空的。王重挑了一盒红塔山香烟和一盒火柴。现在还有多少人抽烟用火柴？他趴到我柜台上，从火柴盒里抽出一根点燃，然后才把香烟拆封。他直接把烟吐到柜台的玻璃板上，看着蘑菇状的烟雾缓缓升起。“李果，帮我想想，”他说，“给我女朋友买点什么东西做生日礼物？”

王重二十四五，半年前从玉溪新平来到花冠蛋糕店打工，我们处得还不错。我建议他买我店里的保湿面膜，效果很好。他犹豫了一下同意了。“好，听你的。”他说，手指在我的玻璃柜台上敲了敲，“我一大早开门的时候你猜我看见什么了？真恶心，不知道是谁昨晚喝多了，在我们门口吐得到处都是，我早上洗了半天才弄掉。”

我告诉他我曾经见过一个吐酒的男人——那是三天前的事情了，不知道是不是同一个人。“你应该制止他。”王重说，他走向里头的货架，寻找我向他介绍的保湿面膜。

“他说他被女人骗了。”我说，“我怎么能制止一个被欺骗的男人？”

“被骗了？”王重拿着一盒面膜走回来。我告诉他，就是这个牌子。“怎么被骗了？”他看着我说。我能看见他下颌两侧新长出来的白头粉刺。

“我怎么知道？”我说，“他大声告诉我，他发现他的未婚妻有了别的男人。就是这样。”

王重挠挠头。“我猜是捉奸在床。”他说，“现在的人都怎么了？你离婚了，我们花冠的老板娘也跟别人跑了。到处都是这种狗屎故事。”他疲惫地看着我：“你说，我家小敏不会这样吧？不会这样对我吧？”

“那就看你的造化了。”我说。他一口气拿了四盒，他付了钱，眯着眼睛走出店门，仿佛被对面米线店铝皮屋顶的反光刺疼了眼睛。我把音响打开，蒂朵孤独的歌声开始在店里弥漫。不久，我又收到她的短信。

“你还得说说后来的故事。”

"后来的?"

"我记得你说你老婆发现了什么，你的短信什么的。那个人是谁？后来怎么样了?"

"你太好奇了。"

"呵呵。"她笑了，"作为交换我会把我的故事告诉你。否则我天天骚扰你。不信?"

看起来我没别的选择。那个叫赵燕的女人认识我的时候告诉我她和她丈夫正处于分居状态，她男人那方面不行，离婚是迟早的。见了第一面，她就主动发短信约我吃饭，大约吃了三次饭我就去了她的住处，我们就这样睡到一起去了。直到那天我才认真打量她的长相：微胖的圆脸，身材丰满高大，手和脚都显得大，总穿一条土气的浅白色牛仔裤，把扁平的屁股紧紧绷出来。她在一家私立小学教语文，说话很大声，经常当着很多人的面说黄色笑话然后哈哈大笑。我们大约每周见两三次面，几乎都在她那里，偶尔也在我那里（前提是小鹿出差)。谁都没提过什么将来，我相信我们这种关系很快就会结束。

但两个月后我突然收到一条短信，他自称是赵燕的那个分居丈夫。"我知道你们之间的丑事。"他说，"我什么都知道。你说，怎么办?"我想了很久，然后回复他："你想怎么办都行。"他没再回过来。那个周末我跟赵燕完事后没把这件事告诉她，我一直把她送到文林小学门口的公车站，99 路公交车启动时，她在昏暗的车厢里冲我招了招手。我走回住处不久又收到一个新号码发来的短信："我是赵燕的丈夫。李果，我听说过你，也知道你做的哪一行、住哪里。我说过，你们的事情我全知道。是男人的话，总得做个了断吧?"

我还是那句话："随你的便。"

"好，像个爷们。"他说，"我可以离开赵燕。"

"是吗?"我说。

"你能出多少分手费?"他动真格的了。

"你想要多少?"

"5 万。不多吧，我把赵燕让给你。我们迟早要离。但如果你不想再惹什么麻烦的话，5 万块，一分不能少。"他说。

“你去吃屎吧！你想钱想疯了！我告诉你，老子和赵燕除了朋友关系还是朋友关系，没有其他任何破关系。听明白了吗?”

他没回我。当天晚上有人敲我的门。我打开门，看见赵燕抱着两手站在阴暗的楼道里。我有些吃惊。我突然发现她刚哭过，眼眶下方还有泪痕。我让她进来，她却一动不动。“李果，我在你眼里还不值5万块钱?”她站在那里，肩上的坤包带子滑到手肘上，她把它重新拽上去。我从来没见过她流泪，我从不认为她这样的女人也会流泪。我想给她找点纸巾，但我站着没动。刹那间我什么都明白了。我掏出手机仔细查看。她一阵冷笑：“对，认真看，仔细看，两个号码都是我朋友的手机号。你猜对了，短信是我发的。”

“为什么?”我看着她说。

“你说为什么?”

故事的结局是，她朝我门上狠狠啐了一口唾沫，我以为她会扇我一耳光，但她没有。所有的事情都和这个叫赵燕的女人有关——小鹿发现短信那天，我们已经交往了一个多月。就是这样。她冲我的门啐唾沫的那天夜里，我想起远在深圳的陆小鹿，我想起我漂亮的妻子，问题是她永远都不会是我的妻子了。

“这一定不是你期待的故事，对吧?”我问她，“你说，我都干了些什么?”

她没回。我走到门口，现在是中午，天空蓝得可怕。远处楼顶逆光的边缘有一层薄薄的雾气。我似乎看见鸽群了，它们无聊地转着圈。它们永远在那里无聊地转圈。那是它们的工作。我折回店里，把音乐开得很大。蒂朵在用力歌唱：“这是我的爱情白旗/我亮起白旗/我用失败的爱情/用失败的爱情敲你的门。”大概是这个意思。蒂朵嘶哑的嗓音有种铁丝般坚硬苍白的伤感。我为什么要背叛陆小鹿？我怎么知道？在赵燕家里，一切都来得太突然了，你永远对这样的事情措手不及，然后眼睁睁看着它一点点把你的生活弄得乱七八糟。最可怕的是你永远回不去了，回不去你们仅仅是第一次认识的那个下午或者之前。可是，小鹿就像《剪刀手爱德华》里的主角那样，果断地、毫不犹豫地把我们的后路都剪断了。

我记得她是在抓伤我的第二天失踪的，我怎么找都找不到她。我往她家里打电话，再分别打给她的朋友。那天我彻夜没睡。第三天我就待在客厅里等她回家。晚上，电视打开不久我就关了，客厅里一片漆黑，我根本不想开灯。我想努力思考什么东西，但是脑子像一块生锈的铁皮被扔进茫茫大海。后来我才感到对面楼房的灯光照射进来，成片的光亮让我更清楚地看到黑夜的坚硬轮廓。我走进卫生间摸黑喝了半杯凉水，回到客厅时我终于打开灯，我发现我似乎已经泪流满面。对面墙上，我和陆小鹿的结婚照猛地出现在灯光里，我看见她那张毫无瑕疵的脸，她笑得多像一个傻乎乎的孩子。我穿一身古典唐装站在她身后，头发被梳成三七开，我看起来更傻，眼神中充满白痴般的幸福。我一只手放在她肩上，另一只手老老实实放在第三个纽扣上面。不知过了多久，我重新关掉灯，决定出去找她。

我还没走到翠湖就接到了小鹿的短信。她约我在店里见面。我转身向文林街狂奔，一路上可以感觉到翠湖湿漉漉的气息和湖心岛上的微弱灯光。我经过那些散步的人群，那些面目不清的男人女人，我奔跑的样子似乎在高声宣布我正在奔向陆小鹿。她是我的妻子。

她就坐在店门口的台阶上，凯撒酒吧的灯光和嘈杂让她显得又瘦又小。她两手像折叠的翅膀一样插在牛仔裤兜里，像个孩子。我站在文林街坡顶大口喘息，然后缓缓靠近她。我走到她面前，她抬头打量着我。我把手伸向她，但她轻轻地摇头，两手向后一撑，用力站起来。我打开我的铝皮卷帘门，再打开店门。我们进去后，我把卷帘门拉下来。

小鹿在那些货架之间来回踱步，她平静得让人害怕。“这里曾经是我们的，是我们两个人的。”她低声说。她好像在对我说，又像是自言自语。凯撒酒吧欢快的节奏隐约传进来，外面汽车驶过的马达轰鸣仿佛沉浸在雨水里。我看着陆小鹿的手指从卫生巾、面条、咸菜、土豆片等等所有的东西上依次划过，她的手在那些塑料包装袋的表面发出哗哗的巨大响声。我站在柜台前面，一动不动。她从最深处走过来了。她的眼里噙着泪水。她有点凌乱的发丝在微凉的空气里微微发颤。她走到我面前，看着我，很久才说：“李果，我们离婚吧，明天我们就离婚吧。”

“为什么？”我说。

“你这个人真没意思。太没意思了。”她无力地笑笑，泪水夺眶而出。“你问我为什么？老天爷。”她使劲摇头，“你知道吗，我以为你能一辈子守着这个店，也能一辈子守住我。但不是这样的，不是我想象的那样。”她大口喘息，努力平静自己。“就这样，离婚吧。离吧。我今天回来就想跟你说这个。”

我站在那里一动不动。后来她花了很大力气才终于把那道卷帘门拉起来，然后她蹲着身子，钻到外面。她最后在卷帘门上轻轻敲了两下，头也不回地走了。我能听到卷帘门微微震颤时发出的低低共鸣，这个声音在我耳边回荡了整整一夜。

离婚后第三天，她找了搬家公司来搬东西。她把大半个家搬掉了，她说她不愿意留下任何属于她的东西。她的东西。她取下几幅结婚照，打开相框，抽出照片，她用一把小小的裁纸刀把它们一分为二，她就这样把她自己带走了。我看着她做这些事情，我不能制止，也帮不上忙。我记得她最后带走的是一套我们在花鸟市场挑选的景德镇瓷碗（当然，她付的钱）。她把它们从碗柜里一只接一只取出来，在地上小心放好，然后再逐一放进纸箱里。我站在厨房门口，我不知道该怎么办。我冲她的背影说：“你总得给我留一只碗吃饭吧。”我看着她把整个橱柜搬得空空荡荡。她蹲在那里，用力摇头，她今天穿的这件白色T恤太短了，蹲下时露出裤子和衣服之间一段雪白的肌肤。我想，那里本来是我的，可我永远失去了它。她站起来，嘱咐搬家工人把箱子抬走。在空空荡荡的家里，她甚至没看我一眼。

“再见，李果。”她最后说。我试图抱住她，可她把我推开了。“再见，再见，别碰我，别用你摸过其他女人的脏手碰我。”

陆小鹿就这样从我的生活中消失了。随后的一个多礼拜我关门歇业，要么在家躺着，要么出门环绕翠湖不停地走，走累了就找个地方坐下，看着翠湖边上的车辆行人渐渐拥挤又悄悄消散。我想把店卖掉，我真的在店门上贴了一张转让通知，给我打来电话的居然是王重，他问我要多少钱，我随便开了一个价。他说一言为定。他说：

“你做得好好的为什么不做了呢?”我没吭声。我问他到哪儿去弄钱，他说他可以找亲戚朋友借。到了晚上，我给王重打去电话:“店我不卖了。我改主意了。对不起，我想继续做下去。”

下午，我看着鸽群浩浩荡荡飞回来。老头已经等在那里，他照例为它们带来食物和水；鸽子的咕咕叫声在文林街上方轻轻飘荡；对面米线店的女孩还在忙碌，隔壁的王重正用红色塑料线为蛋糕打包；一群十二三岁的孩子吵吵嚷嚷涌进我店里来，挑了不少果汁和土豆片。我重新回到门口的时候鸽群已经返回鸽笼，老头从屋顶平台上消失了。黄昏已经来临，店里的光线越来越暗。我打开灯。

她的短信终于回过来:“我要是你妻子，我也会这么做，不留任何东西。”

“这就是命。”我说。

“你想说你是自找的?”

“没准。”

“那你洗心革面，重新做人啊。”她说。

“是吗，还有机会?”

“呵呵。”她说，“说实话，你这个男人的确不怎么样，但也还没有老到一点机会都没了。上帝说任何人犯了任何错都有改过的机会。”

“你信上帝?”我说。

“有时候你不信也得信。”她说，“我还是祝你好心情吧，虽然老套，但管用。”

“多谢。”我说，“什么时候讲讲你的故事?”

“我没什么故事，你说一个大学刚毕业、刚工作的小屁孩能有什么故事?我连男朋友都没正儿八经谈过哪。大学里好过一个，不到一个月就分手了。现在准备相亲。”

“相亲，多浪漫的事情。”我说。

“但愿如此。”她说。

连续几天我没有收到她的短信。似乎一切都结束了。当我把我的故事都讲完了，她还有什么要听的?还有什么必要聊下去?但我每天都在期待短信来临的嘀嘀响声，我真希望是她来的短信，不论说点什么，不论是她的故事还是随便什么人的故事，都行啊，哪怕是谈谈我从没认真想过的上帝。我想主动发给她，但还是忍住了。几天来我坐在门口，认真打量我们这条街，3 年多来它似乎没有任何变化，但我们都知道附近的街在拆迁、修整、增加绿化或拓得更宽，文林街迟早也会变；我猜想当麦当劳进来、新建设电影院扩大一倍之后，它一定再也容纳不了越来越多的年轻人。但这跟我有什么关系？一个陌生的给我发来短信的女孩消失了又有什么关系？难道她第一次发来短信之前我就满怀期待吗？

这天下午，王重用他的电动单车把他的女朋友小敏带到了花冠面包店，附近认识他的人都跑过来看这个姑娘。她算不上漂亮，但身材不错，说话时很酷的样子，左耳上的一只鱼形耳环晃来晃去。王重告诉我们小敏在家乐福上班，她从开远来昆明半年就找到了这份还不错的工作。“他们通常只要昆明本地人的，后来面试的时候他们又觉得该把我留下来。”她说。她一三五上白班，二四上夜班，就在北京路延长线的家乐福，她希望我们经常去家乐福买东西，她有会员卡，可以随时借给我们打折。

王重开始忙活的时候我们离开了。我回到店里，把蒂朵的歌声打开。小敏一定是被蒂朵吸引过来的。“这歌不错。”她站在门口说，“很忧伤，对吧？”我请她进来坐坐。她两手交叉放在身体前面，在货架之间转来转去。她问我叫什么，在这里开店多久了，生意怎么样。她看起来很好奇。这让我想起给我发短信的姑娘——她们都那么年轻，又都那么好奇。我站在柜台后面看着她，她那只鱼形耳环总是发出清脆的叮当响声，它仿佛也在歌唱。当我夸奖王重很能干的时候她大声笑起来，“我还不了解他呀？比鬼还精，他知道什么时候偷奸耍滑！”她说。但她的笑声突然在靠里的一排货架前面戛然止住了。我走出柜台，发现她手里拿着一件东西。没错，是王重给她买的那种保湿面膜。

“他给我买过这个。”她说，“是你店里的？”

我点头：“王重说，是送你的生日礼物。”

女孩放下面膜冲出门去。我突然意识到我说错话了。果然，隔壁很快传来争吵声，即使对面米线店的姑娘也听到了，她回过头向花冠蛋糕店张望。小敏质问王重面膜到底是哪里买的，“为什么说是百盛专卖店的名牌？它不就是隔壁杂货店里25块钱的便宜货吗？”她嗓门很大，“你什么意思？你就送我25块钱的冒牌货？”我走出去，想说点什么。小敏夺门而出，她大声咒骂：“王重，你这个狗日的杂种！你就用几个冒牌货就把老子骗上床了，你不得好死！”她一路小跑，那只鱼形耳环不断发出急促的叮当声，她很快就拐过文化巷口，消失了。

我和王重站在门口发呆。后来我听见他说：“我没想骗她。”他摸了摸下巴，划一根火柴，却发现没带香烟。“我没骗她。”他把燃烧的火柴扔到街上，“你相信我吗，李果？”

那天晚上我给自己煮了一碗方便面，刚吃第一口就收到她的短信。

“我去相亲了。”她说。

“恭喜。”我说，“战果如何？”

“我同事母亲的同学的儿子，开一家设计公司。做室内设计的。看上去呆头呆脑。为什么全昆明都是这种呆头呆脑的男人？”

“你不能光看男人的外表。”

“没感觉。我同事说，最好先做朋友处处看。”

“对，先处处看。”我说。

“我还是期待浪漫的爱情。比如在沃尔玛撞见一个帅哥向我要电话什么的。”她说，“我记得你的故事，我希望也有个不错的男人把他的伞借给我。”

“你想得太多了。”我说，“昆明的雨季早过啦。”

“那就出远门旅游邂逅一个志同道合的驴友。”她说，“知道我上次去和顺途中怎么想的？——我就是这么想的。可惜什么都没有发生。”

“哦。”我说。

“再不济，我在大街上骑车摔伤，被什么人送进医院，然后对这个人或者主治医生一见钟情。这种概率总大一些吧？”

“你看得太多了吧，日剧，韩剧什么的？”

“呵呵，算你聪明。日剧有《悠长假期》《恋爱世纪》什么的。韩剧有《屋塔房小猫》《同居密友》，看过吧？”

“从前看过日剧，《东京爱情故事》，很感动。”我说，“后来的韩剧看得很少。我妻子，记得吗？她还算喜欢韩剧。”

“你老了。”她说。

“是吗？”我说。

把这两个字按出来的时候我一阵难过。窗外，黄昏后面的黑暗潮水般渗入房间。她的模样逐渐同那个叫小敏的女孩重叠起来。我打开电视，五套体育台在放欧洲足球集锦，内德维德漂亮的过人推远角得手。真漂亮！

“下一个就是内科医生。据说又高又帅。我有压力。”她说。

“我相信你的实力。加油！”我说。

谈话到此基本结束。最后果然是她的问候：“今晚好梦。”我笑了。“晚安。”我回她。欧洲足球集锦结束时刚好10点，我洗了澡，睡前破天荒给自己热了一杯牛奶。微波炉嗡嗡作响我却浑然不觉，我想象小敏模样的短信女孩走进我店里来，要了一盒巧克力饼干，然后让我猜猜她是谁。我揪了揪头发，微波炉发出响亮的跳闸声。当我走进卧室准备上床的时候又接到她的短信。

“但愿你还没睡。”她说，“我想知道，如果我总是对相亲对象没感觉，我会不会对昆明男人彻底丧失信心？”

我躺下来，字斟句酌，然后回复她：“有可能。但昆明男人不行还有北京男人、贵州男人甚至大理男人、曲靖男人，有你看不完的男人。你总得试试吧？”

她很久才回过来：“晚安。”

这是第四天了。我记得很清楚，接连四天我没看到老头走上屋顶平台、把他的鸽群赶往蓝天。大概鸽笼没关紧，第二天有几只鸽子撞开笼门飞出来；第三天黄昏，老头仍然没有出现，没人给它们送去食物和水。我看见它们在平台围栏上挤做一堆，茫然地来回踱步，一部分鸽子在鸽笼前面的木板上站成一排，彼此紧挨着，沉默着，一动不动，被夕阳镀上一层湿漉漉的金黄。我问王重会不会出什么事。他冲鸽群看了看，点燃一支烟。“一个养鸽子的老家伙能出什么事呢?”他拍着我的肩膀说，“你该关心一下我这个被抛弃的男人。你关心一个养那么多鸽子的老头干吗？你喜欢那些鸽子？你自己弄几只养啊，但我告诉你养鸽子不赚钱。”

我在第四天傍晚8点关门，直接走向那排大约50米开外的楼房。走近后我才发现楼房背后藏着几幢文林街仅存的旧平房，它们被临街的楼房完全遮住了，平台是顺着瓦房顶搭出去的。我顺着散发着霉味和湿气的狭窄小巷走进去，在楼房一侧找到一扇斑驳的木门，它下方的台阶小得似乎只能摆下一双鞋。我推门进去，这是老昆明常见的独门小院，天井顶多10平米，正房耳房早就破得不像样子。正房侧面有一把陡峭的木梯通向屋顶。我顺着楼梯向上爬，它咯吱直响，我真担心它突然倒塌。她的第一个短信应该就是那时发过来的，我猛听到手机的嘀嘀叫声，但我没看。

屋顶平台上刮着冷风。鸽子们呆头呆脑挤在一起。随后，它们向我涌过来，翅膀扑打着，咕咕叫唤，纷纷挤到鸽笼前面的木板上去。我掏出特意带来的面包，掰碎后撒在木板上。它们像是发了疯，翅膀噼啪作响；我在角落里找到水龙头，给几只粗瓷碗里接上水。鸽群的骚动渐渐被匀细的啄食声取代了。天色越来越暗，我必须借助对面的霓虹灯才能看清它们的羽毛和身影。随后我顺楼梯下来，现在一楼天井已经一团漆黑，也没有灯光，我只能摸黑推开正房的门，我喊了几嗓子，没有任何回答。我终于摸到左手的灯绳，拽开。

屋子里几乎没什么像样的家具，中间拉着一块白布，把堂屋隔成两间。我猜想白布后面应该就是老头的卧室。我走过去，把白布拉开。

短信又来了，嘀嘀嘀嘀。它猛敲了四下，尖锐的声音充满整个房间。我还是没有掏出手机。心脏一阵狂跳。

果然，老头和衣躺在那里。脸上的皮肤皱缩着，似乎正在经历一场噩梦。我已经闻到臭味。

文林街派出所的民警赶来的时候院子里站满了人。我知道第三条短信到来的声音完全被他们的议论和猜测淹没了。后来一个女人（老头为数不多的平房邻居之一）告诉民警，老头的子女都住东站，他已经一个人生活了将近 20 年。“他老婆呢?”我打断警察的问话大声问她。警察不满地盯着我。女人摇摇头，“早就离了，”她说，“她跟别的男人跑了。20 年了。从前就住这里，几个娃娃都没跟两个老的。各过各，各管各。天知道他老婆现在在哪里。”

女人告诉警察——老头的女人因为无法容忍他的鸽子才离的婚。“鸽子跟他过了一辈子，”女人说，“他心里只有鸽子。”她这么说的时候好像要哭出来了。“问题是，鸽子怎么会管他的死活呢？它们只知道要吃要喝。它们死了，他就在院子花台那里挖个坑把它们埋了，再买一批新的。他这个人就是这样，他几十年就是这样过来的。”

我回到住处时才掏出手机查看短信。是她。今天是 1 月 11 号，她和那个医生去了拓东体育馆看 M 大会。她在第一条短信中为我描述当晚的盛况：“人山人海，东风东路水泄不通；陈慧琳率先登场，她的晚礼服居然落在了香港，她穿一身便装，仍然光彩动人；许巍的歌让全场 30 岁以上观众疯狂不已；观众挥舞着手里的荧光棒，拓东体育场变成一片星光璀璨的海洋……”

在第二条短信中，她告诉我她身边的男人是谁，在哪家医院。她说：“大多数歌听起来都还不错，为什么像许巍这样的老歌手的歌还是那么动听？他们身边一个三十多岁的男人一直发狂地跟随许巍嘶吼，当许巍唱完他就消失了，根本不愿等待最后亮相的周杰伦。但他们——更多的年轻人，不就是冲着周杰伦去的吗？他当晚要唱 4 首歌。这已经是他在两年内第三次空降昆明了……”

第三条短信大概发于 11 点多，周杰伦即将登场。只有短短的几个字：“你没有收到我的短信吗?”

将近一点钟，我给她认真回信。我告诉她一群鸽子永远失去了主人。她很快回过来：“一群鸽子怎么会知道它们失去了主人呢?”

我半天没吭声。

“生气了?”她追问。

"没有，怎么会。"我这么回复她的时候，眼前飞舞着那群饿狠了的鸽子。"你说，这群没了主人的鸽子将来怎么办？"

"应该找找居委会什么的吧？"

我心里已经有了答案，但我没有告诉她。我问了她别的："M 大会上的相亲还顺利吗？"

"没看我短信吗？"她说，"真是奇怪，他看起来那么粗犷，为什么看演唱会的时候那么安静？我多么希望那个听到许巍的歌声就发疯的男人就是他。"

"哈哈。表里不一的外科医生？"

"昨天还见过一个搞投资的，据说挺有钱。我还是没感觉。他各方面看起来都还不错，但就是没感觉。我不知道是因为我对相亲这种方式非常没感觉，还是别的什么。他开着宝马来接我。我讨厌他车里的香水味，真的，我分不清楚这是男用香水还是别的什么女人留下来的。"

"你该务实一点。"我说。

大约过了 5 分钟，她说："我会到你店里看看的，突然有那么一天，比如下着雨什么的。你信吗？"

我想了半天，不知道怎么回复她。我还是把电视打开着，整个儿陷进沙发里，我想喝点什么，但除了茶还能喝什么？我觉得精疲力竭，感觉从没像今天这么累过。我认定即使上床也睡不着。我走到门口，重新穿上鞋，往文林街方向走。一路上我的眼睛不断被对面驶来的汽车灯光刺痛，夜里的文林街还是让我觉得置身在别的地方。我经过自己的小店，心里涌出一种特别的温暖，然后，我走进从没去过的凯撒酒吧，挑了一张靠窗的座位坐下来。很巧，酒吧的背景音乐正是蒂朵。我多么熟悉和热爱的蒂朵。我要了一杯青岛生啤。酒吧里的客人不多，都是更年轻的毛头孩子。我呷一口酒，给她回了短信："我在凯撒，我在喝酒，我在听蒂朵的歌。"

"是吗？"她说，"一个人？"

"当然，就我一个。"我说。

"你确定你的故事都讲完了吗？"

"当然，完了。就这些。"我说。

"你说你的故事会怎么继续?"

"天知道。我只能守住我的小店，像我妻子希望的那样。"我说。

"你该重新找一个女人。"她说。

我认真玩味她的话，如饥似渴地喝了一大口生啤，苦涩背后的淡淡甜味顺着舌根翻卷上来。"好啊，"我说，"应该向你学习，去相亲。"

"呵呵，要我介绍朋友给你认识吗?"

"求之不得。"

"知道周杰伦几点登场的吗? 11 点 45 分。但是很奇怪，我真的不觉得他今天晚上的歌比许巍的歌更好听。我有点失望。"她说。

"是吗?"我说。为表示惊讶，我加了三个惊叹号。

"问题是，如果给你介绍对象，我们总得见个面吧?"她说。

我犹豫着。我们已经发了 22 天短信，似乎早晚都有这么一天。"必须?"我说。

"呵呵，现在我居然还不知道你叫什么，你在哪条街上卖东西。"她说。

"我也不知道你叫什么。说实话，我不想知道。"

"但你能告诉我吗?"

"李果。"

"哪条街?"

我不想说。我说得够多了。突然之间我仿佛被冰冷的啤酒带到了一个冰冷的世界，这一刻我真想哭出声来。我这是怎么了? 窗外一片混沌，车灯不时划过黑暗。从我坐着的位置根本看不到那个屋顶平台，我想象那些鸽子已经睡着了，明早 9 点我会准时把它们赶进蓝天。

"不，我不想说。我真的不想说。但我期待你会来我店里坐一坐，让我猜猜，你到底是谁。"我说。

皮　草

女人，总让我们手足无措。

——题记

我们约好在半岛咖啡厅见面。那是什么地方？我没去过，应该很贵，很颓废。没去过的地方总要去嘛。

这是本月要见的第三个女人，她叫马莉，33岁，离异不带孩子，身高1.68米，体重48公斤。很高，很苗条，你能想象吗？前两个女人都35岁，一个带孩子一个不带孩子，她们的脸你看过就忘了，她们都有庞大的乳房。我对女儿说我再不相亲了，她不干，她说："你才37岁，人生才开始嘛，就像刚洒过水的新鲜大葱。"

我坐45路车到新建设，打算转3路去南屏广场的半岛咖啡。我在龙翔街口下车，很多人围在新建设电影院门口，盘算到底要不要买一张黄牛党手里的门票。我去隔壁小卖店买包红河，她就站在玻璃柜台左边，背靠一张性病广告盯着我。我不认识她。她的眼睛很小，眉毛很宽，皮肤很白，奶子上翘，不大不小。蓝色牛仔短裤下面的两条腿很长，套一双黑色长袜；雪白披肩居然是一块毛茸茸的皮草，看起来像假的。她浓烈的香水味让我喘不上气来。

"请我看场电影吧。"她说。

"什么？"我说。

"请我看场电影，大哥。"她说。新建设坡顶的风挺大，把电影院门头的树叶和海报吹得哗哗响。

“电影？什么电影？”我说。

“随便。”她说。

“几点了？”

“3 点。”

“我 5 点要去半岛咖啡。你知道半岛吗？”

“不知道。”她说，“走吧大哥，看场 90 分钟的外国片，你还来得及去你那个岛。”

我去电影院门口看告示牌，刚好有一部《天降美食》的美国动画片。她没反对。我掏 50 块钱买了两张票。她挨着我踏上自动扶梯。说实话，她比我头两次见的女人强多了。

我们摸黑踏进 3 号厅，先放广告：一个卷发美女在大街上赤脚狂奔，很快变成一辆滑溜溜的银色 SUV，我不吃不喝 50 年才买得起那种，后排宽得像厂房，真皮座椅比女人屁股还漂亮，6 级变速箱，百公里提速只要 8 秒钟。8 秒，你能想象吗？

我看不清她的脸，她的香水背后有种沉闷的味道，像汗味、烟味、铁锈味、鱼臭味、甚至血腥味。是她的皮草味？电影以大爆炸的方式开了场——天空中横七竖八飘满面包和鱼，不对，仔细看全是模糊的光，蓝色红色绿色黄色。周围观众很少，全戴着墨镜。我这才发现我们没戴。

“3D 的。”女人说，“立体电影，没人给我们眼镜吗？”

“要戴吗？”我说。

“你等着。”她说。她起身出去了，很快折回来，手里拎着两副墨镜。“差点和他们吵一架，他们说居然搞忘了。”

我把墨镜戴上。我们像两名宇航员。还是不对劲儿啊，那些光还是原来的样子，一片模糊。哪是立体的？我问她：“真的是立体电影吗？”她说：“立体的就这样子吧。”我把墨镜摘下来，她想了想，也摘下来。周围那些人还戴着，看得津津有味，这让我觉得我和她出了什么问题。我问她能不能退票，她说：“电影院哪会给你退票呢？凑合看吧，大哥。”

"好吧。"我说。

"你去什么岛看你女朋友?"她说。

我没吭声。

"那算了。"她说。

银幕上，一个疯狂的小子整天捣鼓发明，眼看把自己折磨疯了。他周围的人和他那个眼睛被眉毛盖住的老爸都被得他折磨疯了。这电影还有点意思。

我渐渐看进去的时候，她说："大哥，你说说话嘛。陪我说说话。"

"不是看电影吗?"我说。

"我头晕。不骗你。"她说，"我几天几夜没睡好。我以为看一场电影就好。可是，你看嘛，这电影简直没办法看。"

我没吭声，身体向后靠，两腿尽量伸直，踹了前面家伙一脚。我差不多半躺着，光线在周围游动，她看起来像只惊慌失措的大白兔，那件皮草散发出幽幽蓝光，和你夜晚在澄江撞见裸泳的家伙们一模一样。

她说她叫方静，在黑林铺的小山上做皮草生意。准确说是饲养了368 只兔子，3 个月杀一次，一次 30 只；30 块兔子皮剥下来洗净，晾在半山腰。她架了三排竹竿晾兔皮，夏天风一吹，白色的灰色的黑色的兔皮迎风飘摆，臭气漫山遍野。一个月后她撤下兔皮，装袋，打电话给卡车司机，把兔皮卖到四川和山东。兔肉就卖给黑林铺周边的小饭馆和农家乐。她就是在那一带认识丁三的。他又粗又黑，像个土匪。他问她三轮车上的肉多少钱一斤，她说90 块。他皱眉说："什么肉那么贵?"她说："麂子，山上的麂子。要吗?"他说："太贵啦，我馆子才开张，70 怎么样?"

"70 就 70。"她一车兔肉全卖给了他。

再后来丁三说有多少麂子肉他都要。他跟她上山，被满山的兔皮镇住了。他说，"整半天是兔子肉。"方静说："兔子肉更贵，不信你打听打听。"他捂着鼻子往里走，在一面面兔皮之间来回转。在她房子脚边，30 只被剥掉皮的兔子赤条条装在一只大竹筐里，他们把筐子抬上他的本田摩托车。他把摩托突突发动起来，一溜烟下了山，那只大竹筐在他左侧摇晃，把他和摩托车拽过去，又拽回来。那些斑驳的兔皮还在半空飘摆，她觉得她该问问他要不要兔皮的。

第二天丁三自己跑来了，摩托车把小山震得突突颤抖。他从摩托上下来，抽着烟，捋一捋满头的乱发说，她的兔皮可以加工成这个世界上最牛逼的皮草。

“卖吗?”他说。

“卖!”她说，“一张100块。”

他说：“我给你两百。”方静张大嘴巴。这个叫丁三的男人说：“你一个女人搞这么多兔子太难了，我帮你。两百块一张皮，你做我的女人。我们一起发财吧。”

她没转过弯来。他刷刷的几把扯下30张鲜艳的兔皮，扔进昨天那只大竹筐。“6000块，对吧?”他从贴胸衣兜里掏出一沓厚厚的钞票，哗啦哗啦的数给她。方静站着没动。他把钱递过来，张开双臂使劲拥抱方静。她还是一动不动，觉得他把自己压得快吐了。他说：“美好的日子开始了。”她的脸紧贴他的肩。她闻到兔皮的腥臭味里夹杂着丝丝甜味，那是他的钞票散发出来的。

讲到这里她想喝水，她在小包里搜了半天也没搜出零钱。她问我有没有，我掏出钱包，搜出3枚硬币给了她。

“你也喝点吗?”她攥着一瓶鲜橙多回来了。我摇摇头。她已经喝了大半瓶。

“我头一回挣那么多钱。”她说，“6000!”她把钱塞进一只小小的铁皮盒子，把堆放兔皮的小屋地砖撬下两块半，把6000块埋进去，像藏一件珍贵的宝物。她拍拍手，把地砖使劲踩平，再把兔皮一张张摞上。她心里踏实极了。

接下来的故事开始走样。那个男人，卖兔子的丁三即将消失——“丁三？我先说的他吗?”她压低声音望着我。银幕上的光在她眉骨上来回划拉。“哦，丁三，就是他——他被追债的找上门，只能跑路。”他偷了方静的存折，两张工行的一张建行的。她所有的钱。他三个多月杳无音讯，第四个月才来了电话，说他在外国。什么国家就别问了，总之在外国。他说他不敢回昆明，否则那帮家伙会用斧子把他的手剁下来，再把脚筋挑了。他不让她报警。他说他躲一阵就回来。他说他会回来娶她。“如果我回不来，你就找个有钱男人嫁掉算了。”他说，“反正你长得不错，奶子又硬，不愁男人。”

她悄悄说：“那是4万块钱哪，4万！”她决定等他。可他再也没有消息。碰上骗子了？她想报警，可想想又算啦。他一直对她不错。再说，那个叫刘四的男人即将出现在晾晒兔皮的山坡上。

我坐直，后背发酸。银幕上，那小子发明的机器飞到天上去，整天往地下扔吃的，三明治、面包、巧克力、冰激凌。如果天上真能掉馅饼有多好啊。周围响起零散的笑声。方静差不多喝光了那瓶鲜橙多，她拨弄着瓶盖，发出吱啦吱啦的声音。

“你听我说，我先说说另外一个人。另外一个，不是刘四，是刘四之前那个——非常年轻呢，才23。他是来写生的，他出钱租我的场房，一个小单间，每月50，够便宜吧？那时候没几只兔子了，丁三带走所有兔子和皮子以后，我差点不干了。我一点打算也没有。我觉得活着真没意思。你说呢，大哥？”

电影放到一个奇怪的地方——那些派啦饼啦从空中坠落，老也停不下来。发明这机器的小子真快疯了。方静继续她的故事，租房的小伙子每天背着画夹到处跑，烟抽得很凶，从山前到山后，整座山被他画完了。他对她视而不见，每天掏10块钱吃她三顿饭，睡她隔壁两个房间以外的小单间；他很少说话，像个哑巴。一天下午她在半山腰拦住他，几只老鼠从脚边窜过，她吓了一跳，以为那是逃掉的灰兔子。可那不是兔子，它们钻进草丛，个头大得离谱。“从前我养兔，剥兔子皮，卖兔肉，”她说，“你能画兔子吗？”那孩子看着她说：“我只画山，画别的不行。”她倚着晾兔皮的竹竿坐在山坡上，让他也坐下，他不干，一边抽烟一边说他还要画画呢。方静的脚尖搓着那些干瘪的野草，“你不知道，我男朋友叫丁三，”她说，“我们一起卖兔肉、兔皮，挣了些钱。”这孩子打断她：“我要画画了，过了这阵光线就不对了。”

“光线？”她说。

“对，光线。”这孩子指一指天空和太阳说，“说了你也不懂。光线对画家很重要，就像，就像……他抓抓耳朵，嘴角出现一丝冷笑，“就像皮草对你很重要一样。”

“那是从前，现在——”

“我真的没时间。”他转身就走。她站起来，他逆光走向山坡，在一棵樱桃树下消失。她站了很久才往山下走，一阵风吹来，她抱紧自己。她吐口唾沫，琢磨要不要把这小子赶走。那孩子很晚才来吃他半冷的晚餐，大约 9 点多的时候，她觉得她该主动提出来——让他走人。她经过两个空房间，走到他门前。暗红的木门上画着一片湖水和树林，一棵树底下有个蓝色的孩子。她敲了敲门，他半天才开，手里居然提着一瓶啤酒。“请进。”他说。她走进去，发现靠墙摆着一溜她看不懂的画，那些山和树就是一团团厚油漆。画布下面是一溜啤酒瓶，再过去是桌子椅子和床。地上还堆着不少东西。那叫一个乱。

他请她喝一瓶，她说：“我不会喝酒。”他已经用白生生的牙把瓶盖咬开了。方静接过来，在那些画布前来回走。他画的东西既熟悉又陌生。她不知道他老画这座山有什么意思。在最后一幅小一号的画里，一个女人坐在山脚下，裸着上身，奶子大得惊人。方静看看他，又看看画。她喝了一口啤酒，很苦。“你在画谁？我？”她说。小伙子摇摇头，说是他女朋友。他说她把孩子偷偷生下来了，他吓傻啦，只能逃跑，从很远的地方逃到昆明。“我才 23 呢，”他说，“我还没毕业。我不可能给什么孩子当爹。再说了，孩子未必就是我的。对吧？这世道，谁都不靠谱。”

方静盯着画布。小伙子抓抓下巴，继续喝酒。“我过几天就该走了。”他说，“我把这座山差不多画完了。”

她又听见他说：“其实我脑子坏了，抑郁症。你看，我的画基本上是灰色的。他们说画画对我有好处，不然我就完蛋了。”

他突然坐在床沿上，两手捂着脸，发出羊叫似的抽泣声。她吓坏了。他抬起头看着她说：“你先别走。你现在可以跟我说说你的故事了，那个叫丁三的故事，我也可以说说我的。”

我差点笑出来了。这是所有狗屁艳遇的开头——接下来他们该脱衣服上床了。我听见方静一声长叹，手里的墨镜翻来翻去。电影里的疯狂小子还在折腾，他生活的小岛变成美食天堂，天天有好吃的从天而降，所有的人都疯了。

“开始说故事之前，他说他先上趟厕所，”方静说，“我猜他是去洗洗呢，洗洗，你知道的。我等着。他回来了。我坐在床边。他拽我躺下去，他说他女朋友比他低两届，也学美术，她很漂亮，也很性感。可他怎么能现在就当爹呢？就算生了儿子——再次强调还不知道究竟是不是他儿子哪——也不能那么早当爹啊。他要当梵·高那样的伟大画家，23岁当爹怎么行？”

“就这时候，外面一片火光——真要命，他刚才站在院子里的水龙头边上洗他下面呢，顺手把他没抽完的烟扔出院墙。你想，满山坡的铁线草，那是又干又硬的冬天哪……后来，后来附近的武警赶来扑火，我们被赶下山。我的地盘被烧掉一半，他的画呀床呀颜料呀啤酒瓶子呀全烧了。他被抓起来，说他故意纵火，我跟人家一遍遍说他不是故意的，他还年轻，还得了抑郁症，算了。”

我坐着没动。我笑不出来了。银幕上放什么不再重要。方静说她钱没了，住的地方也没了，只能回嵩明乡下投靠亲戚——实际上是借钱，也就五千多块吧。她跑回黑林铺小山，养了50只兔子。她还住从前的屋，隔壁三间还在，其他的差不多全烧了，到处是黑漆漆的砖头和房梁；山也烧掉一半，幸亏还有另一半可以打草喂兔；老鼠到处安家，看见她不再逃窜。她住了一阵子，没人赶她走。她把三排竹竿子竖起来，继续杀兔子、剥皮，蹬着三轮车下山挨家挨户问他们要不要麂子肉。

“我是不是很烦？”她说。

我摇摇头。她一定看不见。电影院里多暗啊。

“我不说了。”她说。

“我们看电影吧。”我说。

“大哥，你经常看电影吗？”

“不经常。”

“我也很久不看了。”她说，“这种立体电影从没看过。不咋好看。你说呢?”

“嗯。”我说。

“我饿了，能请我吃点东西吗?”

我尽量坐直，没吭声。

“电影院左边有德克士。你出钱，我出力。咋样?”她说。

我摸黑掏出一张50的，交给她。

她摸黑站起来，左手在我膝盖上撑了一把，像个鬼魂一样飘出去了。我担心她一去不回头。可她的棕色挎包还扔在座里呢。我伸手摸摸，在侧面，靠拉链位置居然挂着一块巴掌大的皮草，软软的，很暖和，摸上去像女人的下面。我一阵战栗。大约15分钟，她回来了，手里举着德克士的小盒子。

“鸡米花、鸡翅和鸡腿。”她说，“49块。这是找的一块钱。”

我接过她手里的硬币。

我没吃，她吃得很欢。空气里全是炸鸡的气味，好在影院的人真不多，没人说三道四。

她差不多把鸡翅、鸡腿啃得干干净净，细骨头也嚼嚼吃了。她擦擦手，冲我笑笑，“对不起，”她说，“我饿。今天没吃一口东西。”

我想走了，可她不让。“我故事还没讲完，电影也没放完呐。再坐一会。你们就是太忙了，忙来忙去有什么意思?我记得我看过一部什么电影，上面一个老男人说‘你们忙得把灵魂都丢了’。”

我有点懵。女儿也该放学了，正走在河边的小路上，背着她的红书包。她会想我吗?她该给我来个电话。

方静的故事出现新的转折——那个叫刘四的男人出场了，他是房东，他想不明白被烧过的破房子还有人住，她还有胆量跑回来。刘四叉腰站在废墟前面说：“政府说了，我的房子不能再租了，你要住也行，不能往外说半个字。租金一分钱不能少。”方静答应了。刘四，这个大胖子房东挠着下巴，那里有一大块癣，看起来有点吓人。他往废墟里吐口水，用脚踢那些烧焦了的画框和黑乎乎的啤酒瓶。

“你要是不搬也行，”他说，“你可以跟我过。”

方静把竹筐里的兔皮一块块往外扔，堆在隔壁房间里。刘四的话让她停下来。她擦擦额头的汗。她没法想象一个胖得像头大象的男人压住她，和她做爱。她想象不出来。她坐在门槛上说："我住两个月，卖完这批兔子就走。钱一分不少你的。"

刘四推开堆放兔皮的房门，差点被腥臭打倒。他捂着鼻子说："亏你还是个女人！我操！就跟我过吧。我老婆跟我结婚 8 个月就得癌症死了，我没儿子没姑娘。我只有个妈，过几年也会死。你还年轻，给我生个儿子，再过几年你就享清福了。我妈有套大房子。我这里马上拆迁，会补一百多万呢。你一个外地女人，想想吧。"他摇摇晃晃站起来走出场房大门。她觉得他不再像头大象，更像一只企鹅。兔皮臭味硬邦邦的，她早习惯了，从前她觉得这气味背后有丝丝奶香，现在觉得这气味像刀子像斧子，剥她的皮砍她的骨，让她又疼又冷。她坐着，听见兔子抓挠竹篾做的笼底。她看见刘四又回来了，拎着三件衣裳和两条牛仔裤。她看出来，这是山下超市买的。"给你。"他说，"考虑好了？"没等她说话，他转身把门掩上。

她能怎么办？

他给了她点钱，免了她 3 个月房租，把她带去莲花小区见他 70 岁的妈。他才 49 岁，看起来比实际年龄年轻一点。拆迁那天场面很乱，她的兔子和笼子扔在外面空地上——她不知道怎么办。要不全杀了卖掉，皮子留着？她已经攒了三十多张皮，按照丁三给的价，该有小一万了。刘四把它们一张张拽出来，她接过去，搁在一只纸箱里，一张摞一张，放平、压紧。她上厕所的时候，看见挖掘机轰隆隆开过来。她听见刘四喊了一嗓子。挖掘机的轰鸣差点把她的脊椎骨戳断。她看见装皮子的小屋像个纸盒子一样被扯开。她觉得哪里不对劲。她提起裤子冲出去。

挖掘机像一只大恐龙，待在它一手制造的废墟面前。司机跳下来往废墟里跑。刘四被几个男人拖出来，手里攥着一张雪亮的獭兔皮，另一只手里攥着一把钱。方静明白了——丁三最早给她的 6000 块钱一直压在地砖里呢。她从没动过。刘四发现了，可他来不及问她点什么了。

"我还年轻吗大哥？"方静说，"我才 26 岁。看不出来吧？"

我真看不出来。她看上去至少30岁啦。她抚摸坎肩和挎包上的皮草。她说这是第一个土匪男人丁三给她定做的。是她368只兔子中最好的一只獭兔，最棒的一块兔皮，没一根杂毛，没有半个虫眼，摸上去溜光水滑。

“死了？”我说。

“谁？”她说，“丁三？”

“刘四。”

方静没吭声。影院里很闷。我想抱抱她，可我不敢。

“我从刘四家出来，到处找工作。”她说，“很多工作不适合我，真不适合。我还想养兔子，满山的铁线草、三叶草，配上点混合饲料，兔子肉肥，皮滑，毛好。我喜欢那种气味。兔子的味道，草的味道。你知道嘛，对吧？”她望着我说。银幕上的光来回飘动，我们像待在海底。那个疯狂小子坐上飞机，冲上天解决问题。“我手里只有那点钱，不多不少，6000块。丁三给我的钱。”她说。

“我该走了。”我说。

“再坐5分钟嘛，电影还没完。”她说。

方静攥着6000块钱在黄土坡租了一间房，半年房租，刚好。她还得吃饭啊，她给人卖手机零件，跑到一家小医院做钟点陪护，还给一家二手车公司发传单。

前几天她去黑林铺了，她走上山坡——全变了，原来的地方成了足球场那么大的泥坑，一辆推土机在坑两头开来开去。坑底的泥巴红得像血。半边山坡都没了，只有坡顶那棵樱桃树还在；竹竿也没了，黑竹根沤在泥里。老鼠也不见踪影。她使劲踢那些长长的铁线草，连一只蟋蟀都没有。推土机熄了火，司机开门出来，蹲在履带上抽烟，方静大声问他：“这里挖了干嘛？”男人说：“还能干嘛，当然是盖房子，别墅，独栋别墅。”

“你知道这里着过大火吗？”她说。

男人摇摇头，咧嘴笑笑，露出漆黑的牙：“怎么可能着过火呢？你看看，漫山遍野的乱草，哪像着过火？”

现在我真想走了，至少给我女儿打个电话。

“早晚我还会养兔子。”方静说，“找个合适的地方养兔子。不是368只，是3680只，36800只。怎么样，大哥，你觉得呢？”

她盯着我。我看看她露出一半的胸，很白，也应该很软。她嫁给我会怎么样？我想象我就站在半山坡上，白花花的兔子四处奔跑，周围飘着它们灰蒙蒙的皮。

“我该走了。”我说，“要迟到了。”

“迟到？你要去哪里？”她说。

“半岛啊，半岛咖啡。百盛那里，去过吗？”我说。

“没有，连听都没听说过。”她说。

“我真要走了。”我说。

“大哥，不做点什么吗？”她望着我。她好像一直在找机会说这话呢。

“做点什么？”我说。

“你说做点什么？”她说。

她继续望着我，目光像点燃的火柴，像两张崭新的钞票。她的手伸向我，准确卡住裆部，来回摩挲。她的手指很长，像五条蛇。

“还是不做了吧。”我说。

她的手停在那里。“你说什么？”

“算了吧。”我说。

“30块钱。”她说，“我准备把钱攒够了，先还债，然后再去开我的兔场，你要相信我，大哥。”

“我相信你。”

“才30啊。我用这个。”她把她的包拽过来，那块小小的皮草光滑、漂亮，闪着神秘的光。“你摸摸看，”她说，“大哥你摸摸看，你会喜欢的，很特别。”

“还是算了。我给你钱。”我说。我掏出钱夹找出30块钱，塞给她。

她接过来收好。“真要走啊？想好了？”她说。

我点点头。我站起来往外走。她一把拽着我不放。她盯着我看，我也盯着她。我坐下来了，心里突然空空荡荡。黑暗中她掏出我的东西，用她的皮草帮忙。的确很特别，很暖和也很滑，比手的感觉棒一百倍，我像掉在一个湿漉漉的更大的洞里。周围很安静，天上不再掉馅饼。那个疯狂的小子战胜了自己发明的机器。我快乐地抽搐，把积攒很久的液体射进黑暗。鬼知道弄在哪里。她有的是办法。我们没发出一点动静。我瘫软下来，她帮我把裤子整理好，用她刚才用过的右手轻轻拍我的脸，“那我走了，你多保重。这地方我永远不会来了，我会把钱还上再开我的兔场。大哥，你过半年来黑林铺看看吧，公车站往西 5 公里的半山腰。好找得很。”

她摸黑走出去，香水味横冲直撞。她像只兔子那样消失了。我望着门外，望着那片黑暗。她刚才坐过的地方连一丝气息都没留下。

走出电影院，我给女儿打了个电话。我说我还没到约会地点，女儿说她在写作业，她等着我回家。晚饭不用管，她给楼下小吃店打了电话，人家会给她送一碗小锅米线上来。

我走到小西门就站住了，我不再想去什么半岛咖啡屋。我花了今天该花的钱，我觉得很累。没必要再见别的女人。如果那个马莉还打电话来，那就再说吧。我站在空荡荡的有点凉有点暗的街头，一只破塑料袋被一阵风吹向半空，它摇晃，颤抖，越升越高，突然掉头向下，一头栽向街心一辆 SUV 的挡风玻璃，开车的女人破口大骂。45 路车从远处开过来了，我紧赶几步，跑上站台等着。回家吧。半年后要不要去一趟黑林铺？或者，明天，后天？操，我疯了吗？我使劲摇摇头，把前面一个家伙的狐臭赶走，也把那个带着皮草的方静从眼前赶走。

我想带女儿找个地方吃顿好的。

苏咕毒消失

宣科从后门进入，一小圈灯光把他照亮。比两年前胖了，步子慢了，被一件宽大的灰色夹克套住，头发支棱打卷，脸色炭黑——他向来自诩黑马王子呢。84岁啦，没一点龙钟昏聩的样子；老花眼镜背后的目光深沉，干净，清亮逼人。

“哪个找我？”

我起身鞠躬：“宣老师，还记得我吗？两年前我做过您的访谈。”

“不记得，采访我的人一箩筐。”他冲我微笑，露出香烟熏黑的巧克力色牙齿。很完整，一颗不缺。

“您八十大寿我也来过，丽江的头头脑脑全到了。”

“我的生日，哪个敢不来！”

“就在你皇宫一样的庄园里。”

“比皇宫漂亮——是我的私人剧场。我记得一清二楚。”他指指太阳穴。

他在我身旁落座。纳西古乐会后门廊一片岑寂，古老的廊柱散发出木料气味，头顶一盏橘黄色的节能灯，下面一张方桌，两把椅子。他掏出香烟，点燃，噘着嘴巴抽它，像吮吸乳头。

“说吧，找我哪样事？”

现在是傍晚七点一刻，古乐会的老演员们陆续从前门步入后台，他们毕恭毕敬向宣老爷子问好；几个纳西老头冲他大声说笑，宣科也高声作答。全是柔软清脆的纳西话，我一句都听不懂。

“特来借一件宝物。”

“哪样?”

“苏咕毒。”

宣科的目光被厚厚的远视镜片放大了。“苏咕毒?你看上它了?借它搞什么?”

剧组来丽江三天了，我为女主角的道具伤透脑筋——必须兼具纳西族的地域特色和文化深意。女主角小苏貌若天仙，稍不留神你会以为她是章子怡、范冰冰的组拼。这部十分钟的短电影讲述一个纳西女子被某中年摄影师一路追踪的俗套故事。男演员还没从昆明飞来，得先拍完小苏的戏，她后天将直飞浙江横店，在一部唐明皇和杨贵妃的连续剧中出演一个没半句台词的小哑巴。我搞不明白，这么漂亮的小苏竟然给一伙香港傻冒跑龙套，还是个哑巴！瞧瞧小苏在丽江古城引发的骚动：紫百合般的纳西裙裤，狐狸精一样来回游走，无数游客冲她举起相机和手机；两个男人凑到她面前讨要电话，小苏指了指剧组藏在某店铺二楼的摄像镜头，两个家伙恍然大悟，立即钻入密密麻麻的人群中消失了。从大水车到四方街，从狮子山到大石桥，小苏所到之处宛如惊心动魄的谋杀现场。九月初的丽江下午真热。我回看监视器，发现小苏身上除了虚张声势的纳西服装外再没别的。如果男主角追踪而来，她还缺乏吸引他步步深入的东西——某种隐喻，某种深刻的做作，某种自然而然的衍生物。它属于她，更属于丽江。

“手鼓?”小苏越来越不耐烦。我警告她入戏不够，缺乏专业精神。她让我不要跑题：“手鼓，手鼓，手鼓行不行哪?李大导演!(听上去就像李大倒爷!)”我说丽江古城的手鼓清一色非洲品牌浙江加工，和丽江没半毛钱关系。

制片人王重提议:“挎包?民族挎包?”

这点子还算靠谱。王重立即从旁边一家民族工艺小店里买了一只血红的刺绣方包，小苏背着像模像样。我让她从大石桥走向双生桥，一路鲜花招展，溪水淙淙。男人们举起相机，用咔嚓咔嚓的快门为她夹道奏乐；小苏摇曳返回，手里居然出现一捧红玫瑰，微寒的风吹落几片花瓣，被溪水打包带走。我看了回放，这才发现挎包是苗、汉的风格，绝对不是纳西人的；况且，背个包的小苏怎么看怎么像兜售挎包的浙江小姐。她手中的玫瑰给了王重启发，他弄来一束更大的——当地的太阳花，黄里透红，白中泛绿。小苏高高举着，造作得无与伦比，她在河边连走两遍，游客们放下相机，纷纷问她这花咋卖。

我陷入绝望。

你实在想象不出，一个纳西姑娘到底该背着什么东西出门溜达。背篓？孩子？镰刀？斧头？或者，东巴纸？纸——对，风车！王重大喊，跑去四方街东巴纸坊花100元制作了一架呼呼转的风车，还让老东巴用东巴文写上“丽江古城”四个大字。小苏冲我翻白眼：“李大导演，放过我吧。”我说：“谁让你拼上吃奶的力气要出名？”她说：“你这破戏演再牛也出不了名啊，你以为你是谁，张艺谋?!”

风车的效果好多了。剧中的摄影师将抵达一座古老的纳西宅院，推门而入，厚重的几案上正是纳西姑娘手里那只小小的风车。光影浮动，风车旋转。升格慢镜头。诗情画意的灰尘徐徐洒落。朋友们，你这辈子要是不飞一趟丽江，你就白活了。

“认得苏咕毒?”

“不认得。”

“那我给你讲讲?”

“太棒了，洗耳恭听。”

宣科清清嗓子，烟灰落到地板上。“公元13世纪，丽江以北的白沙是纳西族木天王的地盘。蒙古忽必烈大军远征大理，就曾得到木天王襄助，后来忽必烈在欧洲打了大胜仗，凯旋路过丽江，就把随军的部分乐队和乐器赠给木天王，其中就有火不思——也就是后来的苏咕毒。用这套乐器演奏的音乐，后来被称为‘白沙细乐’。”

“火不思?”

“是土耳其语，指的就是这件乐器，丽江人叫它苏咕毒，是纳西话，意思是非学会不可。我做过考证，苏咕毒其实来自古波斯，就是今天的伊朗，它的前身叫巴尔古德。”

“波斯?”

“古中国丝绸之路有两条嘛，一为北丝绸之路，一为南丝绸之路。丽江当年是南丝绸之路的重要枢纽，通往吐蕃（也就是西藏）、新疆和西域；巴尔古德后来流入埃及，成为乞丐伴奏的柳特琴，之后又流入新疆库车，也就是龟兹，从横抱发展为竖抱；再从新疆去往成都、广州，经广州出海到琉球、日本；它在日本大受欢迎，按照广州话的音译，被日本人称作萨米神。现在，苏咕毒只有两个地方有，一个是新疆的库车，一个就是丽江。”

“长见识!”

“日本人喜欢它喜欢得不得了。但是日本人弹得不大气，叮咚，叮咚，像送葬一样，你再看我们纳西人怎么玩，叮咚叮咚叮咚叮，简直是纳西摇滚乐!”

我哈哈大笑，宣科也得意地仰脸大笑，说他当年在红河坐牢，最想念的乐器就是苏咕毒。“我拉小提琴出身，想的却是苏咕毒。你说怪不怪？我在那间黑漆漆的小牢房，每天透过一个小孔盯着远处一棵大树，看啊，看啊，心里面念着苏咕毒，想着它的旋律，眼睛才没瞎掉……”

他又点一支烟，冲我潇洒地挥手：“行，你拿去，我批准了。”

我告诉他，刚才我上后台更衣室溜了一圈，一眼相中苏咕毒——是后台经理告诉我它叫什么名字的。它挂在墙上，长长的楔形琴身犹如利剑，四只琴轴细若发簪，方形共鸣箱被黑油油的蟒蛇皮蒙住。沉稳，内敛，一口吞下丽江800年历史。我激动得发抖。我知道，这才是我想要的。

“你小子，有眼光。”宣科说。

“丽江独一份?”

“全世界独一份!”

宣科的烟抽完了，赶赴后台的演员越来越多；他叫住一个白发红脸的老头，叮嘱他演出结束后将苏咕毒借我。对方狐疑地打量我。我毕恭毕敬地解释：“我们暂借一用，让女主角背上它在古城走几个来回，绝不伤它半根毫毛。”

“拍什么?”

“电影，短电影。”

"到处都在拍电影。干你们这行，人傻钱多?"

我不知如何回答。

"什么时候还我?"

"明天下午。"

"行。"他很爽快，"宣老师同意了我没意见。不过——他盯着我的眼睛——千万小心！开不得玩笑，丽江的大宝贝啊！"

"放心吧，我拿性命担保。"

宣科说："老木，你记下他电话，要是弄坏苏咕毒，我就找宣传部要他脑袋。你要不放心，收100万租金咋样？反正搞电视的有钱。"老木笑着摇头，我和宣科哈哈大笑。老木欠身鞠躬，去后台准备登场。我问宣科："你老人家干嘛这么早就来——听说直到终场前才登场哪，在后台呆坐一个半小时，何苦？何不第一个节目之前就亮相?"他狡猾地笑了："当然要早来。我在，哪个都不慌。观众爱我，他们就是来看我的。凭什么开场就跑出去？不行，岂能让他们得逞？我是大牌啊，必须要大牌。"

我来到观众席第三排坐下。上座率顶多六成，老外居多。看来，丽江纳西古乐会创始人宣科在国外的知名度远胜国内。穿纳西服装的美女主持上台了，普通话带着浓浓的纳西腔。第一首曲子《水龙吟》，九十岁的白胡子老头敲响编钟，一伙耄耋老人发出呀——咿之声，丝竹管弦，琴瑟铙钹。让人昏昏欲睡的洞经音乐与丽江白沙细乐的神奇组合，具有难言的催眠效果，仿佛待在你脑子里演奏。酱红色长衫、稀奇古怪的乐器、白头发和山羊胡错落混杂，强烈的白炽灯光把他们放大，就像曝光过度的巨幅彩照，硬邦邦贴在松鹤延年的舞台布景上；乐队有两三个年轻人，第一排弹古筝的姑娘很美，姿态端庄优雅。曲子后半程，苏咕毒亮相了，坐第三排的老木斜抱着它，懒懒洋洋地处理它——左手食指压住琴弦，右手拇指食指来回弹动。我仔细辨认，音调低沉，变化很少，像一头老山羊沿一道不太陡的山坡往上爬呀，爬。你很快就会发现，它有些枯燥。

我将苏咕毒带回驻地，这家古城边的小旅馆每个标间只收80元——旅游旺季，出这么点钱就能在丽江睡一夜简直是奇迹。一路上我牢牢攥着它，仿佛担心它长翅膀飞走。它像石头一样沉，散发石头一样的气味，共鸣箱的蟒蛇皮摸上去阴凉粗糙，像某个家伙冲你的耳朵念了一句诗。我沿黢黑的东大街往外走，石板路面微微打滑，一伙穿长裙的姑娘水妖一般掠过。我呼吸急促，两腋冒汗；有人冲我嚷嚷："咦，这什么东西？琵琶？二胡？吉他？"

"去你妈的，吉他！"

他们蜷缩在化妆师薇薇的房间打扑克。房间乱得不像样。也不知道昨夜王重是否溜过来把薇薇睡了——他曾说："看看这个女人，这个女人！在我看来这就是个女人。"王重的意思是，泡剧组的女人两瓶啤酒几个段子就能搞定。我说："是吗？"他说："错不了。"我说："你们一个剧组待过？"他摇摇头，说会证明给我看的。"一个化妆！"他说。化妆是剧组除场记之外身份最卑微的，又大多是女人，男人们自认为有无数的手段搞定她们。剧组十天后就解散了，一支临时拼凑的游击队，谁把谁睡了不是我这个游击队长该管的，也管不了。王重和我第三次合作，小苏、薇薇还是首次。我只是个导演，我想做一个干干净净的导演。

苏咕毒一亮相，他们张口结舌。

"什么？"王重说。

"牛逼！"小苏说。

"我靠！"薇薇说。

"苏咕毒。"我说，"明天，小苏将身背苏咕毒穿梭于古城街头。让那只傻风车见鬼去吧。"

他们抚摸它，嗅它，研究它。石头的气味无处不在，还有点湿味、油味、烟味和汗味。拴住琴身的帆布带子窄窄的。小苏背上它，她们就像孪生的。她昂首阔步，犹如仗剑江湖的女侠。

薇薇从小苏手里接过苏咕毒，居然拨弄出艳俗的《荷塘月色》。"我可是学古典音乐出身，"她说，"差一点考上中央音乐学院。"

"身价多少？"小苏说。

"200 万。"我随口瞎编。他们啧啧赞叹。"现在什么人弹它？"王重说。

“纳西古乐会的人。宣科说，全丽江独一无二。”

他们鸦雀无声，一定在盘算它的价值。我了解他们。我说了说苏咕毒的来龙去脉。“你的意思是，”王重说，“八百年历史？”

“差不多。”

“我的亲娘！”

“你搞来一只古董。”小苏说。

“这戏不火都不成呀。”薇薇说，“你们还想听什么？我弹！”

“行啦，你这是暴殄天物。”王重从她手里夺下苏咕毒。

“俗人，我们都是俗人。”我说。

“俗人还背着宝贝乱跑，李导你看你编的这叫什么剧本！”小苏说。

“薇薇，你把它弄坏了！”王重盯着琴弦。薇薇紧张地贴到王重脸上。我一声长叹。王重笑了：“你还真信？”薇薇瞪起眼睛，使劲搡他的脸。

“这东西快灭绝了吧？”

这更不是我关心的问题。王重不太对劲。可我说不出到底哪儿不太对劲。他能轻而易举闯进这个房间把薇薇睡了。

小苏很快蔫了。她惦记着她的哑巴角色，据说导演是杜琪峰。“俗人们，我累了！”她住薇薇楼上，特地开的单间。这样一来，我不得不再为薇薇支付一个单间的钱。“我姓苏，它叫苏咕毒，有点意思。”小苏抬脚往外走。

“今晚咋整？李导和你睡，我和薇薇挤挤？”

“你去死！”小苏微笑大骂。我也想骂，你去死。谁会跟一个整天惦记出演哑巴的女人睡觉？

“我和它睡。”我指指苏咕毒。

“我也和它睡！”王重说。

我以为王重和我一样开玩笑。直到次日早上，我才发现王重说了一句大实话。

老木在我梦中出现。剧场坐满观众，他睡着了，紧闭两眼，嘴角翕动，脑门亮得发黑。桃红色的纳西长衫太大了，从胸口耷拉到脚踝。其实睡着的老头不少，他们都有梦中奏乐的本事。纳西男人真幸福，女人持家干活，男人聚集在大石桥头玩音乐喝茶放鹰琴棋书画。万恶的旅游业把他们赶出古城，他们只能待在家里，茶馆里，院落里，打鼓的打鼓，拉琴的拉琴，唱歌的唱歌，被厚厚的院墙困住。年过九旬的老家伙不是死于疾患，就是死于郁闷。按照宣科的叙述，老木要将手艺传给小孙子的念头遭到全盘否定，那小子溜到古乐会后台，往苏咕毒的琴弦上抹马粪，把琴轴松开，往共鸣箱上浇灌滚烫的蜡。老木按往常节奏吃罢晚饭，从建设路家中出门走向纳西古乐会，向大牌宣科行了礼问了安，去了后台坐等，和几个老家伙嗑瓜子聊天，说今年雨水少得可怜，连黑龙潭都干了。7 点 50 分，主持人催场三遍。老木穿上大褂，手提苏咕毒走上舞台，在他待了 12 年的老地方——左侧第三排第二把红木椅上落座。舞台灯光全亮了，台下密密麻麻的观众打喷嚏咳嗽睁大眼睛。《水龙吟》，苏咕毒第二梯队跟进，荒腔走板，老木一手的马粪。演砸了。乐队全体怔怔看他。宣科冲上去，笑着向台下解释："我们这位木老师今天知道各位大驾光临，于是多喝了两杯呢。"台下哄笑。

我醒了。

苏咕毒不见了。

它就搁房间桌上的，另一张床上的王重也不见了。是摸进了薇薇房间？后者显然没反抗，否则他早已回来。我一阵悲凉，像遭到了莫大羞辱。我躺着不动，稀薄的光线钻进房间。典型的九月丽江的清晨，空气冰冽，顶多两三度；到了中午却热得要命，你恨不能扒光自己。

我突然觉得不太对劲——即便王重摸到了楼下薇薇房间，他带走苏咕毒干吗？一面办事一面奏乐？我拨打王重电话，关机了。我穿好衣服下到二楼，敲了薇薇的房门；太早了，我知道这么干很不礼貌。我被不祥的预感牢牢抓着。薇薇开了门，她披头散发，带着热烘烘的气味，刚刚睁眼的表情十分痛苦。

"王重呢？"

"说什么呢！"

“真不在?”

“来，你来我床上搜!”

我心跳得厉害。难道这小子钻进了小苏房间？他哪有这贼胆？我上到四楼。407 位于走廊最深处，是这家客栈最好的。我刚要敲，想想又忍住了。我在门外喊了几嗓子，小苏总算懒洋洋地回答，说这就起床。我来到院子里，今早比昨天更晴，天空深不可测。我等了很久，小苏终于下楼了，一边梳头一边走向我。

“王重呢?”

“你问我?”

我奔回房间，王重的箱子、细软果然不见踪影。再打他电话还是关机。小苏咚咚跑来，站在门外冷冷望着我。薇薇率领道具场工摄影随后赶到。“怎么回事？昨晚跑哪儿艳遇了？……苏咕毒呢？王重不会偷了苏咕毒跑了吧?! ……”薇薇的问题真傻。我坐在床沿上，眼前全是苏咕毒，横亘八百年的苏咕毒，举世无双的苏咕毒。老木怀里的挚爱，超过全世界最棒的女人。我怎么向宣科交代?

“狗日的王重!”薇薇两手捂住脸。

“报警吧。”小苏说。不愿踏进我房间半步。我觉得自己活该。

“你们说，他还会回来吗？……”

“你傻呀，这时候早卖了苏咕毒飞美国啦。”小苏斩钉截铁，让我拨打 110 并通知当地宣传部。王重，一个尚有些婴儿肥的家伙，五年前于云南艺术学院毕业，谁也不知道他怎么干上剧组的，除了担纲制片还偶尔客串路人甲；我在我的第一部微电影《爱不完》中遇见他，此后成了我的制片人，帮我完成了短电影《完美时光》，还露脸扮演了一个杀手。这是我们第三次合作。一个制片人有必要偷走一件道具？换句话说，就因为这道具价值连城让他顿起歹心？我很受伤——我看错了人，把他当朋友，信任他，关心他，还鼓励他把薇薇睡了。不对，在苏咕毒出现之前他还是那个值得信赖的王重。人通常被一件小小的道具改变。现在，我终于相信了人心叵测的老话，但绝不相信 110——他们花了一个多钟头才做完笔录，而此时，王重要么已抵达大理或香格里拉，要么早就搭乘头班飞机无影无踪了。

剧组停止一切拍摄搜寻王重。我、小苏、薇薇直奔大研，其余人负责新城。大研古城人流如织，青石板光滑透亮。我们一路问至四方街，一伙纳西大妈待在科贡坊下打跳，单调的纳西音乐没完没了，她们的动作像锄地、翻土，然后踩平它；我出汗了，小苏不停埋怨，薇薇目光呆滞——我们尽可能不看对方；我问小苏何时动身，她说："明天，绝对改不了。这边要没拍完可别怪我啊，档期啊，我的档期。"我说："你就别火上浇油了。"她说："怎么是火上浇油呢？我是丑话说在前啊……"我盯着打跳队伍中一位步伐娴熟的大妈。"一个哑巴，有意思？"小苏一声冷笑："那可是杜琪峰，李大导演（李大倒爷）！"我的汗水从额角滚落，砸在明镜般的青石板上。

薇薇沉默着，似乎伤透了心却得不到任何安慰。过度漂亮的小苏引来不少游客，他们的目光恨不能扒光她。我问薇薇："昨晚王重真没去过你房间？"薇薇摇头："我倒真希望他摸进来呢！从前和他合作过一部戏，一直觉得他憨厚老实。狗日的！"这一声大骂十分突然，把我和小苏吓一跳，也把周围几个更像演员的男人吓得落荒而逃。

"你们合作过？"

"去年吧，去年十月。"

"你早该把他办了。"

"太应该了。"

"你很孤独。"小苏说。

"谁？我？"薇薇笑起来的时候有两个好看的酒窝。

"我是说李大导演。"

"我们，是我们。"我说。我瞪着毫无瑕疵的蓝天。

"可以走了吗？"小苏说。

我一声不吭。

"苏，陪陪我。"薇薇说。

"唉，"小苏说，"这次演的什么狗屁角色。"

"你听着，"我转向她，"再狗屁也比一个哑巴好十倍。"

小苏继续冷笑："杜琪峰也比狗屁的导演好十倍。"

我咧嘴傻笑。

“你完蛋了，小苏。你注定成不了章子怡。”

“谢谢！我看你也成不了杜琪峰。”

“我会成为李安的，一不留神就是张艺谋。”

“行啦行啦，”薇薇说，“我们接着找，成吗？”

我想冲小苏那张完美得一无是处的脸大吼：“滚蛋！”可她转瞬之间就油滑而谄媚起来，可见当一个好演员多不容易。“对不住啊李导，你会成为第二个李安的，我嘛，混吃等死呗。”

薇薇问她哪儿毕业的，她说麻大（云南艺术学院别称）。薇薇一声大叫：“呀，你是王重校友？”

“能不能不提王重？”

“快走吧，”我说，“我们接着找你的王重。”

“找到了咋办？”

“随你便。”

我们分头行动。我走向酒吧街。太阳璀璨，你站在科贡坊桥头就能眺望蓝色的玉龙雪山。干净，锋利，不可一世，少量的积雪让我想起老木的满头白发。酒吧街就算大白天也乱哄哄的，拉客的姑娘和店家大声劝你进去喝几杯。夜里，这儿寸步难行，疯狂的音乐鼓舞着期待艳遇的人们呼呼大喝。没人了解另一个人，更不用说王重这样临时抓来的制片主任。一个看起来羞涩的胖子，号称在大学时代拿过一次三好生、被姑娘甩过两次的乖乖男；混剧组以来他挣了不少钱，跟过于荣光的《木府风云》，一单下来至少五万，还缺钱？他会卖了苏咕毒？我宁可相信事出有因，他还没傻到为了一只身价存疑的道具毁掉自己吧？不过，谁敢打包票？谁又不是从黑洞般的经历中幸存下来的？酒吧街边溪水潺潺，过去有锦鲤游动，如今是旱季，水量少一半，鱼早没了，但水草还在，比小苏的头发还长。一群男女比我的剧中人物还矫情地摆 pose 合影留念。一只巨大的佳能相机突然递到我手上，要求我给他们来一张——女的很像中国版黛米摩尔，男的太老了，还是个光头。我咔嚓按了快门。男的一脸坏笑，很夸张地向我道谢，女的微笑十分迷人，问我四方街怎么走，我真想告诉他们相反的方向。

街巷越来越窄，游人丝毫不减，有的地方你得吸着肚皮。店铺都差不多，除了服装店、手鼓店、工艺品店就是小到一两个平米的淘碟店，店主如同缩在洞穴里，要命的是，它们播放的音乐全是小倩那首《一瞬间》，你听两遍就会唱："就在这一瞬间，才发现，我失去了你的容颜，就在这一瞬间……"店主们合着节拍敲打手鼓，打量你的目光如饥似渴。我要是整天坐店里敲手鼓、听小倩，我会疯的。我踩着鼓声抵达大石桥，桥头坐满了人，卖塑料花的姑娘穿着绿色超短裙，把刚扎好的花环戴在头上。我凑过去，在她身后找到五公分的空位坐下。她冲我微笑："来一个吗？十块钱。"我说："不了。"我瞪着桥下，一对拍婚纱的年轻人忙得团团转，女的从河里撩水，男的尽量像个黑社会。"你从哪来？"我问卖花姑娘。她说四川。我说："啊呀，四川。"她又说："真不来一个？"我说："好吧，来一个，花是假的？"她说："假的才能长久嘛。"我给她钱，从她手里接过花环。红色细绢做的假花，还算精致，很像真的。无色无味，或许无毒。我戴在头顶，看起来我就像她丈夫。我看见小苏和薇薇远远走来，身边跟着个陌生男人。

她们来到我身前，额头微微冒汗，那小子——顶多90后，脸很白，三七开长发，大热天套一件黑色西装。"大哥好！"他冲我伸出右手。我没握。"我护送两位美女到此，她们迷路啦。"他的笑容很殷勤。"谢谢你。"我说。"别客气，那我走啦。"小苏脸上的笑意高深莫测，活脱脱一个小章子怡。薇薇板着脸。"我能留下两位美女电话吗？"我使劲咳嗽："这得问她们呀。"薇薇连连摆手，小苏笑而不答——傻瓜都能看出来，她笑得多么虚伪。这小子盯着她："美女，你电话是？"小苏像女王似的摇头："对不起。"这小子不屈不挠："为什么？"小苏说："什么为什么？"这小子说："这是丽江啊。""丽江怎么啦，"小苏的微笑瞬间凝固，"到了丽江必须留电话？"这小子还想说点什么，我大声说："兄弟，我是她老公，我有她电话，要吗？"他的脸涨得通红，低声嘀咕了一句什么，扭头跑开了。

"老公，哈哈，老公。"小苏盯着我头顶的花环。

我取下，给她戴上。她像海底的塞壬。

“走不动啦，李导。这人古道热肠，一路跟着。”

“这是丽江。”我说。

“我戴着好看？真好看？”小苏说。

“好看，不信你问她。”我指指卖花女。后者笑了，希望小苏、薇薇各买一只。我说：“我送她们吧。”我掏钱买了两只，让她们都戴上。薇薇总算笑了。

“一路问过来，都说没见过一个背乐器的男人。”小苏说。

“真值那么多钱？”薇薇说。

“什么？”我说。

“苏咕毒。”

“没准。”

在花环映衬下，她们脸色发白。

“我能走了吗，老公？”

“你忍心撇下我？”

“刚接他们电话，明天一早就动身。我的戏提前了。”

我一声不吭。

“你们在找谁？背乐器的男人？”卖花姑娘说。

“你见过？”薇薇说。

“看在你们买了三个花环的份上，我见过。真的见过。”

人群扰攘，我似乎不断遇见苏咕毒真正的主人。她就是我以为的样子——浅紫色或酱红色的纳西裙裤，头发挽起，身材高大。宣科说，她把苏咕毒留在座位上，说走就走，再没回来。

“女人？为什么走？”

宣科叹气，摇头，指间的香烟抽一半就掐了。当年，这个纳西女人带一把苏咕毒来古乐会应聘，宣科对她手中的家传乐器和她父亲一点也不陌生，但惊讶于她也是苏咕毒的高手。上台后，她精湛的技艺仿佛一只燕子在鼓点和竹笛之间穿梭。老外们起立鼓掌，只有宣科知道苏咕毒在整场演出中的分量，只有他清楚究竟有多少掌声是送给苏咕毒的。一年后，她真走了，宣科瞪着空空荡荡的红木椅子，连续数晚的主持差不多报废，就像疯子的梦话和呓语。

“我很伤心。”宣科干脆扔掉香烟，“没有比她更好的苏咕毒大师了。纳西人，弹苏咕毒的少，弹得好的更是凤毛麟角。最好是女人弹它——那种曼妙的感觉才出得来。有她没她的古乐会，真不一样。老木不行。每天晚上睡个半死。”

“干嘛要走?”

“纳西女人，性子烈，真烈……有哪样办法，天要下雨，娘要嫁人……音乐，我在个旧坐牢 29 年，哪里还有音乐？……”他又跑题了。

我的想象无法落实。或许，她白皙丰腴，拥有一双湿润漆黑的眼睛，两只无与伦比的大手。

音乐，只是音乐?

卖花姑娘指向古城北门。千篇一律的青石板、手鼓店、碟店、工艺店。我们一路打听，王重和苏咕毒还是杳无消息。街巷越来越窄——已经来到寂寥的大研古城北部，古院落渐渐增多，气氛像古井般幽暗，我似乎从没来过。

“我看不懂丽江。”薇薇说，有人冲她兜售草帽和墨镜，她一一拒绝。

“无数的人跑来吃饭，睡觉，做爱。”小苏说，“纳西人都住城外啦，城里的都成了生意人。”

“同意。”我说。

“哪都一模一样呀。”薇薇说。

“哪来的艳遇？像刚才那哥们一样，屁颠屁颠追你们身后?”我说，“我看不懂的是，干嘛赶着演一个哑巴。就算是杜琪峰的哑巴，那还是个哑巴。”

小苏一声冷笑：“专卖店的 LV 和螺蛳湾的 LV 是一回事吗?”

“一回事。”

“反正我明早就走，先飞昆明，再飞浙江。”

“找到苏咕毒再说。”

“要找不到呢?”

青瓦白墙一路曼延，前面的薇薇突然指着一座古色古香的纳西院落。她回头看我，又看看小苏。院落门头上的“甘泽泉”三个隶体大字浑厚苍劲，镌刻在原色木板上，两扇木门已经龟裂，门上有狮头铁环。显然是一家客栈，是丽江古城最完好的那类纳西宅院。

小倩的歌声远远飘来：“就在这一瞬间，才发现……”

“王重绝对艳遇了，于是偷了苏咕毒卖个天价留在丽江开客栈。”薇薇大声说。我认为这次的猜测很靠谱。之后我们惊呆了：这个不需要任何修饰的外景地竟与我的剧情神奇吻合，简直天衣无缝——经典的纳西古院落，摄影师推门而入，苏咕毒悬挂墙上。时间像遗失的孩子，经历漫长的漂泊突然归来，让你久久不能动弹。小苏取下头上的假花环抓在手里。薇薇犹如虔诚的圣女带领我们，走向甘泽泉。

它枕着溪水，小小的单孔石桥通往古色古香的大门，茂盛的蔷薇漫过墙院。我的心怦怦跳。门一推就开。头一座天井比雪山还白，右侧一扇木门虚掩着，门上的福禄寿喜镂空木雕细如发丝，一看就是大师手笔。再推开，一个四四方方的大天井迎接我们，屋檐优美整齐，通向二楼平台的一把木梯爬满蔷薇，叶片绿油油的，花瓣红得像火。天井里薄薄的青草像铺上去的，砖缝渗出凉飕飕的气息。正面，堂屋大门洞开，屋里很暗，能看见八仙桌和香炉。左右耳房里有桌子椅子，散乱堆着。踏上草皮，就像待在红塔基地的四号足球场上。

“你们找谁?”

声音从身后传来。我回头看见一个四十岁左右的女人站在厢房的门槛上，紫色纳西族裤裙，扎圆形发髻，透亮的绿松石项链垂到胸前。

我几乎一眼就认出了这个从没见过的陌生人。

我感到窒息，突然激动而羞愧。我冲她点头微笑，简单说了说事情经过——我们剧组为一把乐器而来，已经找了很久。

女人不慌不忙，让我们到前廊八仙桌旁就座，斟了三杯丽江绿茶。茶水甘洌爽口。

“荣幸哪，居然是拍电影的导演和大明星光临寒舍呢。”

薇薇追问她是否见过一个昆明胖子：“大约三十岁出头，穿耐克黑色套头衫，蓝色牛仔裤和彪马运动鞋，头发不长不短，看起来像个伙夫，背一把长长的古怪乐器招摇过市，见过吗?”

女人面带微笑。

“见过。”

小苏冲我伸伸舌头。我的心跳仿佛消失了。蓝色的玉龙雪山犹如1000W的低温镝灯一般刺眼。

“你见过?”薇薇大喊，就像还没开始恋爱已遭抛弃的爱情梦游者。这么些年来她怎么混剧组的?

“走啦，早走啦。”

“走啦?!”薇薇满脸苍白。“你见没见他背着一把这么长、这么高的纳西乐器?”

“见过。”女人的微笑毫无变化，“当然见过。大清早的，古城没什么人，这个男人背着苏咕毒刚好经过。我叫住他，问他背着什么东西……他紧张得要死，开口就要100万。我告诉他，只要我招呼一声，他休想走出古城。最后，我们一万块成交。他应该能赶上头班飞机。”

微凉的空气生硬如铁。小苏似乎提前入戏了——张大嘴巴，却发不出一丝声音。

我张口叫出她的名字：“英古纳美。”

她有些吃惊，接着笑了：“宣科老师告诉你的吧?”

“英古纳美，在纳西话里什么意思?”

“丽江女人。”

“苏咕毒呢?”

“非学会不可。”

一片宁静，能听到雪山脚下传来的狗叫，酒吧街里流浪歌手的哀号；那首没完没了的《一瞬间》在耳边来回扑腾——“就在这一瞬间，我才发现……我失去了你的容颜……”

“苏咕毒呢?”

她笑而不答。我知道，苏咕毒回到了属于它的地方——院落，厢房，古老的空气和瓦楞里黄灿灿的太阳花。

“宣科说，你说走就走。”

她笑而不答，把手机递给我。照片夹里的女孩笑得没心没肺。这孩子不算漂亮，小小的瓜子脸黑乎乎的，头发稀疏，头顶一只白色发卡，喜欢冲镜头摆出手捧脸蛋的姿势。我没什么感觉。比她母亲差远了。

“12岁啦。12年前我退出纳西古乐会。”

小苏和薇薇一脸茫然。小苏起身溜达，从这间房跑到另一间，展览她窈窕的身材。英古纳美连连称赞她漂亮，薇薇说：“可惜呀，没带摄像师来，否则顺手就把剩下的戏全拍啦。”

“当时我有了她，快四个月啦，还怎么上台？”

“你没告诉宣科？”

“没有。”

沉默蔓延了很长时间。我告诉她，苏咕毒恐怕必须还给宣科，她轻轻叹气：“是的，它可是镇团之宝呀。”

“那一万块钱……”

她笑着摆手。

我们尾随她穿过天井，从厢房侧面一条狭窄的甬道去往后院。她推开门。没有苏咕毒的影子。这间简简单单的屋子没有任何乐器的影子。她有些纳闷，告诉我她今早明明搁在桌上的——她拍了拍光溜溜的榆木桌，细细的灰尘升入半空。“我记错了？”她转身出去。我们回到前院。门外人影晃动，天南海北的傻瓜非把自己折磨得精疲力竭，几个叫卖水果的纳西妇女蹲在对面墙角。我差不多忘了苏咕毒长什么样了，眼前与之重叠的东西顶多一把琵琶、一把吉他或一把二胡。英古纳美让我们别着急，先喝茶；她从外院搜到内院，一间间厢房逐一找去；半小时后她走回来，满头细汗，两手叉腰，不可思议地摇摇头。小苏提醒她是否有人来过，薇薇说别慌再好好想想。我不知该说点什么，但隐约感到她身上透出的神秘力量——就算拿回苏咕毒也天经地义，何况她又花了一万块钱。宣科和老木都不会有意见的。不会有任何意见。不，她不是那种女人，否则她有数不清的机会。被人偷了？不可能，谁会偷这东西？谁又能轻轻松松穿过天井直奔后院厢房？

“孩子？”

“对，你的女儿——”

“对呀，诺杰！”女人一拍脑门，“诺杰干的！绝对是她！这个小挨刀的！”

这名字真美，仿佛要为她的相貌扳回分数。现在她理出了头绪——午休之际，12 岁的诺杰拿走了苏咕毒。英古纳美挨着我坐下，擦着额头。“她要它干什么？”你们说，“她要苏咕毒干什么呢？”我没法回答。此时距离小学放学的时间不远了，她让我们暂且忍耐，等诺杰回来。小苏问她诺杰的亲爹，女人并不回答，“要不，我直接上学校找她？……”我说还是等等，一个孩子，一件乐器，还能出什么事儿呢？我们继续喝茶，我连跑两趟厕所；屋顶瓦缝中的太阳花金亮刺眼，天空蓝得像倒扣的泸沽湖；小苏重申她的立场，明天一早必须飞昆明，顶多让我补拍一个钟头，请我务必理解。我谋划着最后一场戏：就在这个院落，堂屋墙上，摄影师一头撞见苏咕毒，满心的焦躁被它轻轻抹掉。纳西姑娘不见踪影。他来回搜寻，从这头跑向那头，急于辨认这是现实还是梦境……嗯，这才是我想要的镜头，我想拍的丽江。

“哑巴之后呢？”

“什么？”

“你演完哑巴之后？”

小苏扳着手指：“七天后飞哈尔滨，拍一部抗日神剧；再五天后飞杭州，一部时装戏，月底飞香港，给萱萱演丫鬟——不是哑巴，一共 15 句台词；下个月飞敦煌，古装戏，寻找吴三桂的宝藏……”

薇薇还在为王重的偷窃和逃跑叹息。

我突然无限忧伤。小苏成不了巨星的，不可能。哪怕她比巩俐章子怡漂亮 1000 倍。她其实只是云南卫校毕业（哪儿是王重的校友！）、在这个行当混了两年的中专生。她的戏其实挺差的，除了漂亮，除了胸大。但你认为这样的演员还少吗？

摄影师跨入前院，堂屋墙上的苏咕毒让他张大嘴巴，像条死鱼。

他缓缓靠近苏咕毒，仿佛它是裸体的；抬头仰望，伸手，抚摸琴弦，之后转身四顾，在院子里奔走，呼唤，冲出去——像个神经兮兮的白痴。镜头硬切至四方街广场，他猛回头，四方街对面，一身紫色纳西裙裤的姑娘就站在熙来攘往的人流中。他呆住了。姑娘冲他微笑。升格慢镜头。空气凝固，阳光坠落，既庸俗又壮观……

宣科告诉我，英古纳美的消失就像她的到来一样让人摸不着头脑。那之后，郁闷就像古城的桂花香气一样弥漫，他想不明白为何她的离去竟有这么大的杀伤力。他让老木带了几个纳西孩子，不到半年就跑得一个不剩。“哪个孩子还弹这东西？他们热衷萧亚轩和周杰伦。再说，苏咕毒太难复制，一件宝贝怎么够分？”他的结论是，苏咕毒必须交给它真正的主人才能弹到极致。“老木老了，还总在舞台上睡着，他的大孙子跑到昆明闯荡，二孙子跑去《印象丽江》牵马唱歌，谁都不愿操练苏咕毒。纳西古乐正在死亡。老头子们20年来死了10个。古乐会每晚演出之后就分崩离析：他们回家，抽烟，吃饭，骂孙子，操女人，大声武气地叫嚷，吐唾沫，喝酒，发呆；然后，次日晚上7点重新回来。走进乱哄哄的大研，穿上桃红色大褂，准备登场。”

“您老人家百年以后咋办？”

“什么咋办？”

“古乐会呀。”

“爱咋办咋办。”宣科不假思索，“我死了还管他们？”

从雪山吹来的风向下俯冲，小苏打开厢房一台唱片机，流淌出来的正是《水龙吟》。英古纳美的眼睛睁大了，望向音乐的源头。“听到了？苏咕毒。”我说听到了。它从第七小节爬出来，像一匹病恹恹的老马。“抱歉，我听不太懂，就觉得慢悠悠的，好听。”她笑了，用沉默告诉我当时的演奏者正是她。小苏站在门槛上，为自己制造的惊喜洋洋自得；薇薇被古老的音乐带走，满脸虚妄和深沉；王重事件只是插曲，我们干嘛为一个小偷劳心费神呢。《水龙吟》铿锵起伏的曲调无可代替，正如我们自己无可代替。小苏就算演100个哑巴还是有人看的，她飞来飞去的表演从不白忙活。我们把自己撂给无法掌控的东西，到头来都会满意的。我仔细打量英古纳美，鼻梁挺直，前额宽阔，整理额头细发的手长而微黑——拨弄苏咕毒的一双巧手说停就停了。她怎么挺过来的？

“你们拍的什么微电影，干嘛扯上苏咕毒？”

“观众喜欢的电影。”

“哪里的观众？”

“网络。”

“哦。”英古纳美摇摇头，“我的客栈也加入什么网站了，一些韩国客人自己找过来。”

“就这道理。”

“纳西古乐！纳西古乐！”小苏大声叫嚷。你听不出是褒是贬。我感到音乐背后藏着微暗的火，把什么物质烧着了，射出熊熊烈焰。

英古纳美说，她是在纳西古乐会后台认识他的。他跑到后台，拜望神奇的苏咕毒及其演奏者。他是福建人，普通话说得很烂。他一个人跑来丽江看演出——各种演出，《丽水金沙》《东巴宫》；还是喜欢纳西古乐，一口气连听三天，自己买票入场。在后台暗窄的过道上，人进人出，一片嘈杂，他说他明天就走了，之后坚持送她返回甘泽泉；他们穿过复杂的古城巷道，踩着对方的影子，听着脚步声被两侧店面反弹回来。他很干净，她记得他站在门廊下脸上散发的剃须水气味，记得他防水面料外套发出的唰唰声；她希望来一场大暴雨，把他留在门廊下。其实用不着，他侧身进了院子。像游动的幽灵，像她梦中的陌生人。他不是故意找刺激的，特地给她留了电话和地址，次日天不亮就走了。他说：“如果你愿意的话，我就留下。”她没留。她什么也不确定。后来她感到无边的恐惧，却又为此自豪。

“纳西女人做事情从不拖拖拉拉。”她说，低沉的嗓音在《水龙吟》的间歇中十分性感。之后的曲子更性感，她说是南唐后主李煜所作的《念奴娇》，能听出小脚女人一步三颤的万般风情。

我陷入想象。

怀上诺杰后，她再也瞒不住了——你不可能挺着大肚子登台呀。

“我没跟宣科老师说。我没办法跟他说。”

远远传来孩子放学路过院门的叽喳声。

“我把苏咕毒留给宣科老师，他的脸色很难看。非常非常难看。”

小苏回到薇薇身边。现在，两个女人像砖墙和木门一样真实。

“弹苏咕毒需要静下来，心乱了不行。”

“你的意思是，丽江让人心平气和？”

她并不回答，向我回忆古乐会12年前的盛况——爆满的观众八成是老外，一直坐到外侧走廊上；宣科口若悬河，骨子里的英式幽默比英国人还地道；观众笑声不绝。“古乐会的表演棒极了，没有一点瑕疵。”她说，“真的棒极了，我觉得我能弹一辈子……现在？有几次我路过，我听见谁谁谁睡着了，是在梦里演奏呢。”

“睡着了还能演奏？”

“当然。”

“老木的苏咕毒呢？”

英古纳美笑而不答。

“生了孩子，还能回来呀。”

她连连摇头。

“没想过找他？去福建？”

她还是不说话，也不再看我。

沉闷的气氛能杀死五头大象。我起身走进院子，细细的草茎在鞋底滑动，小苏询问薇薇，大意是明天上哪儿坐机场大巴。英古纳美起身走到门口，留给我高挑丰满的后背。女儿诺杰还没回来。她静静等待。被蓝天切割的狭窄门廊似乎一片潮湿——12年前的门廊，把一切都框死了。那个模糊干净的男人，把她和她的苏咕毒变成另外的样子。不可思议。她的背影逆光，温暖，挺拔，更像摩梭女人，从不追究什么。青石板闪闪发亮。

诺杰一脚跨进院子。她真的又瘦又黑，头顶的白色发卡别无分号，硕大的米口袋似的耐克帆布书包耷拉在牛仔裤上。你一点也看不出这是个纳西族姑娘（至少流淌着百分之五十的纳西血液）。她有些紧张，一双大大的眼睛睁得更大了，来回打量我们。

英古纳美一把抓住她的手：“东西呢？我放桌上的苏咕毒呢？”

诺杰不说话，抬头呆呆望着她。

“问你话呢，哑巴啦?”

她还是不说话，一只手抓住书包背带，另一只手揪住裙摆。

“你好，诺杰，”我说，“我们是你妈妈的朋友，别怕，慢慢说。”

小苏和薇薇一脸坏笑。

“说话呀！”英古纳美大喊。

诺杰的表情呆滞而茫然。她扭头看看我，再看看小苏和薇薇——似乎3个陌生人比她母亲更让她安心些。英古纳美蹲下来，抚摸她的脸：“是你拿的吧，咋不拿回来?”之后，她用急切的纳西话连连追问。诺杰终于开口了，但快速多变的纳西话让我摸不着头脑。从她委屈的表情可以断定，苏咕毒出事了。英古纳美站起来。“好好说，”她用汉话警告她，“说清楚，苏咕毒怎么了?”

“……丢了。”

我喘不上气来，像被这个又黑又瘦的孩子攥住心脏。

“我下午带它去学校，去音乐课……老师也不知道这是什么东西。后来，下了课，下了课……”诺杰开始哭泣，但坚定地把她的遭遇往下讲。“下了课，赵海若和刘雅涵要拿小提琴和我比……他们的琴声真美啊，但是，但是我的东西难听死啦。他们说，这和弹棉花的差不多……”

故事很简单。诺杰拎着苏咕毒飞奔，跑进古城一条僻静的巷子号啕大哭。之后，她走上桥头，用她的铅笔小刀割断琴弦，用脚踩扁琴轴，抬手扔进河里。

耳光很响，把寂静撕个粉碎。英古纳美像头呼呼喘息的母豹子。诺杰不哭了。最恐惧的时刻已经被她的讲述带走。她捂着脸，发出歇斯底里的吼叫：“它有屁用，难听，难看，谁也不会弹，谁都不喜欢。你买个破东西回来干什么?”她的目光十分凶狠，扔下书包掉头冲出院子。英古纳美低低叫了一声：“诺杰！”

院子凉得惊人。

英古纳美拔脚往外跑。我追上去。小苏和薇薇并未跟上。她们早没兴趣也没了体力。她们只是来拍戏的。她们和一件道具有什么关系？

我追上英古纳美。我们顺流而下，搜遍整条河还是没找到它。我们重返大石桥，卖花姑娘为我们腾出位置。英古纳美俯身望向花影浮动的河面，突然掩面啜泣。我吓坏了，卖花姑娘也吓坏了。“再找找！”她抬头看着我，似乎在央求。“再找找，不会丢的。不会。”她挺起身，带着纳西女人特有的气息，一头扎进人群。

美　人

常服睟容，不加新饰，垂鬟接黛，双脸销红而已，颜色艳异，光辉动人。

——元稹《莺莺传》

距离38岁一百多天，李果差不多谢了顶，体力也不行了，和前妻最后一次做爱顶多坚持了40秒。冬天说来就来，大批红嘴鸥从西伯利亚飞抵昆明，李果在周六下午前往翠湖探望它们，老远看见白茫茫的鸥群遮天蔽日，空气里混杂着粪便味、水腥味、市民蜂拥的烟味汗味。还没到翠湖门口，一个20岁出头的四川小子把他拦下来。“要画吗？古画！全中国全世界最牛逼的画！”他低声吆喝。李果想甩掉他，可他像个特务一样紧紧尾随，从脏兮兮的牛仔包里掏出一卷画轴，迅速展开。“这可是全中国最牛逼的工笔画，”他说，“宋代大师王渊真迹！王渊，听说过吗?”

李果瞥一眼就站住了。画面上的簪花女子笑盈盈的，雪白长裙，腰际悬一块凤形玉佩，湿漉漉的目光瞬间击中了他。他听见无数只红嘴鸥纷纷扬扬蹿上天空，发出鞭炮一样的啪啪声。

“多少钱?”

“800。”

“我要了。”

一

我的小说就这么开了头。由宋代工笔大师王渊作于熙宁元年的簪花玉女图当天下午出现在李果的客厅墙上；她长带飘飘，一袭白裙遮住双脚；两束发髻高高耸立，耳垂一对小小的玉坠，腰间的凤形古玉温润透亮。从远处看去，她简直翩翩欲飞；如果贴得更近，你差不多能听见她的心跳和呼吸了；她清澈的目光无处不在，你进入客厅任何角落都能感受到它。

12 月 5 日那天，我记得很清楚，李果下班进门就闻到满屋肉香——桌上摆好饭菜：宫保鸡丁、木耳炒肉、素炒青笋、番茄鸡蛋汤。米饭热气腾腾，两支筷子搁在碗沿上。他吓了一跳。木耳炒肉棒极了。谁来过？他试图说服自己是前妻杜婵娟的杰作。杜在电话那头的声音铿锵有力，仿佛早就找到了生活支点。

“你做梦啊！给你做饭?！我发过毒誓，永远不进你那道门。”

电话那头有紊乱的音乐节拍。杜婵娟一定在 K 歌。她居然在饭点上 K 歌。王重说杜婵娟离婚后经常一个人跑去 K 歌，从清晨唱到半夜。离婚前的 5 月份，李果把一个妓女带回家。离家出走的杜婵娟回来了，正好撞见那个女人一面往外走一面点钱。杜婵娟进门后把茶杯扔到李果脸上。

“真不是你?”李果说。

“别再给我打电话。再见。”

他打给消失很久的哥们王重。

“兄弟，我有那么伟大吗?”王重说。

“那会是谁?”

“快报警吧!”王重笑了。

离婚那天晚上，他跑到王重那儿喝酒，凌晨 2 点，他们从盘龙江边一路走到青年路口，10 分钟后王重消失了。李果在一家小卖店买了几瓶百威，一口没喝就一个接一个垂直投入江里；那还是夏天呢，深不可测的江面不见一朵浪花，扑通声迟钝、干燥，像谁的嘴巴被捂住了。他在人民路口拦下一辆出租车，想象王重那双耐克鞋正踏上杜婵娟单身宿舍的台阶——杜有过外遇，一天夜里李果砸开王重的门，认定卧室里的女人就是杜婵娟。王重把那个穿着裤衩和乳罩的陌生女人叫出来，惨白的楼道灯光让李果无地自容。王重说："你太过分了，有你这么做兄弟的?"

好吧，不是杜婵娟，不是王重。他不得不面对最离谱的猜测——簪花玉女图的女主角跳出画面，为他做了一桌好吃的。他凑近她，云鬓、裙子、大片荷花背景前的漂亮脖颈实在让人着迷；手背上果然有丝丝痕迹，他的脸凑到宣纸上，淡淡的荷叶芳香中仿佛夹杂洗洁精的气味。他和她的目光撞个正着，他的心脏怦怦狂跳。他抚摸那只手，宣纸表面似乎有温润的体温；他半跪下来，在右下角边缘、草地和假山交界的一小条宣纸缝隙处果然发现几个细若发丝的小字。他找出放大镜仔细查看——巳时燃香数拜而出。

他懂这意思。巳时，不就是给他点火做饭的时辰？李果找出檀香，点燃，冲她作揖下拜。玉女一动不动。他索性跪下去，连磕三个响头，但这个很可能为他做了丰盛晚餐的美女还是无动于衷。当天夜里他一直没睡踏实，恍惚看见簪花玉女飘然而下，这个通体幽香的大美人为他弄好早餐，煎荷包蛋的声音格外嘹亮——睁开眼睛就后悔啦，原来噼噼啪啪的响声只是昆明冬天少见的阵雨敲打三楼的塑料雨篷，清晨的寒风裹挟雨丝闯入房间，他冷得直哆嗦。哪有荷包蛋，簪花玉女还待在画里。他给自己煮了一碗面，一阵恓惶沿着密集的大雨奔涌。该上班了。

二

奇迹在继续。李果乘坐的 45 路车在北京路上挣扎 1 个小时 47 分钟，于 7 点一刻把他准时送到小区门口。他朝单元楼飞奔，上楼，开门——这回是热腾腾的小炒牛肉、麻婆豆腐、素炒豌豆、疙瘩汤。这种汤是北方人的主食之一，它坚定了他的猜测：古代佳人多出苏杭与渭水之北。这碗汤把她揭发了。她的衣裙似乎透出幽香，发髻一丝不乱。他把耳朵贴上去，仿佛听到柔嫩的心跳。他焚香净手（古书上都这么形容一位绅士的），央求她从画上下来，他这个离过婚的家伙已经懂得怎么尊重女性；他甚至开始背诵唐诗宋词，可没什么用，迅速降临的夜晚把她的轮廓渐渐抹掉了。

第二天下午他请了病假，跳上45路车着急往回赶。下午4点多的阳光把楼道照得雪白。他从坏掉的猫眼向屋里窥探，两手按在门把上发抖。5点刚过，邻居的脚步声拍打他的后背，有人猜测这个撅着屁股的男人是小偷，可谁都没吭声。天色渐渐暗淡，小区院子里响起吵架和狗叫。他耐心等着，浑身冒汗。大约五点三刻，就是那个时间——奇迹发生了，细微的响动像丝绸滑过草丛，叮叮当当的环佩之声伴随缕缕异香，让他想起《聊斋志异》的离谱场景，它们钻出小小的猫眼洞狠狠敲打他的脊椎骨。

她的背影闪入厨房。我的天，该怎么形容她的婀娜挺拔？那块凤形玉佩轻轻敲打，叮当，叮当，它揪住李果的心脏，引领它在身体中最狭窄的通道一路狂飙。他听见她打开冰箱门。他听见她拧开水龙头。

李果掏出钥匙，手抖得厉害，像攥紧刀刃一样打开房门。

三

姑娘转身的刹那他看得一清二楚——被吓住的脸像一朵小小的花蕊，被窗外刚刚开启的路灯照得一片透亮。“小姐请受我一拜！”他深深鞠躬。姑娘拉起长长的云袖遮住脸。来不及啦，他知道她长什么样了：像某个美极了的香港明星，又像几个大明星的混合体。他似乎正经历一场梦，但四处缭绕的芳香和膝盖的疼痛告诉他这就是现实。

“李兄快快请起！”她的嗓音像一片羽毛飞入空中。

“你来自哪个朝代？家住哪里？贵庚？芳名？”他有点语无伦次。厨柜上搁着解冻的猪肉，最后一棵白菜躺在旁边，埋在陈米中的两只土豆也被挖出来，长出几根毒芽。

“小女来自大宋，当朝皇帝是神宗。小女久居画内，适逢李兄搭救才重现生机，因此冒昧为李兄下厨以为报答。小女复姓南宫，单字名珏。”

“南宫珏……多棒的名字。”他喃喃自语。“搭救？怎么称得上搭救?”

姑娘背对他。“李兄应该记得翠湖边那个卖画人吧？他将小女的画轴裹藏10年有余，每月才悬挂一次。小女差点憋死。如果不是李兄将我购回，恐怕小女已经……”

“这不过机缘凑巧，小姐言重了。”他觉得这么说话很像蹩脚电视剧里的蹩脚台词。“南宫小姐能不能说我们现在的普通话?”

“当然。我知道网络改变了世界，我虽属宋代，但1000年来经历了无数变故。比如忽必烈的元朝，清军入关，卢沟桥事变，‘文革’，改革开放30年以及你们热衷的山寨文化、开心网游戏和苹果手机。”

南宫珏让他安心看电视，饭菜马上就好。厨房里的响动和一个标准家庭主妇（比如杜婵娟）的忙活声没什么两样。一轮薄薄的上弦月浮现在对面楼顶，小区住户的黄色灯光逐一点亮；她的心形发髻在玻璃门外摇曳生姿。一个穿越千年的美女是不朽的？他仔细打量那张画，真奇妙啊，簪花玉女只剩一个淡淡的轮廓，仿佛它仅仅完成一半，只用铁线白描勾了一个底。

饭菜上桌了，小炒肉，白菜汤，荷包蛋和干煸土豆丝。她有点不好意思：“李兄，你冰箱里没菜了，明天买些回来吧，巧妇难为无米之炊啊。”

他动手的时候她默默坐着，什么也不吃。她说自己毕竟是画中人物，不食人间烟火。他茫然而惊诧，都尝不出饭菜的美味了。饭后她洗洗刷刷，绝不让他帮忙。后来他有些担心：“你收拾完了又回去？回画上去?”南宫珏嫣然一笑：“全凭李兄安排，你想让我回我就回，不让我回，我就留下来。”

四

这个奇妙的夜晚正如我的小说句子渐渐展开啦。随后他们坐在沙发里看电视，电视剧、方言新闻、《非诚勿扰》。南宫珏说她早习惯电视了，一个人待在墙上必须忍受各种各样的节目，这是了解现实的重要途径；电视改变了时代，就像大宋的刀剑一样，接着是电脑、手机、智能 MP4。一切跟一千多年前截然不同。很多珍贵的东西被漏掉了。“漏掉？”她问他从近日的饭菜中有何发现，他说：“这大概是我这辈子吃过的最好吃的东西！”

“那就是被漏掉的。”南宫珏说，“李兄有所不知，我的刀法源自太祖年间徽州名厨赵氏，其刀工辗转被我们南宫家掌握。至于菜肴的烹炒和搭配，我参考了清朝袁枚的《随园食单》，佐以滇菜之法料理。李兄喜欢就好。这在我们大宋不过是雕虫小技，但李兄所处的时代，没几个女子会了吧？”

李果不知怎么回答。

“李兄有茶具吗？我为李兄沏茶，让李兄品尝大宋的鸿雁南飞。”

他把落满灰尘的茶具找出来。她洗净擦干，找出一小袋西湖龙井，用檀木勺子取出少许搁进茶碗，再把电壶烧开。后面的动作让他眼花缭乱，这可不是街头茶艺师的夸张表演，每个细节像切蛋糕一样分解得干净利落，泡茶沏茶倒茶嗅茶各个环节既清晰又精准，似乎有数不清的小花瓣来回飘洒，让他心醉神迷；她的衣袖轻轻摆动，玉佩发出脆响，捧到面前的一盅绿茶像从她胳膊上掬下来的一泓碧水。南宫珏恭恭敬敬捧杯齐眉：“这是流行于大宋南方的香茗——鸿雁南飞，它有鸿雁翩然南归、喜不自禁之意，适于泡煮秋茶。可惜李兄家里没有，只能用龙井凑合了。陆羽的《茶经》里说，秋茶须用三分滚水，不可过熟，最好取井水泡之，李兄这里也没有，但分寸火候拿捏好了，李兄同样能品出这鸿雁南飞的妙处。”

他喝下去，一缕悠长的清香向下渗透。他捧着茶盅发愣。不食人间烟火的南宫珏让他连饮 6 杯才停下来。他把电视关掉，否则“开始了吗？已经结束了”的人流广告多么可耻。他们陷入寂静，远处传来几声狗叫，楼上马桶的哗哗水声把天花板打得微微颤抖。南宫珏轻轻叹息：“今天是四月初七，如果在大宋，每年这一时节我们聚集在渭水以南、钱塘江以西或洛阳城头，抚琴对月为怒放的牡丹花吟唱起舞，那盛况就像今天的周杰伦演唱会。可惜李兄这里没琴，也没有牡丹，月色也不够透亮。”

四月初七？牡丹盛会？这不是冬天吗？李果的脑子仿佛锈住了。

“李兄稍等，我去去就来。”这位来自宋代的大美女踩着沙发一步跨入画中；簪花玉女渐渐饱满明艳，像一种神奇的显影药水正发挥功效。她又成了那个呼之欲出的画上美人。很快，李果听到一些脆响，像什么东西在纸后骚动。南宫珏从画里探出一只粉底白面的绣花小鞋，接着是裙子、右腿，然后半个身体。她像冲破水面一样重新回来啦。客厅里响起环佩相扣的叮当声，奇异的幽香把他紧紧裹住。南宫珏左手握一张淡褐色的绿绮琴，右手竟然攥着一束娇艳的牡丹花。

五

事后李果回忆当时的良辰美景就像万箭穿心。他躺在沙发上，那种沉重的苦涩令人窒息，和当年杜婵娟留给他的相差无几。一个被钻透的空洞。他就快变成一具死尸了。窗外的木棉树上经常有不知名的灰色大鸟飞来，藏在枝叶里嘎嘎直叫，是死神派来的前锋队员吗？一定是报应。你干了一件天大的蠢事之后，报应说来就来。杜婵娟很倔，结婚前你别想看出这一点。他多么渴望她生个孩子，可她坚决不干。“你甩了我咋整？让我拖油瓶啊？你这不是毁我吗？”她说，“再说我还没准备好。现在的男人没一个靠谱。”“没准备好什么？你觉得我也不靠谱？”她直摇头，把烟圈吐到杯子里，它们盘旋不出，变成一团可疑的灰白。她和其他男人还保持联络，这他知道。后来他终于让她怀了孕，那是 4 月的一个雨天，他们在医院里确认了这事，他按捺住狂喜拥着沉默的杜婵娟往回走……后来还是离了。还是。淅淅沥沥的雨声像某种假象。他揍她，她跑了。就在她两周后返回的夜里，她和他招来的妓女在楼道口不期而遇。她哭喊着："李果，我再不跟你离我就是头猪！"

他躺着抽烟，烟灰缸搁肚子上，缭绕的烟雾让他产生幻觉。南宫珏重新返回充满灰尘的客厅，南宫珏撸起衣袖为他烧火做饭，南宫珏通体幽香出现在卧室门口……可是，奇迹一去不复返了。

六

回到那个夜晚是我必须解决的技术问题，它对于我的小说和李果的生活至关重要。我可不想被你找出太多漏洞，把这小说批得体无完肤。我想告诉你我多希望把它写好——关于城市的记忆与幻想，甜蜜与惊悚，意外与忧伤。

好吧，南宫珏的琴声在他心底挖出窟窿，被月光填得满满的。她修长的手指在琴弦上跳动，铿锵低哑的音符缓缓流淌，这是广陵散还是平沙落雁？他惊呆了，她似乎循着音韵起飞，像嫦娥那样直奔明月。红牡丹被插入墙脚的花瓶，原来那枝海棠早已枯萎。薄薄的牡丹花瓣仿佛在琴声中扩张，宣告这个千年美女和眼下这个单身汉的生活发生了奇异重叠。小区住户们大概都听到琴声了，但谁会料到它的弹奏者来自一千多年前，谁又会在意该不该关掉电视和手机仔细聆听？

一炷香工夫，南宫珏弹了三首曲子。最后一个音符像魔术师的烟雾一样消散，她起身冲李果微笑："这是小女作的《叹花》《惜花》《葬花》三曲。李兄见笑了。"

他一个字也说不出来。

她为他端盘送水，服侍他洗脸洗脚。他像条吃饱喝足的狗，只剩下本能的动弹；他问她大宋的风物人情，她说那个朝代布衣和书生都能娶好几个老婆，人们出门多靠行走，马车、牛车是常见的交通工具，写字使用宣纸，文学家和书画家受到无与伦比的尊重，诗人喜欢到青楼寻找红颜知己，年轻人经常聚在一起吟诗作对，每个人都看重精神生活；钱不是大问题，家里揭不开锅的穷书生也能娶一个天仙般的美人；夫妻关系很简单——你可以休掉一个女人而不必担心被分割财产，也不用担心女人睡到别的男人床上去，她们大门不出二门不迈，被诱惑的概率和彩票中奖差不离。

“我的一个好姐妹嫁给一位湖州商人，他前往嘉兴贩卖丝绸，归家已是三年有余。我的姐妹一直等着他，没半句怨言。现在的女子谁能苦等三年？”

他没吭声。杜婵娟带给他的伤口还在流血。是啊，一千多年前的大宋，天仙般的美人也会冒着患上肥胖症和忧郁症的危险为男人生儿育女的。深深的沮丧把他推向卧室门口，南宫珏微笑着说：“李兄要小女服侍安寝吗？”

“什么？”

“侍寝啊。”

“你……愿意？”李果低声说。

南宫珏缓缓走进卧室，站在窗口。

他开始盘算自己今晚行不行。欲望似有似无。对方实在是美过头了。这会让一个男人心虚的，或突然觉得那种事情肮脏极啦。

南宫珏为他宽衣。她的幽香托着他，那张毫无瑕疵的脸令人昏厥，让他无法直视她的眼睛、眉梢、鼻梁和下巴。他闭上眼睛哆哆嗦嗦，一面唤醒身体的某个小部件尽快激动起来，一面默默祈祷老天保佑这不是独身太久的感觉。她把他脱得只剩一条三角内裤才罢手，再把他塞进被窝，拉上被子，盖好。

“你不睡吗？不跟我一起睡？”

她羞涩地摇头。

“你不是说，侍寝吗？”他蒙了。

“我可以陪李兄安睡——没什么不行的。我只是担心李兄会对小女失望。”

“失望？”她真傻啊。这让他兴奋得发抖。“留下来吧，好吗？留下来。”

七

我们的南宫珏坐下来。他握住她的手，无比曼妙的幽香和柔滑怂恿着他。李果开始对熙宁元年的大美人动手动脚。玉佩叮当作响，这一定不是拒绝，是初次鱼水之欢的优美前奏。他轻而易举剥光了她——身材无与伦比，肌肤比她的玉佩还澄澈莹洁。他的心脏几乎蹦出肋骨，接近死亡的窒息让他手脚发麻。月光消失了，玉佩灿然落地。他把她拉近，贴紧。她的胸脯、两只不大不小的乳房在幽暗中闪闪发亮。他开始干点别的。当窗外木棉树上的大鸟发出凄厉喊叫，一片灯光照亮他单薄的身体和地板上的衣裙玉佩，他浑身抽搐，像被谁狠狠砸进一枚钉子。

谁能想到，美丽的南宫珏是石女。他无法找到他急需进入的那道门。她没装那道门。她向他永远关闭了。

“李兄，对不起。我说过我不食人间烟火的。”她低着头，怯生生地说。

八

回头说说杜婵娟吧。小说的推进不能太着急了。对吧？尤其是短篇小说，我必须牢牢掌控节奏。

没错，她离开那天下着雨，细小的垃圾纸屑在墙脚污水里旋转堆积。她看起来很累，伤感也打了折扣——没准她从不伤感的，迫不及待想离开他。两人在楼道口站着。杜婵娟向他要了一支烟，吐出的烟雾很快被湿漉漉的晚风卷走了。

“谢谢。”她说。

“到底是谁的?”他不依不饶。

“你的。”

"我还是不信。"

"那是你的问题。"

"是你的问题。"

"我真想宰了你啊，李果。把你千刀万剐。"

"真想宰了你"——这就是杜婵娟的原话。她已经没气力哭，也没气力宰了他。这个和他生活了一年零一个月的女人仿佛缩小了一号，被这件诡异的意外抽干养分，剥去伪装显出粗粝萎靡的真实状态。他把她送到小区门口，杜婵娟像被阴冷的雨水浸透了，头发也湿漉漉的，虽然他们明明打着伞。李果说："我能抱抱你吗?"杜婵娟转身搂住他。都没什么要说的了。她像只湿漉漉的软体动物，淫荡、反复、不可捉摸。该死的。他从来不知道她身边那些异性朋友的身份。从来不清楚。五个六个，还是十个八个，他们像黑暗中的冰山，像远处默默矗立在雨幕背后的楼群，藏着惊人的邪恶。

"你真可怕。"李果总算骂出来了。

杜婵娟冷笑着一把推开他："我还记得你那只鸡连奶罩都没穿好呢!"

九

李果和南宫珏只能进入微妙的新阶段。这才是我小说最困难的部分哪。她每天给他洗衣服做饭打扫房间，这些粗活累活从来无损她天仙般的美貌；傍晚她为他沏茶、抚琴、弹琵琶，或是踏着细细的月光跳起大宋的《点绛唇》和《念奴娇》；她通常返回画里过夜，他想抱着她入睡的念头很快被自己粉碎了。你怎么能忍受一个绝色美人躺在怀里却无法真正拥有她？他感慨自己命不好，从前找个漂亮老婆却根本守不住；单位上年轻的女同事偶尔和他调调情，但谁有胆量更进一步？只能给一家夜总会的小姐打电话，但草草结束的摩擦游戏很快让人腻味；性生活的不协调正在严重影响单身生活。他一直在诅咒上帝——如果上帝还活着，就应该把一个离婚男人的欲望彻底拿走。

每天夜里他喝她沏的香茶，听她讲述大宋的闲闻逸事、感受她的歌声和舞姿，当她返回画中，那种深不可测、没完没了的失落像刀片一样切割他的神经。“如果我把什么女人带回来，你介意吗?”她抚琴的手停下来，脸色渐渐苍白。

“我不过是李兄救回的一幅画而已。”她说。

次日他再次突破禁区，从夜总会带回一个胸部硕大的妓女。他让她在楼道口等着。他开了门，南宫珏正跪在地上擦洗地板，一尘不染的衣裙在她身后微微隆起，像她带来的那束牡丹花。客厅雪亮耀眼，茶已经沏好，特意挑选的青花瓷盏摆放在正中间，袅袅茶香在黄昏中散开；电视开着，音量很小。她抬手擦擦额头细汗：“李兄回来啦?”他没吭声就把门带上了，转身冲下台阶，冲那个浓妆艳抹的女人说：“你走吧。”后者既吃惊又茫然，随后一阵冷笑。他给了她钱：“请你走吧，对不起。”她接过钱转身就走，在楼道里低声骂娘：“你是不是有病啊?”她走远了他才重新开门进去，走到南宫珏身后抱住她，她没反抗。他把她抱进卧室，她完美的身体让他为今天的行为深感愧疚，又觉得无聊可笑。月光舔着他的脸。

不知过了多久，她转过身来抚摸他的下巴，“李兄累吗?”南宫珏说。“小女为李兄抚琴如何?”

十

那些夜晚李果足不出户，好几次想把王重叫来吃饭喝酒，又怕暴露这位宋代美人。可是王重不请自到，星期五的傍晚，他惊天动地的砸门声把李果和南宫珏吓坏了，她扔下洗了一半的碗筷跑进画里。王重进门后到处找酒喝，很快发现不对劲了——怎么做起饭洗起碗筷来啦？并且，家里干净得匪夷所思。李果没吭声。他们蹲在地上喝酒，王重问他找到上次做饭的人没有。“你是不是有个什么田螺姑娘?”他说，“一个你回到家什么都给你准备好了的大美女?”

他还没发现身后的簪花玉女哪，拜访者更在意自己的故事——他刚把一个80后女孩骗上床了，很嫩，很紧，很结实。

李果尴尬地向后看。两个老男人的秘密将被南宫珏全部听去。

“你该找个女人结婚了。”李果说。

“结什么婚，跟谁?”

“你们单位的，你认识的那些女人，大把大把的女人。你为什么还不结婚呢?”

王重咧嘴笑了。

王重喝多了只会谈论女人，那些细节赤裸、露骨，像从前那样毫不遮掩。李果越来越难堪，又因为暂时远离了这些细节而浑身燥热。王重突然哭出来，这一下让他着了慌。他说他爱上了那个80后，可是这个小屁孩很快就勾搭上别的男人，一个倒卖钢筋的老杂种。王重一个多星期以来没法睡觉，半夜出门寻找夜总会，可是那些地方凌晨2点之后全打烊了，站在街边的妓女又让他恶心。

“怎么办，李果，我该怎么办?”

李果盯着电视，一声不吭。

“杜婵娟不是坏女人。”王重说，“她惦记你。比起我那个小屁孩来说，杜婵娟是伟大的。向伟大的杜婵娟致敬。”

他泡了普洱茶。他想他们应该清醒起来。

“伟大?”

“当然，愿意跟你这个穷光蛋结婚跟你过日子的女人当然伟大。”

“伟大的女人就不该把我儿子杀掉。我3个月的儿子——或者不知道谁的儿子。”

王重瞪着他，仿佛酒劲全散了：“你怎么能这么说?你狗日的才是真正的凶手。我鄙视你，我鄙视你。”

“她怀孕的时候我贴着她的肚子听咕噜噜的响声，我觉得这就是我儿子拳打脚踢呢；她说：‘你傻呀，3个月的孩子哪来的动静?’她受不了我耳朵贴在她小腹上的那种火烧火燎，简直把她活活烧死。”

王重没说话。

“不是我的。我调查她跟踪她。我搞不清楚。她没力气再哭再喊再吵了。最后那天夜里，她走前那天，她把我叫起来，把蛋糕上的3

支蜡烛点上，她告诉我孩子没了，到今天整整 3 个月。我们都解脱了。她把蜡烛吹灭，我们坐在黑暗里。她又哭了：‘李果啊，你居然不相信。’‘是的，就不相信。没有证据让我相信。你不让我相信。’我重新点亮蜡烛。她的泪水像大片大片的树叶粘在脸上。她说我们完了，蜡烛可以重新点亮，我们之间永远不行了。不行了。”

他们很久没说话。窗外连声狗叫都没有，仿佛传来红嘴鸥饥饿的嘶鸣。“我走啦，”王重说，“没准小屁孩会往我家里打电话的。”他站起来使劲擦擦脸。

李果把他送到小区门口，黄色路灯光盖住他们。两人大声唱了几句高中时代最喜欢的《朋友》。繁星流动，和你同路。李果返回的时候稀稀朗朗的星星果然出来了，天空蓝得发紫。他开门进屋，南宫珏已经端坐在沙发上，笑吟吟地帮他洗漱，把他送进卧室，为他宽衣解带。

“他是我最好的朋友。”李果说。

“知道。”她说。

“你介意吗？”

“介意什么？”

“你陪我睡吗？”

“不了，李兄好好睡。我可以守在床边。好吗？”

大约凌晨 2 点，一个屋子被点燃的噩梦把他惊醒，依稀看到冲天火光里一个熊熊燃烧的人形。他吓坏了，想都没想就拨了杜婵娟的电话。她在 KTV 嘈杂的音乐声中咒骂他：“你有病啊？”他想把问题搞清楚，比如是不是他的偏执把他们逼上了绝路。但早就不重要了。她的声音让他更加确信了这一点。

“你想说什么，李果，你究竟想表达什么？”

“没什么。你还好？”

“很好。再见。”

“别挂。”

她已经挂了。他待在黑暗中，外面的冷风把楼上没有关严实的窗户吹得啪啪响。他走进客厅，央求南宫珏下来。她飘然而至。

"李兄怎么了？脸色如此难看？"

欲望就在这一刻鬼使神差地出现了——这没准是解决困境的唯一途径。他让南宫珏陪陪她，牵着她的修长的手走进卧室，把她的纱裙褪下来，抱紧她，但她的肌肤和乳房似乎在展示另一个遥远世界的假象，毫无瑕疵却没有亲切感，犹如我们梦中的完美生活。

"看过 A 片吗？"他忽然说。

"什么？"

他把她带回电视面前，把精心收藏的几张 A 片找出来塞进 DVD。那些赤裸裸的机械画面让南宫珏满脸惊诧。李果让她模仿其中的部分动作，南宫珏摇摇头："李兄有所不知，我能做什么不能做什么早就由大宋画师王渊举笔定夺了。我的手只能为李兄洗衣做饭，我的口只能为李兄谈天吹笛。望李兄海涵。"

他不信邪，一个能抚琴吹笛跳舞的美女怎么可能办不了这么简单的事情？他用力拉她的手，隔着内裤握住他顶起的帐篷。南宫珏像被烫伤一样缩回来。"还望李兄海涵。"她站起来道了一个万福。

"你试试啊，试试！"

南宫珏流泪了，仿佛遭到奇耻大辱。李果被沉重的沮丧击败了，电视画面上不知疲倦的交媾让他怒不可遏。他从 DVD 里退出碟片摔在地板上，狠狠踩碎。南宫珏惊讶地看着，把碎片一点点捡起来，扔进垃圾桶。他回到卧室。"李兄，小女今晚回画中啦，你早早安歇。"他不搭理她，躺在黑暗的床上痛苦呻吟，抱着自己怕冷似的瑟瑟发抖，直到窗外木棉树上大鸟的凄厉啼叫把他拽入茫茫黑夜才停下来。疲惫让他一睡不醒。

十一

现在，我发现李果对南宫珏的情感掺杂了越来越复杂的东西，既为她的美艳陶醉，又为没办法真正得到她而煎熬。相似的事件不断上演，在连续跑到夜总会物色还过得去的妓女之后，他每次面对南宫珏都难以招架。一个冷得仿佛下雪的夜里，他刚把一个妓女扒光就没兴趣了，她肚子上层层叠叠的肥肉让他想起垃圾、下水和废铜烂铁，他扔下300块钱拔脚就走，妓女跳到地上说还差200，他扶着小旅馆冰冷的墙落荒而逃。就是那天夜里，他鼓起勇气向她和盘托出。

“有件事，不知当讲不当讲。”他说。她的琴声停下来。李果硬着头皮说下去：“我想请一位高明的医生为小姐做一个手术，一个小小的手术。”

“手术?”

“知道手术是怎么回事吧？就是医生用小刀在你身上划一下，一点不疼，会给你打麻药的。”

“李兄要为小女做什么手术?”

楼上传来冲刷马桶的巨大响声。“一个小手术，我的意思是，让小姐拥有正常女人的那个部位，也好让我亲近小姐。”

南宫珏惊讶地睁大眼睛。

“你放心吧，现代医学那么发达……我绝不会伤害你。绝不会。我只希望和小姐永远厮守。但是，如果享受不了鱼水之欢，我们的生活就太遗憾太悲惨了。对吧？我从没想过再找别的女人，我发誓。我也不打算背着你做那件事。你懂我的意思?”

“我们画中人和你们凡人终归不同的呀。”

“相信我，只是一个小手术。”

“可生死早已天定，李兄非要违背天命，我真怕……”

“怕什么！就划那么一道小口子。如今在那地方做整形的女人多了去了。”

“这是当代的事情，但在大宋……”

李果打断她：“正因为你身在当代，我才想让你变成真正的女人嘛。你是打着灯笼也难找的好女人，我想守着你过一辈子。”

南宫珏流泪了：“小女子毕竟是李兄搭救的，李兄非做不可，小女子答应就是。”

十二

次日下午，昆明最牛的伍氏整容医院主刀医师来到李果的家。这个 40 岁出头的老男人让他放心，这只是一个小手术，和外阴整形没太大区别。唯一难点在于阴道再造。“也没什么大不了，”他说，“我们今年做过不下 20 例变性手术。”他没带助手，没别的设备，就带了一只小小的银色密码箱。

南宫珏已经在卧室里等着了。

医师被她的美貌吓了一跳。她脱掉衣裙，医师动手准备麻醉。南宫珏紧紧攥着李果的手，“我不需要麻醉。”她说，“我们这样的——”李果立即打断她：“听医生的吧。”她的泪水滚到枕头上，他紧紧攥住她的手。医师的动作很麻利。可他居然找不到她的脊椎，只得在她的股二头肌上象征性打了一针。南宫珏突然挣扎起来，用力向两侧踢腾扭摆，高高的云鬓开始散乱，一只玉坠也弄掉了。床垫和隔板砰砰直响，窗外无限透明的天空出现潮红，像汹涌喷发的火山熔岩向他呼啸而来。李果闭上眼睛默默祈祷，和陌生男人一起按住南宫珏。医师从银色密码箱里找出几根橡胶管，把她的双手双脚捆到四根铝合金床柱上。她像头受伤的母狮发出低低嘶吼。

“需要把她的嘴封上吗？”医师说。

南宫珏默默流泪。李果摇摇头：“不用了。”

医师点了一支烟，又神经质地按灭：“我们开始吧？”南宫珏满头大汗，手腕脚腕出现两个男人按压的印痕。医师冲李果摆摆手：“你出去等，一小时就好。”他退出来，打开电视，但看不进任何东西；天空中掠过一群麻雀，很快又出现一架飞机，可他听不到它的轰鸣；他起身下楼，小区花园里没什么好看的，几个孩子在水泥地上踢足球；他返回的时候这帮孩子仍不知疲倦，他们在他身后呼喊奔跑，响声震耳欲聋。他缓缓爬上四楼，觉得两脚像踏在冰面上不停打滑。他打开门，医师还没出来。他倒了杯水，电视里一个女人在唱《天路》，高音部分像铁丝刺透房梁。

外面起风了，对面阳台晾晒的衣服把水泥墙撞得啪啪响。

医师总算出来了，他像电视剧里那些尽职的医生一样拉开口罩，摇晃脑袋，擦掉额头汗水。李果张大嘴巴无法说话。“别紧张。”医师说，“非常成功。”李果嘘一口气，跑到卧室门口向里张望，南宫珏仿佛刚刚生下孩子的孕妇，精疲力竭地冲他微笑。李果把装有两万元手术费的信封塞给医师，这家伙看也不看就装进兜里，临走前由衷地说：“你老婆是我这辈子见过的最漂亮的女人，你小子艳福不浅啊！”

李果走进卧室，抓住南宫珏的右手，轻轻揭开下方的纱布——那里居然不见一丝血迹，一个人造阴部的轮廓完美极了，宛如娇嫩纯澈的月牙或牡丹花蕊。“好了，都好了。你放心睡一觉吧，睡吧。”

可她渐渐气若游丝，说话声低得无法听清：“李兄，我不行了。我说过，我们画中人是不食人间烟火的，我真的不行了，你给了我一个我用不上的东西，会要了小女的命……”

令人惊骇不已的事情发生了。后来李果回忆这一幕时总是浑身冰冷，仿佛心脏冻硬了被一点点敲碎。南宫珏开始收缩，像失掉水分的橘子向内卷曲，颤动，发出骨头折断般的咔咔声，最后像烧焦的塑料一样抽搐和消失。她细微的嗓音在屋子里回荡：“李兄，别了，小女感谢李兄的搭救之情，可惜小女命薄，无法再为李兄效劳一二了。愿李兄万事安好……早日找到称心如意的女子相伴一生……”不到三分钟，她已经在目瞪口呆的李果手里变成一张扁平的再也不会说笑、抚琴、沏茶的小小的皮，比杂志稍大，比宣纸稍厚，那块凤形玉佩掉到地上摔成三瓣。美女南宫珏消失了。她暴露了一幅古典工笔的脆弱本质。李果大叫起来，一面流泪一面冲向客厅，那幅簪花玉女图的轮廓也在消散，只剩下空荡荡的灰色草坪和大片枯萎残败的荷花。

十三

他向单位请了病假，代价是扣发奖金。那有什么关系？南宫珏的奇异湮灭让他觉得什么东西真正死掉了，远比离婚绝望得多，就像屋角那盆早就枯死却没来得及扔掉的秋海棠。

周六下午他去了翠湖，沿着岸边围栏不停转圈，直到高大的圣诞树被夕阳遮蔽，红嘴鸥在天黑之前蹿上天空，吱吱嘶叫着向南飞去。他希望还能碰上那个卖画的四川小子，还能买回一模一样的宋代美女，花十倍二十倍的价钱也愿意啊。可除了画头像、弹古筝的落魄艺术家，哪还有他的影子？他像我多次虚构的人物一样偶然出现又消失了。就在钱局街口，一辆小排量轿车把一个中年女人撞倒的乒乓声仿佛南宫珏响亮的环佩敲击。女人满脸痛苦。车门打开，一个男人手足无措地下了车看着地上的女人，正如李果打量南宫珏的麻木和愤懑。“别走，你不要走。”女人说。他心里发出同样的声音：别走啊，那档破事不做就不做吧。他愿意听她抚琴、吹笛，听一辈子。黄昏降临了，他呆呆看着中年女人捂着的小腿流出鲜血，被开车男人抱上车，想象她即将面临病痛和死亡的折磨。

半个多月来他的生活无比混乱。冰箱里要是没有吃的就煮泡面吃，搁一点咸菜和醋；没心思打扫房间，吃过的碗筷随便撂在窗台上，下顿接着再用。屋里很快落满灰尘。记忆的烈焰反复烧灼，让他怀疑南宫珏的出现和离去都不真实；他把电视的声音开得很大，长久地躺在沙发上抽烟，对面墙上就是那幅空空荡荡的簪花玉女图，茶几上仍搁着南宫珏小小的画皮，某一天，某一刻，它会扑扑翅膀飞走吗？那只灰色大鸟在窗外的木棉树上时起时落，嘶声鸣叫；他一遍遍默念那行小字：巳时焚香数拜而出、巳时焚香数拜而出。可是没用了。全没用了。无论他神经质地跳起来焚香下拜，或是把南宫珏的画皮狠狠揉到脸上，她再也不会回来了。

一天傍晚，王重打来电话，让他猜猜他在哪里。

“不想猜。”李果说。

“我就在小屁孩的楼下。”他大声说，“七天了，我每晚都过来。她七天没回家了。”

“你疯了。”

“我左手拿一把红玫瑰，右手拿一只钻戒。她要是回家了，我就向她求婚。”

“你真的疯了！”

“我会一直等下去的。管他三七二十一。李果啊李果，很多事情，你搞那么清楚干什么？”

“疯子，祝你成功。”他索性关机了。

第三天深夜恍惚响起敲门声。他似乎睡着了，迟迟没有搭理。半梦半醒之间依稀听到那只大鸟的呼号，它钻入木棉树梢，发出阵阵诡异低沉的噼啪声；他恍惚看见南宫珏从画中走来，手握一只短笛，环佩之声清亮亮脆生生的，像拯救他的仙音妙乐。他抬起头。幽香抚摸着他的脸。他觉得自己死了，是在另一个世界和她重逢。她还是笑盈盈的：“李兄，小女为你吹一曲春江花月夜吧，这没准是我最后一次为你吹奏了。”

他没说话，被什么东西堵住喉咙。她吹起来。他觉得虚弱的呼吸逐渐变得坚定有力。他睁大眼睛，认真打量这个宋代美人，一面悄然流泪一面在她优美、寂寥的音符中一点点回归；她的身影逐渐变淡，最后化作一道虚白的光，被月色完全淹没。敲门声越来越猛烈，简直要把屋顶掀翻。中间夹杂着一个女人的呼喊：“李果，李果，你在家吗？我知道你在家，开门！”

他穿着裤衩，摸黑穿越客厅把门打开。出现在楼道声控灯光中的杜婵娟挎一只白色漆皮小包（那是离婚那天她带走的东西），她像个漂泊很久、总算找到家门的流浪汉。

他愣在那里。

“王重说一直打不通你电话，我也打不通。我担心你出事了。”杜婵娟搡开他大步往里走，“快让我进去，外面多冷啊。”

李果敞开门，随手按亮电灯。

香草美发室

你曾说过，会永远爱我。

——莫文蔚《盛夏的果实》

谁能想到香草美发室是“那种”美发室？

香草美发室位于美乐路尽头，是我们这条街上最后一个铺面。如果你对我们美乐路不太熟，如果你只是偶尔路过，你根本不会留意香草美发室。它很小，顶多15平，装饰风格基本抄袭20世纪90年代港式美发室的格局，门楣上的“香草美发室”五个红色圆体字是硬塑料做的；门的右手是一只不停旋转的三色灯柱；左边，蓝色圆架子上挂满粉色毛巾，它们在昆明炙热的阳光下一动不动，就像一群死鱼被悬挂展览。有时候，你要是竖直耳朵，你一定能听到它们渴望动弹的噼啪声，就像一堆小骨节被轻轻搓动，仿佛一个长发女人冲你低低啜泣。

我的女主角香草就坐在门口一只长脚方凳上，一件束身低胸的粉色T恤和一条深红色细腿牛仔裤把她瘦小的身体紧紧包裹。她不算漂亮，更谈不上性感，瘦是肯定的，还有一点点修长，让你幻想她的骨头光滑而优美；她的眼睛微微眯着，琥珀色目光在你身上轻轻划动，就像一只刚刚睡醒的暹罗猫；她的两手插在两膝之间，似乎有点怕冷，脸上带有你我都不熟悉的疲惫或梦幻，仿佛耽于幻想，或是对整个世界丧失了兴趣；她经常在店门口呆坐一整天；很多人来了又走了，他们连看她一眼的兴致都没有。美发室的生意实在不怎么样。

如今，香草美发室早就从我们美乐路消失，可我记得走进美发室的兴奋，记得香草操持剪刀的手指，记得柠檬洗发水的酥甜——这气味塞满美乐路的每一条缝隙，你就是待在我们这头的居民楼里也能闻见。我们都会在晴朗的日子怀念香草，怀念她的目光和姿态，怀念她的消瘦和懒散。如今的香草在哪里？另一个香草美发室在哪里？

是的，我记得很多细节。黑皮靠背椅已经龟裂，巨大的镜子几乎占去一面墙。镜子前面堆放着梳子、剪刀、发卷、洗发液、发针和数不清的小东西，另一面墙上贴满刘德华、张曼玉和关之琳；墙脚的沙发又破又软，客人偶尔在那儿坐等，身体舒服地陷进去，盯住香草圆圆的小屁股，几条小肌肉在紧绷绷的牛仔裤下面划出小波纹；沙发边是电饭煲，保温红灯始终亮着，可你很少看见香草站在外面或店里好好吃饭——这就比较容易理解啦，所以她才那么瘦。我无法想象把她抱在怀里，她的大骨节和小乳房能让你勃起吗？我记得她在镜子尽头还搁着一台老式 CD 机，一对小音箱待在两侧。我记得晴朗的下午她总在聆听莫文蔚，那些经典老歌被她懒洋洋的嗓音演绎得铭心刻骨——她们多多少少有些相像，但也就一点点。莫文蔚太高了，而香草更矮，也更瘦。

我坐进黑色靠背椅。她脸上没有表情。“长还是短？”她操起一只电剪说。“长一点吧。”我说。她不再吭声，剪得不紧不慢，嗡嗡的电动声充满四周。她的手指白得像涂过奶油——没准这是她身上最动人的东西，它就在我眼前跳动，像一只漂亮的小鸟。一次沉闷的剪发大约花掉一个小时，当然，这中间我们也聊点别的。

“四川人？”我说。

“湖南，”她说，“郴州。听说过吗？”她从镜子里看看我。

“没有。”我说。

“离广州很近。”她说。

“郴州市区？”我说。

“农村，”她说，“永新县一个小村子。我妈死了，我弟打工，对，就在广州打工。半年前我爹上房修瓦，从屋顶上摔下来……”

她换上剪刀，两手来回扒拉我的头。

“后来呢？”

“在家里耽搁两天，送到郴州就不行了。”她琥珀色的目光平静甚至冷酷，像锋利的小刀子。从镜子里仔细看去，她的倒影似乎比她本人更真实。

“还回去吗？”我说。

“哪里？郴州？”她低头埋下目光。“不回。”她说，“就是死在昆明也不回去。出来了就不要回去，否则你就别出来。到哪儿都是活着，对吧？”

“对。”

“我的手艺在广州学的，所以，我生意一定能火。当年我跟朋友借了点钱，跳上火车直奔广州，一学两年。现在谁还学那么久？”

“为什么来昆明？”

“著名的春城嘛，离家又那么远。”她继续拨弄我的脑袋。“好了，你看一下。”剪刀咔咔响，她把碎头发磕下来。莫文蔚的歌突然止住，她走过去按开仓盒，换了另一张——还是莫文蔚。我这辈子没见过比香草更迷恋莫文蔚的女人。

平心而论，香草的手艺的确不错。但是美乐路有多少住户？又有多少人的头发需要洗剪吹烫？但是香草本人似乎对这一切感到满意，她说她一个人漂在昆明，花得了几个钱？

谁也无法说清她干嘛要干这个，就在她店里。不是沙发上，是阁楼上——我忘了告诉你小店上方有阁楼，靠墙有把梯子通向它，香草就睡上面。我们不太清楚它的格局。我见过香草顺着那把竹梯慢慢爬下来：小心翼翼，腰肢轻轻扭动，两脚落地后如释重负地用力一点，站稳，再把竹梯靠墙放好，搬起店里的长脚方凳，走到外面，下午的阳光把柏油路晒得滚烫，她就在雨篷下面的阴影中坐下来。

据说头一个尾随香草爬上阁楼的是广东人，他不属于美乐路。他穿一身笔挺的灰色西服出现在某个黄昏。他一眼看见了香草。她坐着没动，懒洋洋抬头打量他。广东人摸摸头发，走进店里。“剪一剪吧。”他说，“多少钱？”香草慢慢跟进来。“10 块。”她说，“坐吧。”

她的脸上没有表情，但目光是奇特的——琥珀色中间夹杂丝丝淡蓝，这给广东人留下难以磨灭的印象。剪发只花了半个小时。广东人让香草给他修修面，香草照办了。天色完全黑下来，我们美乐路的安静祥和是出了名的，晚上你除了一些零散的电视对白之外你还能听见什么？偶尔有人出来遛狗，汪汪的吠叫声很快被夜色抹掉，有时你也能听见街头守单车的四川人老刘一家的说笑声，除此之外美乐路完全被沉甸甸的黑暗掌管，我们连梦都很少做。就是在这样的夜晚，广东人笑嘻嘻地对香草说："你这里还有别的服务吗？"

"没有。"她说。

"真的吗？"广东人说，"你好好想想。"

"没有。"香草疲倦地摇头，"一共 15 块，我要关门了。"

广东人坐着没动："你开个价吧，我明天就回广东啦。"

"没有。你走吧。"香草说。

广东人一把拽住她的手："500 行吗？500。广州酒店里的小姐也就是这个价的啦。"香草开始挣扎，但两只手腕被他牢牢钳住了，她又怎么可能抬起膝盖顶他下半身？她似乎瘦得连抬脚踢他的力气也没有。广东人越来越坚决："你好好想一想，就那么一会，够你剪半个月头发了。"香草说："你放开我，你先放开。好吧。"广东人松开了，整理着衬衫和领带。他看起来很不好意思，有些紧张腼腆地挠挠头："我明天一大早就走，不骗你。我来云南 1 个月了。1 个月没碰过女人。骗你是小狗，不，骗你猪狗不如。"

这话让香草笑了。但笑容一闪即逝，她冷静地望着他："600。少一分也不行。"

广东人同意了。香草走过去，把铝合金卷帘门猛地拉下来。

后来发生的事情让人始料不及。他们爬上阁楼大约半小时之后，广东人下来了。这回他的领带、衬衫和西服一丝不乱，你根本看不出来他曾经脱下又穿上它们。他看起来温和而帅气，典型的广东靓仔，尽管他不年轻了，但我们的香草没兴趣打听他的年龄。"是这样的，我先给你 300 你看行吗？"广东人有些窘迫地掏出钱包，清点里面的钱。"你看，是真不够了，300 还差 30，270。行吗？你先拿着。我还会回昆明的，下个月我就回来。我说话算话，我这个人没什么优点，但做任何事情就是讲信誉的啦。”他把钱取出来，对折，小心搁在那只黑皮靠椅上。

“不行。”香草说，“600。我说过，少一分都不行。”

广东人看着她，皱着眉：“不要这样啦小姐，我真的是不方便。钱包里就这么多啦。今天请朋友吃饭，都花掉了。我向毛主席保证，下个月回来一定给你送来。”

“不行。600，少一分都不行。”

广东人苦笑：“小姐，请你……”

“我不是小姐。”

广东人火了：“那好，你不要我就拿回去。真的不要？”

“少一分都不行。”

“我给你汇过来。到了广东就汇，电汇，一下飞机就汇。”广东人做最后的努力。但香草目光冰冷，她走到门口，抱着两手狠狠盯着他。

广东人说，“有没有搞错？你一只鸡还想怎么样？要不是碰到我你连这270都挣不到的啦。不信？像你这样的顶多50，广东乡下多得是。你以为我就不知道你们昆明行价？少给我来这套。开门！”

“600。少一分都不行。”香草的琥珀色瞳仁寒光四射。

事情就这样陷入僵局。美乐路的居民那天晚上听到响亮的砸门声，但我们显然没弄明白它来自哪里。后来，街口守单车的老刘女人跑到香草美发室门口大声询问出什么事了。“香草，香草！”当她尖利的四川话划破寂静时我们才突然意识到香草美发室出事了。日后老刘女人回忆说，她喊啊叫啊，死命拽起卷帘门（她胡诌呢，她哪有力气从外面拽开它？），一个男人像条狗一样狂叫着冲出来。她看见这人的灰色西服像把破伞，后襟变成一条条布片；领带歪了，白衬衫湿了一大块。“她疯了，这个女人疯了，你们快报警啊！”他大叫着夺路而逃。“我要报警，你等着吧，你就给我等着吧。”老刘女人看见香草慢慢从店里走出来，一只手攥着剪刀，另一只手挥舞几张钞票，冲男人消失的黑暗低声诅咒：“拿着你的臭钱滚啊，滚回去买棺材吧。”她将几张钱扔向空中，返回店里猛地拉下卷帘门。老刘女人胆战心惊，她慢慢凑过去，把钱捡起来，偷偷从门底下塞进去。

“她肯定是卖淫了。”老刘女人对我们说，“香草她肯定是卖淫了。她怎么会干这种事情呢?”

那段时间美乐路居民都在谈论香草。他们说：“怎么没看出来啊，一个挺老实的湖南妹子，说变就变了？怎么会这样呢?”有人仿佛恍然大悟，说：“农村来的香草没准一直就在她店里做那种生意哪，只是我们一直没有发现，狐狸尾巴总算露出来了……”他们戳戳点点，男人被女人们勒令严禁从香草美发室门前经过，严禁打量这个不要脸的女人，更不允许男人再到她店里剪发刮胡子修面洗头。女人们尽可能远离香草美发室，有的人老远就大声吐唾沫，迅速冲进美乐小区的昏暗楼道，似乎担心这个消瘦的女人和她小小的店铺释放病毒；当然啦，也有的女人很好奇，她们一直不知道妓女长什么样，她们偷偷地从楼道的镂空墙壁向香草张望：“看见了吗，妓女就是这个样子的，就是像香草这种穿着大红色的紧身裤子，就是这么瘦，骨子里骚得要死，她下面肯定比山洞还大，而且快烂了。肯定的。快烂了，被男人弄得不像样子了。”一些男人同样好奇，他们偷偷打量香草。我们都知道男人脑子里在想什么，比如老钱，我楼上那位离了婚的50岁男人，一边偷看一边骂：“烂货，烂货，烂货。”他的手插在裤兜里，我相信他一定在拨弄他软塌塌的生殖器。

但我们的香草一如既往。她仍然坐在热辣辣的阳光下面，眯着一双猫眼打量远远躲着她的美乐路居民。美发室的生意更冷清了，我常常看见她从早到晚坐在门口发呆，莫文蔚的歌声穿透阳光，穿透人群，穿透他们的唾沫和咒骂，在美乐路上空展翅飞翔，像一只湿漉漉的小鸽子。我在寂静的日子终于听清几句歌词：

阴天/在不开灯的房间/当所有思绪都一点一点沉淀/爱情究竟是精神鸦片/还是寂寞时的无聊消遣……

无所事事的香草难道在期待爱情？她干嘛不搬走？我觉得她已经成为美乐路上一个新建筑，当你无所期待地回忆美乐路，你麻木的脑海深处肯定会出现香草美发室的，出现凝固不动的粉色毛巾，出现香草，出现她那张没有任何表情的脸以及猫一样的虚幻目光。

我在一个晴朗的午后走进香草美发室。香草懒洋洋地从门口站起来。"剪发?"她说，"你不是刚剪没几天吗?"

我没说话，坐进黑色靠椅。镜子里的香草犹如消瘦的水妖。

"你来看我笑话?"她操起一把红木梳子，从镜子里打量着我。我一动不动。"你走吧，"她说，"你要是不想剪发你就走吧。"

"我剪。"我说，"随你怎么剪。为什么不回湖南呢?你为什么还待在昆明?"

她没吭声。

"所有人都在看你笑话哪，他们恨你，每一个美乐路的人都恨你，你把大伙拖累了。"

"拖累?"

"你该回去，回湖南。"

"死也不回去。"

"他们恨不得你死了。"

"恨就恨吧，要是怕了就不是香草。"

"去别的地方，走得远远的，没人会认为你怕了。"

香草一阵冷笑。"你要是不想剪发就走吧。"她用那只红木梳啪啪地敲打椅背，"不要耽误我做生意。"

"你还有什么生意?"我笑了，"剪吧，你给我剪一个短发，好好剪一个。板寸，更短一点也行，随你便。"

香草不再说话，从镜子前抓起剪刀。那个下午消失得很快，在我对香草的气息还没完全熟悉之前，天色已经暗淡下来。我听到咯咯剪动之外的另一种声音，仿佛城市深处的坍塌，它琐碎、沉闷、没有规律。香草散发的气味很奇妙，仿佛来自优柔的薰衣草或百合花。我出来时天色黑透了，我无法向你描绘那个傍晚的忧伤，仿佛从远方归来却完全搞不清方向。我走进楼道，从镂空的墙壁望向香草美发室。我看见香草坐在门口的黑暗中，莫文蔚的歌声隐约传来。我没法看清她的脸。那只三色彩灯不知疲倦地转动，却难以照亮她的红裤子、绿衬衫以及脚上那双白色塑料凉鞋；她涂了脚趾吗?你根本看不清。她的手插在两膝之间，仰望美乐路上空的黑暗，天空出现星星，有薄薄的云。她似乎想让所有美乐路的居民哪怕在寂静的夜晚也能看见她。可她本人究竟看到了什么？究竟在等待什么呢？

香草的生意在那个夏末突然好起来了。

每天黄昏，我们看见香草美发室人头攒动。很多陌生男人出现在三色彩灯的光线里，有的人甚至把车开来停在门口，挡住不少住户从楼道向外张望的视线。我们议论纷纷，尤其是守单车的老刘女人，她似乎对香草的一切了如指掌。“这个女人疯了，”她说，“不，她现在应该叫烂货，你们看看她现在的样子，每天都被弄得走不了路了，你们最好离她远一点，要是被传染这样病那样病，不是闹着玩的。”那几天里还来了警察，美乐路的人在巷口堵住他们，得到的回答是：“你们神经过敏，人家根本没有什么色情服务，我们便衣蹲了好几天也没发现什么不正常，人家的理发手艺就是好嘛……”我们猜测是老刘女人报的警。可她坚决否认，“我干啥子报警？”她说，“各有各的活法，她疯了，我也跟着疯？”

美乐路的人依然拒绝香草美发室。但某个上午，我看见很多人聚在美发室门口，一些上年纪的女人缩在后面吐口水。我听到一个老女人神经质的喊叫：“烂货，烂货，你为什么不去死？你还我家老王啊。”我认出她是43栋一个退休中学老教师的女人。她花白的头发迎风颤动，连续的哭喊迫使大家陷入沉默。我挤进人群，看见香草坐在沙发上，抱着两手冷冷打量这个老女人。莫文蔚的歌声飘散过来，与女人的呼号相互撕咬。我不知道香草还能不能听清歌词，这伙老女人喜不喜欢这些忧伤的歌。大概需要更多支援，老女人突然坐到地上，一边哭骂一边用手拍打柏油路面，细细的灰尘从她手下升起，一部分人开始拉她，可谁也拉不动。香草终于走出来，站在门口看着她说：“请你不要烦我了好吗？你可以去报警。你就不怕美乐路的人都知道你男人的丑事吗？”

人群爆发出一阵嘘声，即便傻瓜也能猜到究竟发生什么了。女人哭得更凶了：“人都死了老子还怕什么？还讲什么脸面？你还我家老王，你到底怎么把他害死的？你给他吃了什么药？烂货！你们不知道啊，老王要把我们一半家产留给这个臭婊子。你是不是早有预谋？怎么连老王这么老实的男人都不放过啊！”

人群再次骚动起来。大家交头接耳：事情怎么会这样？老王死了？居然把一半家产交给湖南来的香草？

香草的回答令每一个人记忆深刻。是的，直到今天我仍然记得她脸上的细节：凶狠，淡定，像一丛水草浮出水底。她懒洋洋地打量老王的女人——她已经从地上站起来。莫文蔚的歌声突然止住，CD 机发出咯咯响声。“我一分钱也不会要他的。”香草说，“听清楚了吗？我一分钱也不要。”老女人张大嘴巴望着她。“你应该问问他为什么给我钱。给不给是他的事，要不要是我的事。你听清楚了？你快走吧，你可以去报警。”话音刚落，老王女人扑上去撕香草的脸，但她被人们拽住了，我就是其中之一。老女人疯狂的嘶吼差点刺穿所有人的耳膜：“烂货，烂货，你这个卖淫的烂货……”

那天下午，一辆警车开进美乐路带走了香草。我记得她上车前的样子。她爬上阁楼，两个警察站在门口等着。几分钟后，香草爬下楼梯，她拿了一件红色外套，和那条红色牛仔裤很搭。最后，她缓缓把铝合金卷帘门拉下来。快拉到底的时候它卡住了。她非常用力，但卷帘门纹丝不动。两个警察在抽烟，他们犹豫着，没人帮她一把。香草费了很大劲才把它拉下去，锁好。一个警察吐出烟沫子说：“我们走。”香草一声不吭。她走向三色彩灯，动了一根电线，它不再转动。我看见门口的粉色毛巾飘飘荡荡。香草面无表情地上了车。看热闹的人向两旁闪开。他们没给她戴手铐。

她去了很久，整整三个月。

警车开走之后，我下楼走向香草美发室。那些毛巾带着十足的哀怨气息飘来晃去。我听见有人在我身后大声说：“喂，那个婊子被抓了吗？警察不再上她当了吗？老天有眼哪，好人坏不了，坏人好不了。”我蹲下来，发现卷帘门底下卡着一张 CD。我小心抽出来。还好，没坏，没碎。蓝色封壳上印着“莫文蔚精选集”的字样，莫文蔚穿一身白色风衣斜倚在高高的台阶上，她瘦瘦的模样和懒洋洋的目光让我开始想念香草。

莫文蔚的歌声陪我度过整个夏天。她的歌声既慵懒又凄厉，我恍惚觉得这是香草本人唱出来的，是她在无休止地歌唱，是她想通过这样的方式把自己留在昆明，留在美乐路。猫一样的香草怎样了？她究竟在哪儿？关于她和退休老教师王知年的故事持续不断，有人说老王总在深夜两点敲开香草美发室的卷帘门，总是敲四下。老刘女人说："两声重，两声轻，这是他们约定的暗号。然后香草那个婊子就把门轻轻地拉上去。有时候是老王自己把门拉上去，为了防止更多人看到或者因为心虚，他几乎是爬进去的，再从里面把门拉下来。他们以为谁都不知道呢，可是我知道。我就是知道。老王天亮前离开，溜回去和他那个没有文化的乡下婆娘睡在一起。那个婆娘睡着了就是一头死猪，你就是用开水烫她也醒不过来。老王每个星期往香草那里跑一趟，不会更多了。他那个身板一个星期来一次就不错了，再说他能有多少钱？一天早上，天蒙蒙亮了我才看见他从美发室钻出来，身上披着那个婊子的红衣服，缩着脖子就往家跑啊。跑了几步才想起自己穿的不对，赶紧又跑回来，可是门已经关死了，他又不敢敲，就把衣服扔在门口，缩着脑袋跑回家。他那个鸟样，就像一只灰头土脸的大老鼠。你们说说，他婆娘怎么就一直没发现呢？他死在婊子手上，活该。"

老王死于心脏病，某天清晨溜回自己床上之后再也没有醒来，但他老早就写好遗嘱，打算把多年积蓄分一半给香草。美乐路的人觉得这老家伙疯了，他没有子女，乡下婆娘是他唯一的亲人，他这么做不仅侮辱他老婆，也侮辱了整条美乐路。他的尸首在家里摆放两天，没几个人去看他。他朴实忠厚、任劳任怨的人民好教师形象就这么毁于一旦，换句话说，毁在湖南女孩香草手里，毁于香草美发室的小阁楼上。奇怪的是，他乡下婆娘的哭喊再也不能引起我们的同情。她常常在 43 栋楼房过道里逮住邻居，一边咒骂一边哭诉，人们赶紧走掉，唯恐她的怨毒和愚蠢感染自己。一个雨天，我从窗口看见她撑着一把黑雨伞走到香草美发室门前。那些粉色毛巾在我播放的莫文蔚的歌声中静止不动，犹如枯枝败叶；我似乎又听到细微的断裂，就像鱼群发出的阵阵哀号。雨水打在香草美发室的凉棚上，发出空洞的噼啪声，它伴随莫文蔚的歌声在我心底反复敲打。我发现自己越来越想念香草，想念她的瘦，她的酷，她温润的手指。我不止一次想走出房间敲开她的门，告诉她我已经听完了莫文蔚所有的歌并且全都会唱了；我看见铝合金卷帘门从里面拉开，香草面无表情地走出来，把所有毛巾收进去，像采集一堆妖娆的百合。

老王遗孀的黑伞在凉篷下收拢，我看见她手里握着一把剪刀，我看见雪白的刀锋上下晃动。我听见她在雨水中低声诅咒，一堆粉色毛巾化作碎片纷纷落下；她干脆扔掉剪刀动手撕扯，蓝色架子也被扯到地上，她抬脚狠狠跺着，就连雨伞滑落在地也不管不顾；雨水笼罩着她，她似乎真疯了。她把碎屑踢进雨里，站在原地呼呼直喘，过了很久才捡起雨伞大步走开，后来她几乎在大雨中飞奔，跑出一段距离才把黑伞撑起来。

我走向香草美发室，把浸透雨水的碎毛巾扫到一起。它们盘根错节，又湿又脏，成为一小堆严格意义上的垃圾和废物，你连一丝粉红也看不出来了。我把它们倒进垃圾箱，我觉得我在埋葬香草的遗骸；就像一个隐喻在华丽的句子中消失一样，香草美发室即将在美乐路消失，只剩一堆逐渐冷却的传闻和猜测，它们不久也将被这个秋天的雨水冲刷干净的。到了冬天，谁还会想起什么香草？

有人说香草在女子监狱服刑，还有人在华威娱乐城见过她，她已经当上坐台小姐，更有人说她就在昆石高速公路一个加油站附近拦截长途司机，问他们要不要干她，一次 30 块，她已经是个彻头彻尾的妓女了……

我做梦都没料到香草还会回来。

那个坐在香草美发室门口的姑娘就是香草，还能有谁？谁还会像她那样懒洋洋地眯着眼睛打量我们美乐路上的行人？谁还会像她那么瘦，那么淡定，那么懒散？那是初秋一个艳阳高照的周末，我看见香草美发室的粉色毛巾又出现了——像一小撮活得不耐烦的反革命分子悬挂在·我简直不敢相信我的眼睛。我以为这是幻觉——莫名想念某人的奇异幻象。我看见铝合金卷帘门被拉开，三色彩灯又在旋转。我激动得像个傻子，但很快就冷静下来，甚至开始厌恶和沮丧。当我看见香草仍以从前的姿态端坐门口，我再也激动不起来了。这女人为什么毫无变化？为什么还穿红色T恤深红色牛仔裤？为什么还那么疲惫倦怠？仿佛此前发生的一切不过是我们这些无聊的疯子胡乱编排的。啊，香草！我开始恨她。

我像从前那样下楼。我听见一个女人的尖叫从背后传来："你怎么还不去死？你怎么还有脸跑回美乐路？天底下怎么会有你这不要脸的烂货？"我不用回头就知道是老王的女人。她缩在楼道里不敢过来。我看见很多人放慢脚步打量没有任何变化的香草。他们满脸惊讶，慌忙走开，像当初那样躲着她、诅咒她、猜测她。我向她走去，走向毫无改变的香草美发室。

坐进黑皮椅子时我的心脏一阵狂跳，熟悉的洗发水气味很新鲜。镜子反射着耀眼的光线，它比从前更大，简直覆盖了整整一面墙。店里很安静。沙发，椅子，水池，隔板上凌乱的梳子、烫发卷……还是那些东西。唯一区别在于，CD还在，音箱还在，但莫文蔚的歌声没了，它已经在我的房间安家。地板上还有水渍，墙壁很白，那把竹梯子就靠在屋角。香草从身后走来。

她站着，一声不吭。

"剪发。"我说。我很久没有剪发了。是的，自从香草消失之后我再没剪过，头发都披到肩上了。

"长还是短？"她拿起剪刀，从镜子里打量我。

"短一点，我受够长发啦。"

她的手指在我眼前跳动。我闭上眼睛。我看见高山、湖泊或鲜花围绕的山谷。"你去哪儿了？"我说。

"湖南。"她说。她开始修理鬓角。

"看嘛，还是回去了。"

"我是带着东西和钱回去的。我告诉家里人，我在昆明一切都好。我一个表妹想跟我出来，我不让。她太小了，才15岁。"

"你弟呢，他还好？"

"我弟？"

"在广州打工那个。"

“哦，”她敲敲脑袋，“我没弟弟。骗你哪。”她笑了——多么罕见的笑容，眼角露出鱼尾纹。“我告诉你，我姑妈每天给我蒸腊肉吃。昆明没有那么好吃的腊肉。当时我是真不想走了。每天吃饱饭我就在田埂上逛来逛去。天晴的时候有很多蜻蜓，到处飞，到处都是……”

“干吗还回来？”

“不回来我去哪里？美乐路还在，我的店还在，我不回来你说我去哪里？”

我说不出话来。

“莫文蔚的歌我都会唱了。CD 可以还你。”我说，“谢谢。”

香草从镜子里看着我。剪刀在我脑后停住。

“谢我？”她说，“不用，你留着听吧。”

我没吭声。

“一直不知道你叫什么。”她说。

镜子里的我非常精神，这短发好得不能再好了。“李果。”我回答。她把我背上的碎发抖下来，拿一把小刷子把发茬子清扫干净。我走到水池那里，她拧开水龙头，温热的水流顺着头顶一直向下，向下。她轻轻搓洗。我希望她洗得久一些，再久些。

“你想在美乐路待一辈子？”我说。

“店总得开下去。”她说。

“其他地方照样可以开店啊。”我说。

“没想过。”她说。

我激动起来。她可真傻。我直起身，水顺着脖子往下淌。“你这个人怎么这样啊？美乐路根本不需要美发室，根本不需要你。还没看出来？”

“那你来这里干什么？”

多妙的问题。

老王的女人突然出现在门口，迅速衰老的她像个凶狠的巫婆。

“烂货，烂货，你下身肯定烂了，早烂了。你又在勾引男人了。你这个不要脸的烂货，怎么不让你坐几年牢呢？烂货！”她冲着香草指指戳戳，冲门口吐唾沫。

“滚，滚!”我叫起来，厌恶到了极点，“你还想怎么样?”我冲她挥动拳头的样子肯定把她吓得不轻。她满脸通红，冲我一阵冷笑：“好啊，又勾走一个男人！你就走着瞧吧，李果，到时候你死她手里可别怨我。你好端端一个大男人，怎么看上一个烂货?”

我大声咆哮：“滚!”她狠狠瞪我一眼，骂骂咧咧走开了。

后来的事情让我每次回忆起来都有种被烈日灼伤的感觉，这使我越来越讨厌记忆。如今，香草真的消失了，她永远离开了美乐路。当初的香草美发室已经变成老王超市，老板就是老王的遗孀。她阴郁地坐在收银机后面，长久打量美乐路上的过往行人。我搞不明白，她怎么还有精力开一家超市？但你不得不承认她的生意远比香草美发室好得多。但我从来不是她的顾客，我甚至不愿多看它一眼。我总在黄昏打开破烂的CD聆听莫文蔚。我发现我一直没忘记香草，即使在和新交的女朋友做爱的时候也会不由自主想起她，想起她在美乐路上懒洋洋的目光，想起她在镜子深处瘦削的后背，想起她的T恤没准太大了，露出尖尖的锁骨。我自己也搞不明白干嘛难以忘记这个卖过淫的湖南女人，莫文蔚的歌声让我眼前有无数条粉色毛巾来回摇晃，我做过与此有关的梦：毛巾们变成粉色的鱼在湛蓝的天空游弋，嘴巴不时张合，发出微弱的叫喊，当我伸手捞捕，它们的叫声惊天动地，它们冲向你，攻击你，用尖利的牙把你撕成碎片。

我得告诉你那天晚上发生的事情。

我是在香草打烊之前进去的，攥着莫文蔚的CD。我们坐在沙发上听了很久。她说她已经很久没听这些歌了，后来我们跟随莫文蔚哼唱起来。

你曾说过/会永远爱我/也许承诺不过因为没把握/不用难过/不用掩饰什么/当回忆是那么赤裸裸……

店里的银色灯光洒到外面的柏油路上。没有一个人。你能听到远处汽车的轰鸣以及夜班清洁工扫大街的唰唰声。我们坐了很久，直到把所有的歌全部听完。然后，我看着香草走到门口，用力拉下卷帘门。

我跟随她爬上梯子。阁楼上除了一张巨大的席梦思床垫和一只小小的黄色床头柜之外什么也没有。她没开灯，灯光从楼下透进来。屋顶是人字形的，一根粗大的房梁从床铺上方不到一米的空间穿过，上面搁着一只红色发卡。我猜它早生锈了，因为从没见她用过。我们在床垫上仰面躺下。当她的薰衣草或百合花的气息在我身边浮动，我怕冷似的颤抖不止，体内传出某种东西折断的啪啪声。我似乎听见香草在叫我的名字："李果，李果。"

后来有人在楼下砸门。香草下去了。我听见一个陌生的嗓音高喊："下来，警察!"

我顺着梯子爬下来，老王的女人站在门口，她干瘪的脸在玻璃门后面扭曲变形。但她没笑。一直没笑。今晚她是整条美乐路最为矜持高贵的女人。我冲香草伸出手，她刚打算伸出她的，警察已经急着把我往外搡了。那只漂亮的手划了一道弧，跌下去了，落在瘦瘦的盆骨上。香草美发室的灯光白得刺眼。

我很快就回到了美乐路。但是关于我们的故事已经传遍整个小区，它覆盖了香草和老王的故事，或成功取代了香草和老王的故事。故事就是故事而已，我无动于衷。我本来就不是一个合群的人。我从不搭理谁，也没有谁主动搭理我。我再没见过香草。她的美发室一直关着，我怀疑她曾经在某个深夜跑回来取走了所有东西。她消失了，真的消失了。某个清冷的早晨，香草美发室门楣上的硬塑料、三色灯、架子，所有的一切，都无影无踪了；老王的女人雇来三个农民工，他们爬上屋顶，不出10分钟就拆掉了铝合金卷帘门。

后来有人说在南站附近出现了一家香草美发室，听到这消息我并不激动，因为我也搬出了美乐路。再说，叫香草的女孩就她一个吗？我希望她仍然待在这个城市，无论做什么，她总有待下去的理由。不是吗？一些晴朗的夜晚我会认真聆听莫文蔚。我特别喜欢那首《盛夏的果实》：你曾说过/会永远爱我/也许承诺不过因为没把握/不用难过/不用掩饰什么/当回忆是那么赤裸裸……我在她凄美的歌声里幻想新的夏天，同时幻想湖南来的香草还会重返美乐路——尽管我再也不愿回去了。那天我走向扔进街角的卷帘门，一段锈掉的铝合金在我脚下发出咔嚓脆响。香草没准就在身后呢，就坐在一片阴影里，琥珀色的目光在我背上来回划拉。我心跳不止但没敢转身，更不敢回头。肩上的旅行包多沉啊。“李果，出去呀?”老刘女人冲我大声招呼，“你看，老王家的要在这地方开超市啰，你知道吗?”

“不知道，”我说，“我什么也不知道。”

“你要去哪里?”她在我身后压低声音，“不会是找香草吧?”

我没回答。一辆薄荷绿的出租车正在美乐路口等我。

星期五下午4点34分

我从窗口看出去，小区过道上什么也没有，几分钟后一只面熟的白狗蹿出来，在草坪中间一棵我叫不上名字的矮树下撒了泡尿，然后迅速溜走了；似乎有只麻雀超低空飞行，掠过地面瞬间消失。我盯住像手纸一样空空荡荡的地方。刘红没有出现。她没有从前面42号楼拐角处突然走出来。我已经看了半个多小时。走出来的是小区门卫老张，他手臂上戴着红袖套，背着手，很快就在47号楼那里不见了。

我想给她打电话。但不能这么干。这是事先说好的。被王重发现了——就算出了事又能怎么样？我们谁也不属于谁。刘红知道怎么做。

只能耐心等下去。我离开窗口，回到客厅里打开电视，中央台在放一个吴宗宪主持的综艺节目，他正在拿着麦克傻乎乎地使劲往自己的牛仔裤上擦来擦去。我看了5分钟，关掉电视，抬腕看了看表。下午5点25分，距离我们约定的4点34分大约过去了1小时。

我走进书房，从书架上取出一本讲述飞虎队的书，翻了翻就放下了。随后我走进卫生间洗了把脸，端详镜子里的自己，眼角有明显的皱纹，而且晒得太黑，发型是很落伍的平头。我走出来，往杯子里倒水，我盯着那股细细的水线，直到水已经从杯沿漫了出来。

天色完全暗下来。刘红不会来了。

由朋友隆重推介的刘红在昆明一家私立医院当护士。那是去年10月，我约她在文林街向日葵酒吧见面。天气刚刚转凉，我提前半小时到了，挑一张靠里的圆桌坐下来。一个金发老外揽着娇小的昆明女孩坐在高高的吧凳上窃窃私语。我要了啤酒，喝到第二杯的时候一个穿粉色T恤黑色牛仔裤的女人出现了，她高大丰腴，甚至稍微有点胖。她笔直走过来，“我猜你就是李果。”她说。“刘红。”我说。我站起来。我们笑了笑。

刘红当年24岁，还很年轻，我30岁，对80后的女人来说我或许老了点。刘红是1982年的，属狗。我决定不怎么笑，以免暴露眼角的皱纹。她有点大大咧咧，喜欢微笑，但拒绝啤酒。她和父母住棕树营小区一套60平的老房子。“他们就快退休了，他们希望我赶紧找个人结婚。”她说，“老人就是这样。可我才24岁，24岁啊。”

“我28岁以后就一天不得安宁，”我说，“我爹我妈恨不能抓起菜刀架到我脖子上，逼我赶紧找一个女人成家。在他们看来男人30还不结婚就像垃圾一样，没人要的垃圾。随便扔到什么地方，等着收拾垃圾的人把我清除掉。”

“你在广告公司做什么？”她说。

“文案。”我说。

刘红的工作是给病人打针、交代他们怎么吃药。让她痛苦的是三班倒。“值夜班的时候我经常溜到护士值班室睡几个小时，”她说，“有一次睡过头了，一个病人按铃我也没听见，结果这个病人就尿在床上。是个四十多岁的女病人，刚把一个3公斤的子宫肌瘤切掉。我要把尿盘用塑料袋包起来塞到她屁股底下，等她尿完了再把它取出来，拿到厕所倒掉。可以想象吗？我被扣了一个月奖金。”

“男的也这么干？”

“男的有尿管，就是直接套在那里，想怎么尿怎么尿。”

我笑着把酒喝干。最后她问我公司在哪里，像不像电视里那些在一个大平面里跑进跑出的白领。我说我们是小公司，就六七个人，办公室的隔板也全部刷成灰白色。比电视剧里的差远了。她喝了一口红酒，没有说话。

第二次约会在一个星期以后，是她给我打的电话。“我刚下班。”她说。当时我在给一家医药公司写软文，距离5点下班时间还很早，刚好 4 点。“我上白班。”她说，“晚上请我吃饭怎么样?”我犹豫不决。她怎么还想跟我约会？第一次见面并不成功，我已经做好像前几次相亲一样以遗忘收场的准备。再说她不算漂亮，身材也太高大了，就像一匹金殿后山的高头大马。

在翠湖边吃完饭又去了向日葵，这回她没反对喝啤酒。喝到第二瓶的时候我突然看见泪水从她眼眶里源源不断涌出来。我不知所措。她捂着眼睛哈哈大笑。“我喝了啤酒就会流眼泪，”她说，“天生的，我不是什么想不开的女人。”

“还继续喝吗?”我说。

“为什么不喝?”

那天晚上刘红的泪水相当奇妙地汹涌澎湃，并且在喝了大约 10 瓶之后居然毫无醉意。我头昏脑涨准备叫服务生买单，外面突然下起雨来，又大又急。

“要不去你那里坐坐?”她说。

我看着她，酒意让她两颊微微泛红。“现在就走?”我说，“雨太大了。”

“难道我们要在这里等它下一整夜?”她说。

我们冒着瓢泼大雨冲出门打车，雨水很快就让我们吃尽苦头，那一刻我觉得我们真够疯狂的，为什么不等雨小一点再走呢？后来出租车的大灯把雨水擦亮，把我们从雨水中拯救出来，它直奔我在丰宁小区租住的这套两室一厅的旧房子。接着我递给她一块干毛巾擦掉头发上的雨水。大约 10 分钟之后，我们就从客厅沙发挪到了卧室的大床上。

我重新回到客厅，没有打开电视，黑暗从四面八方潮水般涌来。我觉得自己像一个孤独的溺水者，衷心希望谁从黑暗中伸出手把我从时间的深渊里拖出去，哪怕像拖一条死狗。我看了看放在茶几上的手机，找到刘红的号码，几分钟后我又把它放下了。

我躺到沙发上，听见一帮孩子在大院里吵吵嚷嚷，声音从院子这头传向另一头。好容易安静下来，院子里先后响起高跟鞋的踢踏声或者运动鞋匀细的回声。我不知道几点了，也不想知道。有一刻觉得我漂浮在茫茫无边的海面上，耳边有海鸟的声音，有风浪在呼啸，天知道我要漂到哪里，周围一片漆黑。就这么躺着吧。似乎睡过去了，梦中有人敲门，高喊着要查煤气。我惊醒过来——敲门声真实可信，我冲过去把门打开。楼道上的声控灯亮了，我一时看不清逆光站立门口的这个女人的脸。

“查煤气。”她说。

我让她进来，但没有把走廊和厨房的灯打开。她大声说：“喂，你黑灯瞎火的让我怎么查？”她站在厨房里一动不动，仿佛稍不留意就粉身碎骨。“对不起。”我说。我打开厨房灯。她背对着我。当然，这不是刘红。灯光把我的眼睛刺疼了。

我和刘红处了一阵子。我的意思是莫名其妙地处了一阵子。她只要上白班就在下午4点34分准时来到我这里。我们做爱，有时一次，有时三次。之后我打电话让附近一家川菜馆把饭菜送过来。刘红通常乘晚上10点30分的58路末班车返回棕树营。

我们不怎么打电话——总是她主动打给我。肌肤之亲来得太快了，我们就像做贼心虚，似乎理智还没跟上身体的步伐，或者刻意慢下来仔细证明什么。至少我搞不清楚到底哪里出错了，也搞不清楚哪里没出错。那就这样吧。刘红过来之前会短信通知我。短信短得不能再短：路上。或者：下班了。再就是：马上到。我觉得我无论能不能收到她短信和电话都不会想她——好像我们认识很久，又似乎从来就没见过。她的感觉一定差不离。见面之后的直截了当也是一模一样的：把对方拉近，经过一阵的短暂摸索，动作越来越快，越来越熟练。有时候也会像饿了十天半月的两条狼，急于一口撕碎对方脖子上的大动脉。

她消失最长的时间是10天。

10天后她打来电话。“李果，”她说，“你就不会想我吗？比如主动给我打个电话什么的？”

“我太忙了，经常加班。”我说，“给一个房地产商没日没夜搞宣传册。简直不是人干的。”

“鬼才相信。”她说，“这几天你怎么解决问题？”

“解决什么问题？”我说。

“少装蒜。”她说。

“我立地成佛了。”我说。

“很好，”她说，“我倒要看看你怎么立地成佛的。我今天白班。”

4点34分，刘红准时敲响我的房门。这一次反而慢下来，就像两个老头初次练习太极拳。我们好像在努力辨认对方是不是自己熟悉又亲切的战友。那天晚上我们没心思吃饭，完事后就在光线暗淡的卧室里躺着。我们很久没有说话，身体远远分开。直到窗外的路灯突然亮起来照亮墙壁，刘红丰满健硕的身体显露无遗，让人想起一辆马力强劲的奔驰跑车。她披头散发，浑身细汗，在昏暗的光线中挺直身体。“李果，”她看着我说，“这可能是最后一次了。”

她摸了摸我的踝骨。“我快结婚了。”她说。

我没吭声。

“我一个月前认识了那个男的，是父母介绍，他在设计院，工作稳定，收入还过得去。一个月他就提出结婚。我们家当然没什么意见。我想来想去，那就结吧，结婚又不是上刑场，怕什么。你说是吧？”

我笑了笑。“结婚多好啊。”我说。

“我一直想问问你，”她说，“你没想过娶我？从没想过？”

我半天没说话。

“我告诉你他怎么弄的，他在昆百大珠宝城给我买了一个大钻戒，开车带我到西山顶上，当着几十号陌生人的面跪下来向我求婚。”她说。

“哦。”我说。

“你说话啊，没想过娶我？”

“没有。”我说。

“我也从没想过嫁给你。”她说。

我听见窗外有人高声叫着另一个人的名字；一只猫从阳台上迈着优雅的步伐走过去。我起来打开音响，但是屋里的光线让我无法找到一张合适的碟。我回到床上时发现刘红开始穿上乳罩和内裤。我笑了笑，把她额前混乱的头发理顺。

“我也有个问题。”我说，“你没和他上过床吧？”

刘红抬头看着我。“你把我当什么人了！”她说。

我不太相信她说的话。

他们在12月25日圣诞节这天结了婚。那天天气阴冷，昆明到处是结婚的男人女人，他们开着花车从东风路、人民路、环城路、西昌路、北京路招摇过市，好像全世界都该为他们送上祝福。我在冷风中缩紧脖子一直走到翠湖北路，海逸酒店门口就有一对新人傻乎乎地站着，亲朋好友络绎不绝。新娘脸颊通红，在寒风中幸福地发抖，不时模仿玛丽莲·梦露伸手按按被风掀起的漂亮婚纱。刘红的婚礼在船舶酒店举行，如果我愿意的话可以参加，她没送我请帖。我说我就不去了，船舶的婚宴多难吃啊。

刘红曾经让我和那个叫王重的男人见过一面。他们在向日葵给我打了电话。我到的时候他们就坐在我和刘红第一次见面的那张圆桌旁。王重帅得让我大吃一惊：白衬衫干干净净塞在蓝色牛仔裤里，很精神的短发，洒了淡淡的香水，看起来年轻而高大，黝黑的皮肤像运动员那样紧绷着。我想象刘红擦了口红的嘴唇轻轻吻上去。

“你好，李果，经常听刘红说起你。”他起身向我伸出手，面带微笑。“她说你是她的知心朋友之一。我盼星星盼月亮一样盼着见你一面，总算盼到了这一天。”他说。

这个在规划设计院负责地州项目的王重只比刘红大一岁，隔三岔五出差。他们的新房在湖畔之梦，110平的大房子，外面可以看得见微型高尔夫球场和那个漂亮的人工湖。“我一直在给单位卖命，生活不在你手里，而是在别的什么鸟人的手上。”王重说。他即使抱怨的时候也很帅。他给我讲述了一次历险：在大理检查工地时一根钢管掉下来砸断了他的小脚趾，他以为可以马上回昆明待一阵子了，但是领导告诉他，最好两周后立即从昆明赶回大理。

“他说我对工作比较熟，再说我们人手不够，这个工程年末必须完工。”王重说，他看看我，再看看刘红。“我干脆留下来，就在大理医院住了两星期，脚上缠着绷带就返回工地了，直到现在。”他把他的右脚伸向我说，“我的小脚趾长成了一个鱼钩。”

他和刘红喝得不少。刘红整个晚上很幸福，笑容超凡脱俗，怎么看怎么像个胜利者。我告辞之前对王重说：“刘红是个好女人。你们快点结婚吧。”王重笑笑，用力揽住刘红。“她很诚实。”他说，“少见的诚实。我就喜欢她这一点。”

我起身告辞。王重握住酒杯凑过来问我：“你知道她的一个秘密吗？”

我看看刘红，她正看着我。

我摇头。“你没跟她喝过啤酒？”王重握了握她放在桌上的那只手。

我还是摇头。“我告诉你，她喝了啤酒就哗哗流泪，啤酒居然给她带来了巨大伤害。”王重哈哈大笑。我也笑了起来，笑得非常大声。那一刻我们就像两个从小玩到大的好哥们儿。

他把我送到门口并用力握住我的手：“后会有期，李果，今晚非常愉快。”

“我也是。”我说。

我在海逸酒店门口站了很久，那个戴副眼镜、文质彬彬的新郎一定和王重是一路货色——公务员，出身不错，前途不可限量。这个男人向那些前来赴宴的人频繁弯下身体，握手，让伴郎递上糖果和香烟。大约7点钟的时候新郎从右侧衣兜里掏出纸巾擦了擦脸，新娘转过来对他说了什么，帮他拉拉衣领。当那些贺喜的亲戚朋友全部走进酒店，他和新娘很快消失在酒店大门的茶色玻璃深处。婚礼即将开始。

我跺跺脚，从翠湖北路走上人民西路。好冷啊。那种冷从衣领缝隙中慢慢浸入后背，再缓缓冻结全身。我打算一直走回去，走回我在丰宁的破旧小屋。这能让我暖和起来。

一个星期之后我爹的一个老朋友介绍熟人的女儿给我认识，据说长得很像赵薇，我们在翠湖边一家茶室见了面。她果然像赵薇，但下巴比赵薇短了三公分——一个被压扁的赵薇。我落荒而逃。后来我跟我爹说我们属相不合。这个伪赵薇发来短信骂我：你以为你是谁？身材一般，相貌一般，第一面我觉得你至少48岁。

另外一个是老妈同事介绍的在电信局工作的淑女，戴宽边眼镜，皮肤很白，看上去相当文静。可是你不能让她开口大笑，一笑就完了，两颗漆黑的龅牙前赴后继。她不得不用纤纤玉手遮住嘴。但是你总不能跟一个随时需要捂住嘴巴的女人谈恋爱吧。

我爹我妈心急如焚。他们无法想象一个31岁不结婚又跑出去单过的混账儿子过着什么样的混乱生活。“结婚吧，李果，我们求求你结婚吧。”我妈有一天对我说，“你以为你是谁？过日子就是过日子，你要找什么样的女人？认命吧。”

认命之前我总能干点别的吧。5天之后我把一个从昆都慢摇吧刚刚认识的老女人带回丰宁小区。时间刚过凌晨一点，门卫老张沉默着给我开了门，借助小区路灯仔细打量我身后这个女人。我想他一定认出来这不是他经常见到的那一个，不是那个总在下午4点34分穿过院子的刘红，那匹看起来满脸傻气大大咧咧身材挺拔的高头大马。她要在老张眼中穿行两趟。当然，老张什么也没说，只是用那把大铁锁敲了敲我的屁股。我们进了屋子，没开灯。

我在这个陌生女人身上卖力的时候依稀看见一个漂亮女人，一个真正属于我的好女人站在光线暗淡的远方。她就在这个城市的某个地方忠贞地等着我，即使一个开宝马车的大帅哥也没办法抢走她。她就站在街角忍受着狂风暴雨，像棵白桦树那样沉默坚定。

我曾经以为刘红将彻底从我的生命中消失了，但就在她新婚不到两个月时我就接到了她的电话。“我今天白班。”她说。

4点34分，她准时出现了。我有些犹豫。她倚在门边看着我，随后走过来捧起我的下巴，吻我。我们进行得非常缓慢。是不慌不忙。

当房间完全黑透之后她坐直身体。“我每隔两星期来你这里一次吧。”她说。

我看见她光滑的脸在幽暗的光线中仿佛一辆崭新的SUV，身体像泥鳅一样肥美。结婚这件事似乎让她漂亮多了。我从床头柜里找出一盒很久没抽的骆驼香烟，抽出一支点燃，然后我把烟盒盖撕下来放在肚子上做烟灰缸。“随你的便。”我说。

“一言为定。”刘红看着我说，“星期五怎么样？星期五下午 4 点 34 分？下下个星期五。这是你和我的秘密。万一来不了，我会给你电话。”

“你们没什么问题吧？你和王重。”

“没有。”她说，“他对我非常好，简直像个保姆。就是经常出差。每个月在家时间不超过 10 天，总往地州跑，他是超级监工。算了吧，男人谁不喜欢往外跑？”

“他迟早会发现。”我说。

“在他下班之前，”她说，“我 6 点左右就能赶回去。”

这种状态持续了差不多 4 个月。是的，距离现在差不多 4 个月。刘红像闹钟一样在每两个星期五下午 4 点 34 分在我的生活中准时敲响。我们已经学会缓慢，把节奏控制得很好。没变的是尽可能的沉默。似乎说什么都不太合适。通常做两次，之后不再远远分开而是抱得很紧，直到彼此的身体突然渗出汗水，把我们粘得倍感无奈。接着我们撤离，撤到我的大床边缘去，在黄昏中把汗水晾干后再重新摸索对方的身体紧紧拥抱。

她离开的时间最迟不超过 6 点半。走的时候更加沉默，在过道那里匆匆穿上鞋，整理一下衣服，转身看看我，“还行吗？”她说。我点点头。她拉开门，再锁上门。消失了。

没什么问题。

这个星期五她给我带来一个小小的佳华鲜奶蛋糕，还有两支蜡烛。这是她头一次给我买点什么，“今天是我们 6 个月纪念日。”她说。我们头一次没顾着脱衣服，而是把蛋糕盒打开，把蜡烛插上，小心翼翼地点燃。屋里的光线太亮了，我走到窗前拉上所有的窗帘，这样好多了。“我们头一次在向日葵见面是 10 月 11 号？”我说。“不对，”她说，“再想想。”

我想起那个雨天。对了，那天才是 10 月 11 号。她说：“没想到变成这样。”

“变成什么？”

她半天没说话。长久盯住微微摇曳的烛光。现在的感觉好极了，我像一个深居简出的君主正在没有人迹的宫殿里和宠幸的爱妃谈情说爱。

“今天有个病人死了，是剖腹产引发大出血。本想转院的，就这么死了。”她说，“太快了，昨天我还往她屁股底下塞尿盆，今天就死了。很年轻，才 24 岁，跟我同岁。她死的时候脸色苍白，像蜡烛一样白。我就在她旁边，但是没有一点办法。”

我不知道该说点什么。

“找个女人结婚吧。”她说，“给你顺顺利利生个儿子，大胖儿子，我帮着接生，怎么样，李果?”她看着我。“你想想这是多棒的事情。你 31 岁就当爹了，过几年他就开口叫你爸爸了。多牛啊，爸爸。”她说。

我摇摇头。我看见巨大的烛光在她眼睛里闪烁。“找过其他女人吗?”她说，“在我结婚之后?”她抬头看着我，目光让我感到陌生。

我就给她讲了讲我两次相亲的经历。她哈哈大笑。我也哈哈大笑。我突然意识到自己遭遇的情节堪比周星驰电影。“有时候就是这样，”我说，“你满怀希望，然后猛地一下，它们就把你的自尊伤害了。”

我们安静下来，我们想起那个下雨的夜晚。我记得我把那块干燥的毛巾递给她的那一刻，她擦头发的样子挺漂亮，让我突然想起泰坦尼克号里的露丝或者这个叫凯特·温斯莱特的女演员。不对，这是我现在的想法，就是现在。

我们沉默了很久。然后她提议我们应该喝一杯。我这里只有啤酒，刘红喝到第二杯就开始泪水滂沱，可惜今天没有下雨，昆明的天空晚霞满天，偶尔出现的水声不过是某个阳台上滴落的不成样子的浇花水。“你看我，你看看我的样子，我知道我丢人现眼，真是太可笑。”她说。她使劲地笑，泪水源源不断。我把她杯子拿开了，递给她纸巾。十分钟后她的泪水终于成功止住。我们一人吹灭一支蜡烛，把蛋糕吃得干干净净。

我们一直这么坐着，很久没有说话。直到她终于站起来，手里还拨弄着吃蛋糕的小叉子。“我走了。”她说。我看看表，表面指向6点40分。她走到门口对我说：“李果，记着我说的话，找个女人结婚吧。”

我们认真地接吻，算是道别。

现在我躺到床上去，打开音响，听一张老迈的克莱普顿精选集，歌声就像从海底丝丝缕缕地渗透出来，苍老的嗓音和激进的吉他声直透心脏，它把我的身体高高举起，钉在空洞的黑暗中。后来我又坐起来，看了看表，已经深夜12点23分，小区里静寂无声。我把音响关掉了。静得可怕。

我走进厨房，从冰箱里弄出一些冰块，在客厅角落里找到一瓶啤酒。我咬开瓶盖，给杯子里倒满酒，一口气喝干。

这已经是第四个星期。也就是说，我本应该见刘红两次，可她失约了，就在我们吃了蛋糕吹了蜡烛，彼此希望半年之后还可以这么庆祝一下之后，也就是说我们已经整整一个月没有见面。每两周见一次的惯例被突然剪断，时间停留在星期五下午的4点34分。4个月12天，这么长的时间就像一只风筝从你手里飞走了，你只能眼睁睁看着它越飞越远。

给她打电话？不行，4点34分不行，凌晨12点23分就更不行。

我搞不清几点回到床上去的，我用力抱紧自己。第二天醒来时疲倦至极，我向公司主管请了一天病假。9点钟，我走出小区大门，看见门卫老张就坐在单车棚深处的阴影里冲我笑了笑，似乎已经知道我打算去哪里。我打车直奔北京路延长线上那家5层楼的私立医院，我老远就认出了它，刘红曾经跟我提起占领了整整一面楼房墙壁的性病广告。我找到外科，一个戴口罩的护士说刘红应该属于住院部。我顺着一条漫长的几乎无穷无尽的昏暗走廊一直走到里面的院子里，迎面有一株高大的缅桂花；我顺着树荫向左，进入一栋被漆成淡灰色的楼房，笔直的走道继续延伸，两边似乎有无数道漆成白色的门。

我找到护士值班室。一个上了年纪的护士从医务台后面抬起头，“刘红请假了，”她说，“你就是她丈夫？”

“不，”我说，“是她朋友。”

"你不知道刘红离婚了吗？"她说，"现在我们全医院的人都知道了。她请了20天假，不是去了丽江就是去了别的什么好玩的地方。你真的不知道？"

我不停地打电话，即使明明被告知对方关机。

整整一天我蜷缩在家里一动不动。中间我妈来过电话，我没接。现在我的脑海像一张被扔进马桶的手纸。黄昏的时候勉强找到一盒方便面，又幸运地找到一包塞在茶几下面拆过封的榨菜。我全部掏出来倒进面条，吃了两口突然发现汤面上漂浮着又细又小的白蛆——榨菜过期了。我冲进卫生间把一切都吐出来。巨大的呕吐声把我自己都吓了一跳。恶心的感觉渗入血液，四处扩散。我觉得自己快死了，就快完蛋了。

时间在凝固。黄昏涂抹在墙壁上。我躺着，就这么躺着。直到再次响起敲门声。"李果，李果在不在家？"一个声音在大喊大叫。我开了门，门卫老张出现在门口。"有人找你，开一辆白色富康车，我没让他进来。他说他姓王。"

我愣了半天。"他大概是我朋友。"我说。

老张手里拿着那把黑色的大铁锁。"你怎么没上班？"他挥了挥它说，它在昏暗的过道里发出咯吱咯吱的响声。"如果家里没什么吃的可以过来跟我吃面条，我煮的面条是一流的。不信你哪天过来试试。"老张冲我挤挤眼睛，"不过你还是应该上班去，年轻人闷在家里不是什么好事情。"

我看着他缓缓消失在楼道里，后来消失在47号楼的拐角。那只面熟的白狗——现在我知道它是金毛猎犬——重新跑出来，它经过的地方很快响起王重的脚步声。我一直站在门口，想象我们之间即将爆发的大战——男人之间的大战。刘红一定把事情搞砸了。他们因此离了婚。那又有什么关系？王重的脚步声由远及近，越来越响，这是一个有良好教养的男人，脚步在加快但是不慌不忙。进入楼道后他开始奔跑，就像运动员大赛之前的热身。我能感觉到楼道地板和墙壁在他的脚步声中微微颤动。

他在楼梯道里出现了。他一边喘息一边微笑。"你好，李果。"

他拍拍我说。

我觉得一切都无所谓了。

我把他让进客厅。他一屁股坐进沙发，歪着身体，打量一下房间。他看上去精疲力竭。淡淡的香水气息在的房间里散开。

“我们离婚了。”他说。

“我知道。”我说。我想给他倒杯水，但是找不到茶叶，饮水机里的水早喝光了，我一直忘了让矿泉水公司送来。

“你这里不错，”他说，“一个人。”

“没什么。”我说。

“你该结婚了，房子是租的吧？”他说，他摆摆手示意我不要忙活了，“如果结婚的时候需要房子，你就跟我说，我认识做房地产的朋友，可以优惠。”他的目光滑过电视机，阳台，书桌，还有地板上的旧报纸。乱糟糟的报纸。“不过我劝你最好不要结婚。我的意思是你要考虑清楚。否则，你的生活会全部乱套，你会被毁了。婚姻会要你的命。”他说。

我没说话。

“找到你太不容易了。”他说，“上次我们在向日葵喝酒你跟我说过你住什么地方。我一个小区一个小区问过来，我几乎把西边的小区全部问了个遍。什么西苑、白马、蓝湾、创意英国……”

“你怎么不问问刘红，她有我的电话。”我说。

“她关机了。那我们说说她。”他说，“说说你们。”他看着我。我避开他的目光。我看见王重的白色衬衫袖口居然有一块淡淡的褐色污渍。

“我们？”

“我，你，她。你们，我们。”他突然凑近我，笑了笑：“怎么，我不能把你当朋友看？”

“不。怎么说这种话？”

他好像盯了我半天。“是我的问题。”他说，“记得我给你说过我在大理砸断小脚趾住院的事情吗？那次我在医院里认识了另外一个护士，她很可爱。其实每次出差我都往大理跑。你能理解我吗？能吗？

站在一个男人的立场上？”

我没吭声。什么是男人的立场？

“后来刘红发现了。这种事情总会留下一些蛛丝马迹。她问我怎么办，我说离婚吧。她说好。她居然看着我，回答我说：‘好。’她不哭不闹。而是默默收拾她的东西。”

我站起来走到柜子那里找出几块过期的巧克力放到茶几上，王重看都没看。他使劲摸了摸下巴。“你听我说，李果，人总要做出什么选择。原来我以为我选择了刘红是对的，我可以忘记那个女人。但是没用。有的选择是对的，有的选择根本就错了。说都说不清楚。我会想办法把她调来昆明。房子，我把湖畔之梦的房子给了刘红。”

“你找我就说这个？”我说。

“就是这个。还能有什么？我是不是打扰你了？”他说。

“不是。你不要误会。”我说。

“刘红没有什么朋友。最近我找不到她，我很担心。”王重说，“她很单纯。她又单纯又诚实。她是好女人，是百里挑一的好女人。你应该帮帮她，除了你，我想不出我能找谁。你是她的好朋友。你懂我意思吗？”

我给自己剥了一块巧克力放进嘴里，味道干涩，像蜡一样缓慢化开。

“但我们都是男人。我想你能理解。”他说。

“理解你？”

“理解男人是怎么回事。”王重又抹了抹额头。“有时候，我们搞不清楚谁会等着你，或者，你要等的人是谁。懂我意思？我相信你懂。李果，这段时间我一直做噩梦，我想我对你说了会好过一点。就是这样。结婚买房子的时候请告诉我，我一定帮忙给你打八折。”

我一直把王重送出小区大门，他在车窗玻璃上面用力握我的手。他发动汽车，这辆白色富康掉过头，尖叫着冲上丹霞路，很快就在远处的十字路口消失了。

回到屋里我拨打了矿泉水公司的电话，然后动手打扫房间。在整理厨房的时候发现两只死掉的大蟑螂，我把它们倒进马桶冲走。三天后的星期五上午，我终于拨通了刘红的电话。当她略显沙哑的嗓音突然响起来的时候，我不知道该说什么，我握住电话的手心不断渗出汗水。沉默在我们中间飘来飘去。过了很久，我听见自己说："你在哪里?"

"还能在哪里。"她说。

"今天什么班?"

"白班。"

"下班后能过来吗?"

她想了半天说："我不知道。"

巴西海藻足球队

2038 年世界杯成了巴西足球的绝唱。率性好色的巴西球员在澳大利亚不断爆出召妓丑闻，比如天才阿隆佐，据英国《太阳报》报道，他在比赛前夜总喜欢溜到悉尼卡帕红灯区寻花问柳；另外一种传闻是阿隆佐每晚都跑到模特女友芬尼下榻的酒店厮混，把体力毫不吝惜地扔到床上。

这支巴西队注定失败。他们甚至没能小组出线：被亚洲的马尔代夫三球击败，次场又输给了非洲的毛里求斯，第三场勉强以零比零踢平冰岛。阿隆佐遭到巴西举国上下的唾骂，这个贝利、罗纳尔迪尼奥之后最伟大的足球天才一夜之间千夫所指，他在皇家马德里效力期间两夺世界足球先生、欧洲足球先生的光环彻底暗淡了，从澳大利亚灰溜溜地逃回马德里的豪华别墅。在他回到欧洲的当天夜里，两千多名巴西球迷包围了他的别墅，他们把阿隆佐的 10 号球衣浇上汽油，点燃，在他巴洛克风格的别墅周围烧起熊熊大火，马德里出动了上百名防暴警察才驱散了愤怒的巴西人。

巴西足球被逼到了悬崖边上，而 2042 年，它终于摔落悬崖——巴西居然折戟南美区小组赛。32 岁的阿隆佐跑不动了。在他之后没有天才接班，青黄不接的巴西足球向死亡奔去。但据美联社的权威消息，巴西队在预选赛阶段也没闲着，逛窑子，玩派对，夜夜笙歌。这是世界足球最悲哀的时刻，一个传统足球帝国无可挽回地没落了，新霸主的火炬交给了意大利人，法国、西班牙、荷兰紧随其后。就连阿根廷也完蛋了，国内的动荡局势让潘帕斯足球连续8年没有晋级世界杯决赛阶段比赛，顶替巴西、阿根廷的乌拉圭、巴拉圭和哥伦比亚，没有谁能在8年当中顺利冲出小组赛。

一

作为中国权威足球杂志——《冠军》的资深记者，我决定前往巴西考证一个足球王国的衰落。“谁来挽救巴西足球？”当我面对巴西足协主席阿奎亚时，我提出这个所有球迷都关心的问题，我向他指出，现在中国国内的巴西球迷从5000万人减少到不足1000万，球迷把欢呼转送给了法国和意大利。但是巴西足球曾经在中国好几代球迷心中刻下过多么深刻的烙印啊。

阿奎亚，一个据说喜欢美国古老的西部片、超人电影、摇滚乐的老式愤青，一个独身主义者，一个看不出年龄实际超过50岁的老帅哥，相貌酷似几十年前的好莱坞巨星哈里森·福特；更特殊的是，他是阿隆佐的启蒙教练。他用鹰一样的蓝色眼睛打量我，目光深不可测，仿佛为今天的巴西足球无比悲痛，又为巴西足球的未来心急如焚。他首先祝贺中国国家足球队在2042年世界杯中历史性地闯入四强，同时要我代他向全中国的巴西球迷致以真诚的祝福。

“我是在里约卡其贫民窟发现阿隆佐的，”他缓缓走到屋角，在一套SANYO音响中放了一张老掉牙的“恐怖海峡”，这是一支古老的英国摇滚乐队，曲调并不狂躁，相反，充满电子迷幻的主唱深沉的嗓音就像一艘潜水艇在海底游弋。“当时他又瘦又小，像个泥猴，但天才就是天才，你能嗅出他身上那种罕见的气息。谁能在7岁的时候就可以用脚内侧磕球之后接一个漂亮的空中回旋过人？他就做得到。我把他招到圣保罗少年队，教给他更多东西，战术、纪律、跑位……他在噌噌地长个儿。”阿奎亚脸上出现甜蜜沉静的神色，但很快从回忆中挣脱出来，“我和阿隆佐的故事请不要写进你的报道，好吗？”

我答应了。

"阿隆佐16岁开始嫖妓。我管不住他。有一次我深更半夜冲进他和一个妓女的房间，把我自己掏腰包送他的第一双耐克球鞋扔到他脸上，我说：'你滚回卡其吧。'他果然消失了很久……直到两个多月之后，他参加的一支业余球队两球战胜了我调教的圣保罗成年队，他光着脚跑到我的面前，手里捧着那双球鞋，对我说：'我要回来，请你让我回来，我会带领巴西夺取世界杯。'我同意了。他穿上了球鞋。"

我们沉默了很久，"恐怖海峡"的歌声让人恍然回想遥远的20世纪。我猜想阿奎亚一定比所有人都对阿隆佐和巴西队的失败伤心。他是不是后悔当初让阿隆佐当着他的面重新穿上球鞋？

"但是现在，我们找到了让巴西崛起的方法，一个现在还不便于透露的战术体系，或者说，一种结合了巴西足球传统与世界足球潮流的大胆变革，我相信巴西足球会在2046年捧杯。我们现在需要的只是一点点时间。"阿奎亚突然恢复了自信。他双手交叉，身体微微后仰。我注意到他的胸口有一枚巴西足协的徽章，圆形，玫瑰红色，中间是一个踢球者拔脚怒射的黑色剪影。

在我的逼问下，阿奎亚透露了一些巴西足球的崛起计划：阿奎亚及其幕僚决定组建一支特殊的球队。如果不是商业铜臭肆无忌惮的渗透，如果不是巴西人天性中缺少严格自律，如果不是巴西人骨子里对名利的渴望逾越了国家尊严，巴西足球不会有今天。阿奎亚认为巴西的耻辱应该用一种决绝的方式洗刷——站在民族和国家的立场上，让跌落谷底的巴西足球冒一点微不足道的风险算什么？再说，那个在他心底突然涌上来的大胆念头果真有什么风险吗？

阿奎亚开始时被自己的念头吓了一跳，但他很快决定实施它。4月的早晨，阿奎亚独自开着他那辆产自美国、式样古老的福特车，从里约市区驶入红土飞扬的郊外。这些贫民窟场景他再熟悉不过：天空下随风飘动的白色床单，整齐划一的铝皮小屋，到处蔓延生长的杂草，偶尔出现的枪声；在那个叫卡其的小村庄，他找到了最完美的足球11人——一帮在野外踢着破足球光着脚丫的穷孩子。他把他们招集起来，许诺给他们最好的球鞋、球袜、足球和球场，他们肩负着巴西足球的未来。“最多2050年，你们必须站在世界冠军的领奖台上！”他鼓舞着这帮根本没见过世面、平均年龄不足16岁的小屁孩。

阿奎亚认为，巴西足球的衰落的重要原因是在他之前的历任巴西足协高官和球探们已经放弃在国内的贫民窟搜寻天才，他们喜欢跑到欧洲物色一些足球移民的后代滥竽充数，同时，巴西足球无处不在的腐败让一些根本算不上天才的球员充斥各个年龄段的国家队。还有的人希望从足球学校里搜出个把还过得去的，但那里只有富人家庭的纨绔子弟。回归草根，巴西足球才有希望。

这帮小孩被送到远离巴西的加勒比海域，在一个名为“海藻”的小岛上进行封闭式训练——一支神秘之师，拥有世界上最棒的足球教练和硬件设施。阿奎亚把它称之为“海藻集中营”。“朋友，我相信你和你祖国的球迷能明白我的良苦用心，我们必须对巴西足球的未来负责。我已经准备好为了巴西足球付出一切，甚至生命！”最后，阿奎亚走上来，用力握了握我的手。他的大手温热而潮湿，我感到他的目光也在“恐怖海峡”的节拍中潮湿起来。

二

关于这支神秘的足球队有种种猜测。据说他们聘请的教练是法国青少年训练营的名教头米歇尔·达波；欧洲媒体报道说这支足球队享受着总统特权：总统套房、总统膳食、总统年薪。日本的媒体认为他们聘请的教练也可能是我们中国的朱挺，因为他带领中国国青队在去年获得了世界青年足球锦标赛冠军；南美洲各大媒体的报道反而轻描淡写，阿根廷《世界报》的文章标题是：巴西人靠故作神秘无法挺进世界杯。文章认为巴西人不过是故弄玄虚，如果足球不按照足球规律办事，即使扔掉100亿美元、把球员送上月球也不会成功。种种猜测在我看来只是猜测，作为足球王国，巴西人的自尊心能容许其他国家的足球教练染指本国一支最有希望的青年军吗？同时，没有记者真正去过海藻集中营，我们想象中的“特权”很可能只是建立在种种模糊的敬畏之心和幸灾乐祸的基础之上。

我决定冒险探访一下“海藻集中营”。2042 年 11 月，我在炎热的墨西哥湾花了 5000 美元雇了一艘快艇，在当地向导带领下，花两天时间逼近了海藻。11 月的加勒比海风平浪静，我远远看见海岛上高大茂密的椰子树和白色的平顶别墅，再驶近一些，我看到五六块平整的足球场，它们连绵成片，就像镶嵌在海藻深处的绿色钻石。足球场上隐约晃动着一帮孩子，身穿黄色和蓝色的球衣，这就是巴西足球的未来，很可能也是世界足球的未来。

我的向导突然咧咧嘴，熄灭马达。“你自己游过去吧。”他说，“我的船无法靠岸，你已经是第 200 个这么干的傻瓜记者了！”

我只能跳进温热的海水，把防水塑料袋包好的相机举过头顶，向 100 米开外的海藻游去。还好，岛上没人。我激动地上岸，觉得几块顶尖球场变得更加遥远，依稀听到一伙足球少年来回奔跑的呼喊声……一切短得像一个幻影。恍惚间我被几名突然出现的彪形大汉抓住胳膊，他们胸前佩戴着巴西足协的圆形徽章。“请离开这里！”有人冷静地说。我目瞪口呆。其中一个大个子走过来拍拍我的肩：“我们知道你是记者。听我说，对于这支球队，你们只需要在世界杯上观看他们的演出就足够了。这里谢绝骚扰，否则，我们可以按照巴西法律将你送回巴西国内实施 15 个月的监禁。”他话音未落，旁边一个大汉从我手中抢走了相机。他缓慢解开防水塑料袋，拿出它，冲我抱歉地笑笑，猛扔在雪白的沙地上，一脚踩得粉碎。

我回过头，我的向导在 100 米开外冲我挥挥手，似乎在开心地大笑。

三

在从 2043 年以来的 3 年间，巴西海藻足球队一直是各国球迷和媒体眼中最大的谜。时间的流逝从来没有冲淡人们对这支天才球队的猜测，让好奇和遐想在变本加厉。作为记者，我反而越来越冷静，更趋于认同一些业内专家的意见：任何一个国家都有能力配备自己的青少年足球训练基地并建立最科学完善的训练体系，巴西人的遮遮掩掩只是欲盖弥彰，只能说明巴西足球远没有走出低谷，这样的做法危险很大，既远离世界足球潮流，更使巴西人陷入全世界的围攻之中。

3 年来我没能再次采访巴西足协，但据巴西足协官方网站的消息，阿奎亚彻底清除了反对势力，目前在巴西足球界位高权重，一言九鼎，他几乎得到巴西足球官员们上上下下的支持，巴西国内球迷对于这位新任掌门 3 年来的成绩也颇多赞誉之声——包括国少队在内的巴西各级国字号球队 3 年来战绩不俗，呈现强势反弹的趋势。当然，那支在海藻集训的神秘队伍一直没有现身各项赛事。

2045 年年初，我给阿奎亚打了一个国际长途，询问有关这支神秘队伍的近况。他委婉拒绝了我，只是隐约透露：这支球队将在今年 8 月参加在莫桑比克进行的世界青年锦标赛，为 2046 年的世界杯做准备。

“我是一个怀旧的人，”阿奎亚说，“我还是怀念巴西最早的艺术足球，怀念斯科拉里式的攻守平衡。朋友，如果你再来巴西，我会让你听一听我刚刚搞到手的一张涅槃乐队的胶木唱片。”

8 月份在莫桑比克举办的世青赛果然让全世界震惊。来自加勒比小岛海藻的神秘巴西队，小组赛 8 比 0 狂扫上届亚军挪威队，9 比 1 再胜强敌美国队，7 比 0 轻松拿下坦桑尼亚，四分之一决赛 5 比 0 把上届冠军中国队打发回家，半决赛居然以 11 比 0 横扫意大利，决赛对手是法国，是真正的米歇尔·达波率领的法国人，4 比 0，巴西新军干净利落捧起世青赛冠军！全世界为之惊讶。这支巴西队让人不可思议——匪夷所思的齐达内马赛回旋已经加上两次后跟磕球及一次神奇的背部悬球，三角短传精确到毫米，足够充沛的体能保证全攻全守打法毫无破绽。球员杂耍般的球技终于让人想起它的教练只是名不见经传的国内小人物。这是一支魔术队，任何球队要想从他们脚下成功断球几乎难于登天，除非他们自己故意出现失误。

在北京收看电视转播的我目瞪口呆。以我十多年来的专业足球常识及一名足球记者的经验，我知道，这支球队的技术已经抵达人类可能抵达的顶点，这是世界足球的一次划时代革命！巴西搞出这样一支球队我们应该高兴还是悲哀？这帮清一色的土生黑小子组成的队伍把世界足球推进了至少20年！换句话说，未来20年巴西不会碰上任何对手。

我迅速联系中国足协，次日采访了刚从莫桑比克返回的中青队主教练朱挺。他一脸茫然，“我都不知道巴西人的几个球是怎么进的。”他嗫嚅着嘴唇，“太强大了，我们没办法从他们脚下断球，比如第3个进球，对方中后卫——不对，巴西现在的战术中已经没有明确的后卫、前卫，任何人可以在任何地方发起进攻——带球晃过我们3名后卫突然回敲，由守门员发动了一次侮辱性的进攻，传递36脚，最后完成射门的那个头球简直是……”朱挺说不下去了。我想，看过电视的观众都知道是怎么回事——对方10号，罗德里·奥尼，晃过守门员，把球停在球门线上，然后趴下来，用头把它拱进球门。就像当年威廉·华莱士冲着英格兰殖民者脱下裤子，用光屁股羞辱他们。

“他们是怎么做到的？只用了不到3年的时间？”他百思不解。

世青赛之后，全世界陷入深深的焦虑与恐慌。对巴西队的猜测有增无减，有人说巴西人运用了一种极其先进的幻想式训练方法：以球员的幻想为基础，再由电脑辅助把想象中的技术动作转换成现实；也有人猜测巴西人在饮食中增加了某种增进肌肉灵敏度的微量元素，使交感神经空前发达，可以完成任何高难度动作；还有人认为巴西从加勒比深海中获得灵感，其训练方法模仿了鱼类游动的精确快速，一举突破了人类竞技的极限，球员潜能被最大限度开发出来……

9月的一天，我总算拨通了阿奎亚的电话（此前他的手机总是关机），他轻松地笑了，我猜想他现在的感觉一定像古代的君王或者童话里无所不能的魔法师。“你好，朋友，我们的表现你都看见了，巴西足球正在重返世界之巅。我们的目标是明年、2050年、2054年的世界杯冠军，实现史无前例的三连冠。我跟你说过，这是一帮天才。明年世界杯夺冠后，欢迎你到巴西做客，我说过，我们可以一起听一听那张古老的涅槃乐队。”

他爽朗地大笑起来。我审慎表达了敬意和祝福，同时也为中国足球的未来深感忧虑——照这样下去，中国国家足球队什么时候才能染指世界杯？

据巴西本地媒体报道，那个叫卡其的小村落已经被里约城市复兴计划中的高楼大厦和商业中心取代。天才辈出的里约贫民窟永远消失了。

四

现在要我向你们复述巴西夺得2046年世界杯的历程实在很无趣。它太没有悬念，也太让人沮丧，从而消弭了所有可能（包括足球运动本身）带来的极度震撼。巴西在决赛中7比0横扫意大利，世青赛上一鸣惊人的罗德里·奥尼在世界杯上的表现只能用“不可思议”来形容，他简直让贝利、马拉多纳、齐达内、罗纳尔迪尼奥黯然失色。波兰华沙球场8万观众眼睁睁看着他一再戏耍对方后卫、前卫、前锋甚至守门员，用他最擅长也是最匪夷所思的后跟磕球接两次马赛大回旋。这届比赛他独进21球，创造世界杯进球最新纪录。赛后国际足联准备设立10万美元的罗德里射手奖金，鼓励今后的射手们超越这个恐怖的进球数字，但在我看来这个记录除了罗德里本人，恐怕再过200年也没人有本事打破。

功成名就的罗德里·奥尼很少接受媒体采访，在有限的电视画面中，这是一个羞怯腼腆像个女孩的小子，说话仍然奶里奶气，不怎么看镜头，两只手背在身后。给我留下深刻印象的是巴西夺冠之后他又蹦又跳的样子，冲着镜头顽皮地说：“我会拿出自己的奖金给每一个巴西球迷复制一支大力神杯，让他们一直玩到2050年！”

我打算采访罗德里·奥尼，但是采访请求石沉大海。

2046～2050年之间的4年，没有媒体能挨近这支巴西队。他们依然神秘。罗德里太没有前辈们的风范了，比如罗纳尔多、罗纳尔迪尼奥，这些巴西巨星喜欢拍各种各样的广告、找女人，喜欢大把大把捞钱再大把大把扔钱。罗德里不是这样，他和他的海藻足球队似乎更乐于从地球上消失，他们不愿享受声名或者金钱。在商业臭气像汽车尾气一样泛滥的世界里，这帮巴西小子居然能活得像一群世外高人。

没人能破解这个谜。

2050 年，当我已经是一个 1 岁孩子的父亲，巴西海藻足球队再次获得世界冠军。我一度打算放弃世界足球报道，退出专业足球记者的行列，因为一枝独秀的巴西让全世界都失去了悬念。世界杯不再是 100 年前我们热衷的猜测、热爱、悬念和孤注一掷的混合天使，它完全变味了，这是巴西人的天下。悬念消失后只有持久的无聊感和莫名的空虚，就像你跟一个绝世美女刚刚做过一次爱，她就哭着喊着非你不嫁。我决定举家迁回故乡昆明，找一条安静的小街，开一个小小的名为海明威或者博尔赫斯的书店悠闲地打发余生。远离再也不能刺激你肾上腺素的足球吧，宁可看看委内瑞拉人怎么打乒乓球。但就在 2051 年年初，当我真的打算辞去《冠军》杂志的职务永远退出这个圈子的时候，事情发生了变化。

2050 年之后的几大世界级赛事：五大洲冠军杯、世界俱乐部杯、世界杯预选赛、联合会杯突然出现反常。法国、意大利、保加利亚、荷兰足球强势反弹，开始逼平甚至战胜由罗德里·奥尼领衔的巴西队。世界足坛终于像一座遭遇暖流的冰山悄悄解冻了。有消息说，这些国家的足协通过高科技手段和不懈的努力终于破译了巴西足球密码，换言之，他们逐渐从一些蛛丝马迹中掌握了巴西足球神秘的训练方法。

迄今为止，还没有人知道巴西的足球之谜，那些传统足球强国究竟如何崛起的？

我放弃了辞职的念头，如果能彻底破解这个谜题，何尝不是对我二十多年记者生涯的最大回馈？2053 年 11 月，我来到 2054 年世界杯举办国捷克，空气里还闻不到足够的足球气息，无论官方或民间，似乎对于没有悬念的世界杯提不起劲来。半个月后我在瑞士国际足联总部终于采访到现任国际足联主席胡拉特，他的焦虑和担心很直接，同时证实了足球运动的影响力正在大幅下降。“据我们统计，2046

年、2050 年两届世界杯观众人数急遽下滑，尤其是小组赛阶段的座位甚至空置了 30%。我们的电视转播受到巨大影响，纪念品、世界杯系列活动、电影、电视、各种产品全部受到牵连，国际足联损失高达 150 亿美元。要命的是，主办国在世界杯期间的足球气息和 2042 年以前完全不可同日而语了，”胡拉特痛心疾首，“还记得太太团吗？”

我知道这个特别的称谓来自 2006 年德国世界杯，当时英格兰著名球星贝克汉姆的妻子维多利亚率领一帮球星的妻子、女友涌向德国，是世界杯赛事之外的最大看点。那届世界杯是巴西巨星罗纳尔迪尼奥的滑铁卢，尽管四年之后他率领巴西队在南非获得亚军。2006 年也被足球史学家们视为巴西足球王国衰落的起点。“太太团”是当时所有球队随军征战的女人团队的别称，当时不仅英格兰队拥有太太团，随军远征的还有西班牙、荷兰、巴西、法国、意大利……

“那一届世界杯太辉煌了，女人简直是火车头，率领世界杯一路高歌猛进，给国际足联带来 15 亿美元的收益。但是我们实在不明白，2046 年以来，我们的足球运动员几乎变成了清教徒，太太团在大量减少，各个举办国的性产业跌落谷底——这个请不要写进你的报道——人气，你懂吗？足球和性有时是一对孪生兄弟，他们聚集了大量人气，同时赚到了大量的钱。皆大欢喜，无论是赞助商、球员、国际足联还是世界杯举办国。如果这项运动缺乏关注，足球的未来在哪里？”胡拉特忧心忡忡。

“可是为什么呢？主席先生，难道足球一夜之间真的变成了一项纯洁高尚的绅士运动？”

“这也是我想问你的。究竟是什么原因，足球运动在 2046 年之后，准确说，就是那支战无不胜的巴西海藻队面世之后，他们不仅给足球运动带来根本性变化，还同时带来致命打击。为什么？我们也想找到答案。阿奎亚一直守口如瓶。话说回来，你的确不能对一支踢得这么漂亮的球队说三道四。他们奉献的是超出足球运动 100 年的精彩比赛。但在国际足联的立场上，我希望你能明白，我们必须考虑足球运动的未来。”胡拉特深深叹息，“好在，足球运动现在终于出现了复苏迹象……”

五

2054年世界杯如期在6月8日打响。巴西人在罗德里·奥尼的率领下毫无悬念地杀入决赛——小组赛对阵科特迪瓦创造了13球的100年来世界杯复赛阶段最高进球记录。另外一支闯入决赛的球队是荷兰。这支强势反弹的球队在八分之一决赛干掉了意大利，四分之一点球淘汰德国，半决赛再以点球击败法国。他们同样令人惊讶地踢出了赏心悦目的攻势足球，其精妙的球技战术不比巴西人逊色多少。

曾经出现的群雄争霸时代仿佛回来了。捷克国内冷淡的足球氛围逐渐好转，那些远离足球的观众开始缓慢回归，但实在称不上火爆。7月8日是决赛日的前一天，我从下榻的酒店走上布拉格街头，这里有圆形的类似罗马斗兽场的音乐喷泉广场，有口感微苦的大麦啤酒，昏黄的街灯冷冷打量着大街上面目冷峻、身材高大的捷克人。就像返回中世纪，人们习惯在黑暗和孤独中忍受无聊庸俗的生活。只有市政大厦门楣上飘摆的世界杯旗帜与吉祥物——一只可爱的长胡子的鼹鼠——在提醒这里正在举办世界杯。广场上的流浪艺人拉着手风琴唱着斯堪地亚民歌，喝醉了的捷克男人在小巷深处跌跌撞撞，把刚刚灌进去的啤酒狠狠吐出来。

我来到一条僻静的小巷，在一个露天酒吧间门口坐下，要了一扎冰镇大麦黑啤。整个世界杯期间我在捷克几大城市之间来回奔波，有时忙碌的间隙让我产生可怕的恍惚：我走在一条什么样的人生之路上？哪里是终点？我掏出5岁儿子的照片仔细端详，幻想自己就坐在故乡昆明的街头，和妻子儿子欣赏落日，聆听隔壁酒吧传出的吵闹声。我什么时候才能在生活的高速列车上停下来成为合格的丈夫和父亲？

出现了3个漂亮的穿着波西米亚披肩和长裙的卷发女孩。她们在我旁边一张酒桌前坐下，大声说话，抽烟，要了6扎大麦啤酒。其中一个纤瘦的姑娘看了看我，我也看了看她，冲她友好地微笑。她笑着冲我挥挥手，我能清楚地看到她披肩下的雪白皮肤。

“日本人，你说英语吗？一起喝一杯？”

“中国人，我是中国人。”我用英语回答，“我恐怕待不了几分钟。”

她起身走向我。她的两个同伴回头打量我，面带微笑。我已经猜出她们的身份。

“我喜欢喝加苏打水的杜松子酒。”姑娘在我身边落座。她看起来很苗条。漂亮而苗条，骨骼宽大。典型的东欧女孩。

当掺过苏打和冰块的杜松子酒端上来，她突然捧起我的下巴轻轻一吻：“今晚要我陪陪你吗？我猜你是采访世界杯的记者。”

我不置可否。一来因为没有召妓的癖好，二来明天是决赛日，我对足球之外的任何东西都不感兴趣，晚上回到宾馆还得赶紧把专栏赶出来发回《冠军》。

“200 欧元。不能再少了。”她说。

“算了吧，”我说，“你知道，干我们这行的既没钱又没时间。”

她哈哈大笑，一点也不失望。“那至少可以请我喝杯酒。”她端起杯子轻轻呷了一口，“说说看，你这一个月都采访了几个球星？”

“五六个吧，意大利的维拉西，法国的帕蒂，荷兰的德尔德斯，日本的村口介之……”我告诉她，在混合区做采访并不困难，世界杯举办方或国际足联都会为世界各国的记者提供这样的机会。其中两三个球星是我单独跑到他们下榻的酒店软磨硬泡通过预约获得的单独采访，当然，这中间少不了新华社驻外朋友的帮忙。这些成名成腕的球星大多脾气随和，尽管算不上口齿伶俐。

“没有采访过巴西队？比如罗德里·奥尼？”她的问题让我猝不及防。她击中了我的痛处。

“没有任何人可以采访到巴西队，8 年前他们在波兰夺冠，8 年来他们一直是超级沉默的神秘部队。我猜他们是不是担心一开口就暴露了什么可怕的咒语，或者他们一开口就会让全世界的演说家都闭嘴？”

姑娘笑了，凑近我，给我带来一个意想不到的惊喜，“听我说，我去过巴西人下榻的希尔顿酒店。我知道他们住哪一层，甚至知道罗德里的房间。要我提供给你吗？"

我有点吃惊，随即怀疑这句话的真实性。"你的意思是，你曾经……"我做了一个手势。她摇头："不，巴西人对我不感兴趣，你就是光着屁股拽住他也没用。他们总是把我们粗暴地推搡开。奇怪的是，这届世界杯上德国、意大利、法国、荷兰，这些狗屁国家的不少足球运动员都变成了循规蹈矩的清教徒，谁都不愿意在大赛期间和性这东西沾上边！足球变干净了。"

"你可以找找球迷。"

"别提了，"她喝一口杜松子酒，使劲摆摆手，"球迷不多，你都看见了，而且有他们喜欢的球星带头，都对性丧失了兴趣。真见鬼！"

"难道足球被彻底改变了？"

"我去过很多国家，只要在足球赛期间，我们的生意都好不了。"她悲哀地打量着我，"你看，就连你这个从中国跑来的老家伙也只惦记着明天的决赛。"

我只能抱歉地笑笑，悄悄把一张 100 欧元钞票塞进木桌下她的黑色长筒袜里。她笑得很迷人，低声告诉我："罗德里·奥尼下榻希尔顿 1101 房间。"

我们聊了大约二十分钟后，她回到她的同伴那里。我向三个姑娘道别，徒步穿过布拉格广场回到我下榻的海滨酒店，找出录音笔和微型摄像机，然后走出酒店，跳上一辆出租车直奔希尔顿。比赛至今巴西人多次更换过下榻宾馆，头昏脑涨的记者们早就对沉默的巴西人厌倦至极，除了比赛前后主教练、领队例行公事的新闻发布会，我们一般不再对巴西队进行任何报道。但是今晚，我希望我能获取一些有价值的东西，至少让我的 100 欧元捞回几句"独家"。

巴西人包下了整个希尔顿酒店。我只能在酒店门外拨打前台电话让转接 1101 房间。服务员警惕地询问我的身份，我撒谎说这是巴西足协的长途电话，如果不相信可以查一查我的号码，我准确报出了罗德里·奥尼的大名；服务生略为迟疑就把我的电话转接进去了。接电话的一瞬间我以为自己听错了：对方操着熟练的葡萄牙语，但这是一个孩子的声音。

“你好。”他说。

“你好，我找罗德里·奥尼先生。”我用并不熟练的葡萄牙语说。

“我就是。”这个孩子般的嗓音说。

我非常吃惊。看来 8 年过去，已经 26 岁的罗德里·奥尼完全没有长大。我紧张地继续用蹩脚的葡萄牙语自报家门并试探着问他能否接受 20 分钟专访，他沉默了。我赶紧说：“我们可以为这次专访支付 50 万欧元。”罗德里·奥尼笑了，电话里的声音完全是一个 5 岁孩子清脆的银铃般的声音。这声音突然让我毛骨悚然——我想起金庸小说里的天山童姥之类的诡异角色。

“你难道不知道巴西队员从来不接受媒体采访吗？”

“可是我希望我能够打破这条不成文的规矩。阿奎亚跟我说过你，说你是他在卡其村庄的泥地球场上发现的天才。”

“我不想说什么，但可能会在决赛之后说。”他的声音听上去疲惫而无奈。我捕捉到他细微的感情变化。他一定有什么东西渴望向全世界公布。

“是关于海藻集中营吗？我们有各种各样的猜测，包括你，罗德里，今后你的道路在哪里？告别足球之后，你会选择什么样的生活？你的人生能摆脱神秘的海藻吗？”

“猜测只是猜测。我会在决赛之后告诉你们一些东西。”

“能简单透露你赛后可能表达的主题吗？”

这个孩子般的嗓音沉吟着，最后说出的话让我心惊肉跳：“是仇恨。你知道，各个国家的足球在崛起，巴西队其实没有多少优势了。他们可能已经掌握了巴西的训练方法。我会在决赛之后，在巴西队再次捧起世界杯冠军之后告诉你一切。当然，我们有可能无法捧杯，但我一定会告诉你我们的仇恨。好了，这就是我今天所能说的。再见。”

我只能返回到海滨酒店，一路揣测究竟什么是罗德里的仇恨。为他这句话我该不该发稿？巴西球员仇恨巴西足协？还是巴西球员彼此仇恨？或者巴西天才们仇恨足球运动本身？……葡萄牙语的 IDIO

（复仇）具有某种深不可测的魔力，就像布拉格这个名城能引发人们无穷的意识形态想象一样，而米兰·昆德拉又赋予了它某种神秘的放荡而浪漫的气质。实在让人无从猜测。算了吧，那就等到赛后再说。

在距离酒店大门不远的一条街道上我意外撞见在酒吧门口碰到的另外两个姑娘。她们已经喝得脚步踉跄，似乎认出了我，“那帮荷兰杂种，我诅咒他们下地狱，下地狱！”她们在杜塞尔酒店试图招揽荷兰球员的计划失败了，还遭到两名黑人球员的攻击。“我恨不能割掉荷兰人的老二喂狗！”她们叫嚷着，很快消失在布拉格的夜色里。

六

第30届世界杯决赛赛场的上座率超出预料：布拉格骑兵球场来了80%的观众，人们重新嗅到了20年前的足球气息。但这场在赛前被认为一边倒的比赛出现令人意外的对攻场面。巴西人罗德里·奥尼居然完全不在状态，他神奇的两次马赛回旋加脚后跟磕球过人不见了，我们甚至找不到他在哪里。橙色荷兰队发起一轮又一轮猛攻，尤其左翼的德尔德斯就像一把锋利的手术刀在巴西后场从容穿行。我的天，我终于拿到了巴西队首发名单，印证了电视转播给出的名单真实无误：瓦瓦，达达，席尔伯托，兰杰斯，柯里齐奥……竟然有5名海藻派球员不在首发之列。只有天王巨星罗德里·奥尼独撑大局。可他在梦游。这不是我们熟悉的巴西队，不是我们熟悉的那个世界冠军。发生了什么？

只要巴西人拿球，全场嘘声四起。

来自英国天空电视台评论席的猜测是，巴西队海藻派球员在半决赛上意外受伤，只能尽遣几名陌生的世界杯之前从国内征调的替补。

突然的变故让各国的转播评论热闹非凡。我赶紧拨通了国内编辑部电话，得到的答复是，巴西队的奇异变阵竟使当天的电视转播收视率提升了40%！比赛过程印证了观众对世界足球新秩序的极度渴望，荷兰队的猛攻使呐喊声歌唱声一浪高过一浪——我终于闻到了空气中久违的荷尔蒙气息，一场期待已久的决赛才真正像一场冷兵器时代的短兵相接而不是篮球般的一边倒或者蒙骗世界的杂耍表演。场面很精彩，巴西队在左路组织进攻，罗德里·奥尼接球后遭到荷兰两名中卫的贴身紧逼，球很快被断下，传到前场，荷兰队 10 号范布斯接球转身晃过巴西一名防守队员传中，9 号斯迪特赶上凌空抽射，球进了！骑兵体育场上空一片沸腾，观众的呐喊和嘶吼几乎能掀翻整个球场。我身边法国电视 3 台的评论员发出了尖叫：“巴西人，狂妄自大的巴西人正在为自己的狂妄付出代价！战无不胜的巴西，攻无不克的巴西，居然以 8 名来自欧洲小球会的替补阵容应战强大的荷兰，他们是因为厌倦了世界冠军而要把它拱手让出吗？”

让人看不懂的巴西队在上半场连丢两球。全世界在奔走相告。转播收视率飙升到 70%。疯狂的热浪灼伤了布拉格，巴西队的落后就像 8 年前巴西队的奇迹一样不可思议。海藻巴西终于遭到了 12 年来的首次羞辱，天啊，这是世界足球重新迈向战国时代的象征吗？

中场休息时我在巴西评论席获悉，决赛前赶到布拉格的阿奎亚很可能就在运动员休息室着急上火。我越过保安的拦截冲向那里。但是没有阿奎亚。有人说他在贵宾休息室。我折回二楼看台中部的贵宾室门外，果然看见巨大的玻璃窗后面脸色铁青接听手机的阿奎亚。8 年过去，他似乎苍老了许多。在他转过头的刹那似乎认出了玻璃墙外的我。他目光游移不定神思恍惚，嘴角努力挤出一丝微笑。我请求保安让我进去，但是对方一把将我推了出来。我看见阿奎亚匆匆关上贵宾室的百叶窗，目光从我脸上掠过，曾经的锋利深邃完全被疲惫和困惑代替了。

下半场，巴西人再丢两球。4 比 0，荷兰人终于获得世界冠军。全世界在这一刻彻底疯了。偌大的骑兵体育场顷刻变成巨大的狂欢派对，焰火、音乐、歌声、吼叫……胜利属于所有人，除了巴西。我们在茫茫人海中根本找不到巴西队踪迹。来自巴西评论席的消息是，海藻派球员缺席是因为他们昨天在恢复性训练中顶撞了主教练，同时和阿奎亚发生了肢体冲突。我知道全世界的记者现在都希望采访巴西队，但我知道全世界的记者比以往任何时候更难以采访到它，巴西队将三缄其口。这个巨大的秘密或许将在三年、五年甚至更长的时间之后才可能揭晓。

我还是拨通了希尔顿酒店前台，得到的答复是，巴西队在比赛之前已经退房。

漫天焰火的呛人气息让人回想起远古的战场。欢乐终于降临布拉格。我神思恍惚，觉得自己同时经历了天堂和地狱，并且永远在这种周而复始的闹剧或奇迹中徘徊。我在焰火的光亮里看到美丽的妻子，长得像我的儿子，昆明的深邃夜空，没完没了的艰难生活。是我自己微不足道，还是足球原本就不值一提？我不知道。

世界杯结束后两小时，我才获悉布拉格之夜出现了足球史上最暴力的惨案——当然，就在惨案发生的同时，漫天焰火正在夜空中怒放。

七

我是在房间电脑前被惊醒的。隔壁的墨西哥记者破门而入大声嚷嚷着球场出事了。现在布拉格出动了1000名警察封锁了整个骑兵球场。我一跃而起，冲下酒店，冲上出租车，冲向那个神秘而诡异的欢乐天堂。

在事后看来这只是一起简单的刑事案件：一群巴西海藻派球员——包括罗德里在内——比赛结束后从运动员通道来到贵宾休息室。他们用一种捷克本地出产的水果刀阉割了独自待在休息室里的阿奎亚。当全世界记者聚集到贵宾室门口，被封锁的现场四处弥漫着令人作呕的腥臭气息。有人描绘当时恐怖的场景：阿奎亚被11名球员围在圆心，他们按住这个64岁的老人，扒光他的裤子，抽出水果刀。他们就像在进行一个神秘而冷静的仪式。

次日中午，罗德里在警方监控下终于接受了几大通讯社的采访。他表情冷静嗓音尖细。这也是罗德里极其罕见地面对摄像机开口说话。“12年前，阿奎亚阉割了我们11个孩子，将我们扔到一个海岛上封闭训练。但就在昨天甚至今天中场休息时，他居然阻止我们赢得我们理应得到的世界冠军！”罗德里的话让我怀疑自己是不是听错了。我相信全世界都鸦雀无声。他流泪了，这个可怜的孩子，“如果我们连获取胜利的权利也被剥夺了，我们存在的意义是什么？我们干嘛跑到捷克来？我只想说出真相，至于事件的后果，可以让全世界球迷来判断。但我坚信我们做了一件正确的事，我愿意为此受到任何惩罚……我恨你，阿奎亚！我们每一个人都憎恨你！”

世界杯以这样一种极不体面的方式结束了，巴西人垄断足球十多年的秘密终于揭开。我眼前浮现出十多年前我游过一百多米海水前往海藻小岛探访这支神秘球队的所有细节。阉割，阿奎亚模仿了历史上炮制阉人歌手的方法，后者可以保持完美的接近上帝的嗓音，唱出多个 HI“D”；他还模仿了中国历史上制造宦官的宫闱传奇，这些人在很多朝代中大权独揽；可以说，阿奎亚潜心模仿了人类最隐秘的炮制杰出人物的历史奇技。

罗德里站起身来，泪流满面，向全世界深深鞠躬。

事情并没有结束，在随后的一个月里，法国、意大利、德国、西班牙等等强队纷纷爆出足协官员惨遭阉割的丑闻——在各国追赶巴西人的进程中，他们找到了这个秘密武器，只不过阉割球员顶多 3 ~ 5 名。现在全世界开始质疑新科世界冠军荷兰队的男人身份，荷兰足协主席范特加尔终于向全世界公开宣布：如果查出有阉人参与了世界杯并帮助荷兰夺冠，他将引咎辞职。然而来自国际足联的统计是，捷克世界杯决赛带来 20 亿美元收入，当天夜里，布拉格变成人间天堂，不少性工作者在后半夜因为受不了而罢工；胡拉特惋惜地在电视里开玩笑：“如果每场比赛都这么惊心动魄、冷门不断该多好！”

两个月后，在我结束记者生涯之前，我终于在昆明文林街租下一间 60 平米的小屋，开了一家名为“第三者”的书吧。我希望自己的后半生能在书香茶韵里安然度过，而不再是绕着地球疲于奔命。我记者生涯的最后一次采访是飞往巴西探望已经痊愈的阿奎亚。这是 9 月的午后，天气晴朗，巴西的夏天虽然炎热但并不让人郁闷。我获准进入阿奎亚那间宽大的办公室，让我惊讶的是，这里居然没有任何改变，只是空气中多了一丝木质家具的霉腐气息。阳光从窗外投射进来，整个办公室像黄昏一样迷离模糊。我突然听到了老派的摇滚：是著名的涅槃乐队那首经典的《About a Girl》。凄厉的嗓音穿插进来，我站在原地，心中说不出的伤感。一个苍老的没有任何变化的声音从身后传来，“你好，我的朋友。欢迎再次来到巴西。”我回过头，看见站在门口的阿奎亚，他站得笔直。但我无法看清他的双眼。

“这是我最喜欢的摇滚乐队，但是，现在还有几个人在听涅槃？”阿奎亚笑了，他缓缓走近我，“我知道你这次采访的目的。但你还记得十多年前我跟你说过的阿隆佐吗？16 岁那年他第一次嫖妓，我开除了他，26 岁那年，他们输掉了冠军。当他们回到巴西，我拒绝和阿隆佐见面，我永远不想见到他……我只想告诉你，我让巴西成为世界上最强大的球队，但是，世界上不能仅仅只有一支巴西，世界足球需要回到它自己的轨道上。在某些地方，我们必须和国际足联保持一致。足球在二十多年前不仅仅只是足球，它还需要太太团之类的东西。时间会证明我究竟是错了，还是正确的。”

阿奎亚透露的细节能让我写出一篇轰动世界的“独家”：决赛前夜，阿奎亚与胡拉特商定让荷兰人胜出以保证世界足球的长久利益，就像著名的犹大为了证明耶稣的神性不惜让自己千夫所指。他坚持不把 5 名海藻球员派上场，让队医耍了一点小花招就让罗德里状态尽失——唯一的意外是海藻派球员对老人的集体报复。但这对于抱定独身、以足球为终身理想的阿奎亚来说，布拉格之夜究竟是毁了他还是帮助了他？

阿奎亚从宽大的抽屉里拿出一只小小的纸箱，从里面取出一双破旧的 36 码的黑色耐克足球鞋，我看见鞋舌上有缝制上去的蓝色的“阿隆佐”字样。他轻轻抚摸着它。“朋友，这是我这一生最好的也是最糟糕的纪念。”他仿佛在孤独地自言自语。

我们不再谈论足球，而是安静地坐下来，聆听这支远在 20 世纪 80 年代著名的朋克乐队最动人的声音。暗淡的阳光最终抹掉了阿奎亚那张虚幻苍老的脸。

终场哨

他回家的时候前妻不在，房间里很冷，像刚下过雪。可这才9月，昆明的9月还热得让人冒汗哪。他按亮电灯，一楼的家就算在明亮的大下午也黑乎乎的，客厅空空荡荡，外面楼房的反光让他睁不开眼睛。他在茶几面前站了站，坐进沙发里发呆。后来终于听到开门声，前妻赵樱兰拎一只塑料袋进来了。谁也没说话，她直奔厨房。他在她身后说："我不吹比赛了，今后都不想再吹了，我被一帮20出头的小杂种追得满场乱跑，他们揍我，他们差点要了我的老命。"

赵樱兰不太相信他的话：在今天举行的一场昆明业余足球联赛四分之一决赛中，担任裁判的李木——她的前夫被其中一支球队的三四名球员追打，就像追赶一只老鼠一样把这个54岁的老头赶向球场角落，他们在角球区附近堵住他，骂他，诅咒他，揍他；李木护住脑袋，鼻子还是被打破了，他摸了一把，满手是血，回家途中它才慢慢止住。如果不是足协官员和几名年轻裁判出面，他想他一定会被这帮小杂种活活打死。他们像一群失控的畜生。他脑子里很乱，没法想清楚这一切。他们怎么能这么对待一个满脸皱纹的老头？怎么下得了手？他都老得可以做他们爹啦。最先动手的小子是8号，一个不错的中场球员，他上半场还判给他一粒前场任意球呢，就因为对方后卫一次小小的推搡。他居然忘恩负义，骂他老杂种，吃屎的猪。

赵樱兰站在厨房里，借助窗外明亮的光线打量李木。她看到了他所说的东西，瘀青，流过血的伤痕和他又黑又皱的皮肤下面的沉重哀伤。赵樱兰转过身，一阵冷笑："活该，我早说过那种破比赛你不要吹了，那么大把年纪还玩什么足球？这回信我的话了？"

"我吹了一辈子足球，昆明没几个一级裁判……"

他的前妻不耐烦地打断他："不想再听你说这些屁话，有本事冲那些揍你的小杂种去说。"

李木不再说了，心里的悲凉一点点冷却，最后比水泥碴子还硬。他回到客厅里站着，听到院子里一记清脆的口哨，一定是隔壁那个23岁的漂亮姑娘的男朋友又来了。他打开门走出去，带上门，没有搭理前妻的嘶吼，那种漠然中间居然有些赌气似的幸灾乐祸。"你不在家吃饭啊？我买那么多菜……""那你自己吃吧，"他想，"你自己慢慢吃，你要是心情不错，可以吃到撑死老死，我再把你抬出我的房门。"他们是5年前离的，赵樱兰再无地方可去，只能搬回来和他一起住。可你要奢望一个出走过的女人对你好一点是没希望的，那比苛求爱情还难。

赵樱兰一直追到阳台上，凄厉的嗓门在院子里传得很远："你要去哪里？你不吃饭你要去哪里？"

他没吭声，也没回头。

文林街一带属于年轻人，54岁的李木被来自师大、云大、理工大的学生们包围，这里本来就是高校区，新建设电影院的霓虹灯在天黑之前纷纷亮起来了，到处是汽车、音乐和叽叽喳喳的说话声，街边的梧桐树影沉溺在杂货店、酒吧和餐馆之间，成片的灯光让硬邦邦的柏油路面变得内向而温柔。他并不觉得饿，虽然到处是米线和烧烤的浓烈香味。他眼前还在回荡8号小子挥出的老拳，他浑身肌肉，球衣全湿了，散发出浓烈汗臭。那一下子是在警告一个老头必须认清处境：这是年轻人的天下，他只是球场上一个可有可无的配角，连腿脚都不太灵便了；他们要是加快节奏，他别想追上去，让他来判罚一场比赛不过是给这个老家伙一个挣点外快的机会。可是，8号小子知道吗，他可是连续三届昆明业余联赛的最佳裁判，连续四届裁判长。当年哪个小杂种胆敢这样对待裁判？谁敢？世风日下啊，这帮小子眼里只有胜负，哪还有老头子的位置？赵樱兰说得没错，老不死的李木还瞎凑什么热闹？

儿子李果的杂货店就在文林街尽头，距离新建设电影院太远，生意冷冷清清，他凑近门口时看见李果正低头看一本杂志。他过早地谢了顶，在灯光下露出苍白的头皮。李木在门口站了站，走过去敲他的玻璃柜台。李果抬头狐疑地望着他，像打量那些来买简易避孕套的家伙。他从鼻孔里哼了一声，说："怎么是你？"

"没生意？"

"8 点以后会好一点。"李果重新把脑袋埋下去，这是一本时尚杂志，穿着三点式泳装的金发姑娘很漂亮，像钞票一样扎眼。李果迅速把这页翻过去。新的一页全是密密麻麻的黑字。

"怎么不回家？吃了吗？"

李木没回答。他把角落里一只红色塑料板凳拖过来，在他儿子对面坐下。"王丽娜呢？"他说。李果还是没抬头，这让李木清楚看到他眼角细细的皱纹越来越多了。这个 28 岁的小子还不愿意结婚，他跟王丽娜住在一起，就住在店面背后一个一室一厅的小套间，每年租金 3 万，快两年了。他希望李果赶紧生个儿子，结不结婚不要紧。他真想抱抱孙子。儿子从小到大没跟他惹过麻烦，也没拿过什么奖状，他觉得这就够了，有一家店，有个爱他的姑娘，迟早要结婚生子的。那就够了。

"同学聚会。"李果说，"她说她去参加同学聚会。"一个漂亮女孩进来买走一盒香烟，他起身收钱找零，把一盒贵得离谱的三五递给她。

"你妈说，王丽娜昨晚就去同学聚会了？"

"她昨天就去了，现在还没回来。你别问我，我什么也不知道。"

李木眼睁睁看着儿子重新坐回去，捧起杂志。他似乎没一点心情和他老子说话。他巴不得他赶紧走。

"又吵架了？"

李果没承认，也没否认，事实像他们同居这件事情一样真切地写在他脸上哪。傍晚薄薄的夜色铺在文林街上，公共汽车从门口呼啸而过，附近酒吧一直回荡着叮叮当当的音乐。

"你爹我出事了。"李木终于说，"我今天在海埂吹业余联赛……"

他们就是在这个时候发现那条狗的——就在门口人行道上，一条黑白杂色狗，很丑，耳朵耷拉着，眼神孤独凄怆，有气无力地望着他们爷俩，仿佛要乞讨一点寻常的关注。李果问他："这是谁的狗，是楼下老钱的吗？"李木答不上来。他不记得走出小区时这条狗是否就跟上他了，说不准它刚刚抵达这里。可它的模样倒像是它一直就属于他的，它和他之间的熟悉竟一望便知，那是一种无法解释的神秘联系。可它绝对不是楼下老钱那条癞皮狗。李果也看清楚了，起身想把它从店门口轰走。可它两耳打个激灵，微微抬了抬下巴就又扒下了，继续盯着李木，目光潮湿而谦卑。李木制止了儿子，告诉他狗到门前自有福。他们安静地彼此打量了很久，李果才问他："你刚才说什么？"

"我在海埂吹比赛……"

"还吹那种破比赛啊？"

"你听我说，足协的人找到我，不能不去。"他盯着自己的儿子，努力回忆他小时候的模样：肥头大耳，肉嘟嘟的下巴，和现在截然不同。一个人，一个你生出来的人，怎么有如此巨大的反差呢？他从小就是个听话的小子，三岁的时候掉进池塘里差点淹死，如果不是他听人报信后一头扎进去把他捞起来，他能有今天？老子给了你两条命。他想。他跟他追溯今天的事情时，心里就是这么想的。李果小时候的模样出奇地清晰，像一张彩色照片在他眼前摇曳。李果抬起头来，盯着他看，目光是深褐色的，已经带上中年人的疲惫倦怠，似乎对一切事物都提不起兴趣。

"他们揍你？真揍吗？鼻子？"

"就是这里。"李木指给儿子看，突然觉得那么无助，像他的儿子而不是老子。那种结结实实的委屈让他鼻子发酸，就好像他丢失了什么最珍贵的东西。可不能让这种感情泛滥开来。他知道界线在哪里。

"这帮小杂种。"李果说，语气并不凶狠，反而有点敷衍，"你怎么不报警呢？你应该报警。”

他说出队名，明明知道没什么用。他反复说着那些细节。

“要是在从前，借他们十个狗胆。你爹我吹一辈子裁判，还是头一回……”他唠唠叨叨。李果点头，叹气，最后直愣愣地看着他：“我跟我妈说过，让她管管你，这把年纪还吹什么狗屁裁判？”一个中年人进来买了一瓶鹤庆大麦酒，把他们的对话打断了。他走掉之后李木觉得他和李果之间的气氛已经明显不对头。那条狗还趴在门外，黑色的脑袋搁在毛茸茸的前爪上。李果开始耐心地挖鼻孔。

“你已经退休了。”他说，“你要是没事干，你就研究一下怎么样和我妈复婚吧。整天泡在球场上搞什么名堂？”

“我和你妈的事，你少管。”

“那你说说这个狗屁的王丽娜，两天没回家，她干什么去了？跟她的高中恋人私奔了吗？我打了两天电话，接不通。”李果突然满脸焦急，他刚才竭力掩饰的东西总算袒露出来，像大雨冲掉泥巴，下面就是硬邦邦的花岗岩。他的眼神很像楼下老钱家养的那条癞皮狗，那么恓恓遑遑，被老钱打得满院子飞奔。

“你快打110啊！”

李果无力地摇头，目光停留在那条杂种狗身上。“王丽娜那么聪明，死不了。让她疯去，让她玩尽兴。回来看我怎么收拾她。”

李木向儿子告辞，看着他挖出一团鼻屎擦在脚底。真恶心。他被一种迟钝而模糊的沮丧牢牢抓住了，那种寒冷刺骨的感觉又回来了。“我走了。”他一声长叹，回到人影交错的文林街上去。外面的漆黑加重了，公交车厚厚的背影像一幢摇摇晃晃的房子，随时可能垮塌。那条狗居然站起来了，一动不动，抬头打量他。李果倚在门框上喝令它滚开，他制止了他。李果大声说：“想开一点，算了，就当被你孙子打了吧。这种比赛你能有什么办法……”

没错，这种比赛你有什么办法？他两手插在衣兜里，在文林街与钱局街的交叉路口呆站了很久，那条狗不远不近和他保持距离，有时已经隐没在房屋拐角的阴影里，但又突然窜入明亮的灯光中。5～10米，不会更远，也不会更近了。它很沉默，有时巧妙避让着单车和行人，被响亮的汽车喇叭赶向墙脚。李木试图把它唤到身边来，但它没搭理。他放弃了和它更亲近一些的念头，突然觉得自己已经把它给忘了，直到他回头的时候发现它还在身后。他站下来，它也站住了，四条腿绷得笔直，抬头直视他。李木笑出声来了："你要跟着我就跟着吧，你爱怎么样就怎么样吧。"

在钱局街口，远处楼房上空的电线和几幢平房顶上的烟囱让他想起过去工作的机床厂。他球踢得不行，却是最早在足协拿到裁判证的机床厂工人。他利用业余时间给各种各样的比赛当裁判，只要足协给他来个电话。他在这一行里是有尊严有脸面的，所有的人都敬重他，这从那些年轻小子要把他送往医院就能看出来。他拒绝他们的好意，默默收拾东西，搭乘一个年轻裁判的车直接从海埂基地回城。他把他撂在五华体育馆门口，本来打算把他一直送回家的，可李木不愿意。他说他想走走。他从五华体育馆一路走到新建设的家，足足一个半小时；他觉得已经穿越了整座城市，一点不觉得累。有时候脑子里一片混沌，身体被一种沉重的疲倦所笼罩。他一再努力驱散眼前那个8号，他的脸根本回忆不起来了，可他记得突如其来的那一拳，又狠又重，暴力过后的那种可怕的感觉已经烙在他鼻梁上，心上，不是疼痛，而是一种货真价实的屈辱，却无法让他哭出声来。

他从文林街沿钱局街向南，那条狗不见了。海逸酒店门口有一伙穿球衣的小子，他们搂肩搭背说说笑笑向他走来，他一时有些紧张，站在钱局街中央没动。他们走近时他才看清楚，这帮孩子比那些追打他的小子小很多，像附近一所中学的篮球队员。他们放肆大笑着与李木擦肩而过，根本没看他一眼，沿钱局街向上走进阴影之中，他听到其中一个男孩说他不敢对自己喜欢的女孩表白，其他孩子建议他霸王硬上弓，先把她上了，她会像条狗一样死缠着你……

厌恶感在他身体里翻江倒海。他们的世界和自己的天差地别，真让人绝望。他寻找那条狗，他等了五六分钟，它才重新出现。就是它，黑色的脑袋，黑白相间的身体，仿佛从黑暗中生出来的，孤单而落魄。他蹲下去冲它吹口哨，它反而向后退开，脚步谨慎，眼神惊恐。李木站起来，打算不再搭理它，不再看它。一条流浪狗而已，随它去吧。过去为什么喜欢为年轻人吹哨？其实他喜欢跟随他们响亮的脚步在球场上飞跑，他当然羡慕他们满头大汗的畅快淋漓，但他从来没想过年轻身体之下的野蛮和兽性，那超出了他的经验。他使劲摇摇头，一辆 64 路公交车无声无息擦着他向前飞奔，街角一个拉二胡的盲人在唱《世上只有妈妈好》，他凑过去在他面前的纸盒子里扔了一枚一元的硬币；更加集中的灯光在远处翠湖边的酒吧和茶室上空闪烁，他无法看清周围行人的表情，一个穿一条深红色长裙的女人牵一条穿着毛衣、蹬一双绣花鞋的短毛犬从白云巷里走出来，她像对待自己的儿子一样呼喊它："宝贝，慢点走。"和楼下老钱对待狗的态度截然相反。李木笑出来了，那种困扰他的紧张和疲惫一点点松开，像当年机床上慢慢卸掉的弹簧——那条狗呢？还在吗？他回过头，就在那里，在阴影里，趴在一根电线杆下面打盹。他转过身，穿过翠湖北路走到街对面，在一家小店柜台上抓起公用电话，拨打了小芬的手机号码。

她说他可以过去，她就在霞飞歌舞厅下面的美发店做头发，今晚还得上班。

"能不能不上了？"他说，同时看见那条狗站起来了，抖落身上的脏东西，一动不动盯着他，并没有冒险横穿街道的打算。

"你养我啊？"

"行，"他说，"今晚我把你包下来，行吧？"

小芬让他来了再说，话语间很不耐烦。他从东风西路打了一辆出租车，上车前看见那条狗有些慌乱，耷拉的黑色耳朵左右掀动着，朝自己走来，但只是在车流中间谨小慎微地蹭了几步，仿佛担心快车道上全是阴谋和陷阱。李木冲它喊了一嗓子，声音不高，然后砰地关上门。它没再跟上来，还是原地站着，像嵌在黑暗中的一只垃圾箱。车子迅速驶上东风路，在小西门调了一个头，笔直开往小菜园立交，桥下 200 米靠南方向就是霞飞歌舞厅。飞速后退的景象让他很快就把它忘了。

霞飞就是你们所说的摸摸舞厅，很多女人靠跟男人跳舞时让他们肆无忌惮地摸来摸去挣钱养活自己，一支曲子 10 块钱，小芬一个晚上至少挣100块，他觉得她是所有女人当中最年轻漂亮、身材最好的。他是在5月份的一天夜里认识她的，刘建国把他带去那里，他花掉50块，请了5个姑娘跳舞，最后那个就是小芬，此前他根本不敢对那些女人动手动脚，直到这个苗条、清秀的四川姑娘突然在亮灯的选伴时间拽住他，说别跳了你跟我走。她把他带进角落的长沙发里，周围已经坐了两三对男女，他怀疑刘建国就待在身边的黑暗中；女孩身上的香水味太浓，白色低胸装露出乳沟。他被她紧紧拽着，灯光完全暗淡之后他的手被她从胸部上方拖进去。李木一阵眩晕，感觉像握到一件神奇的礼物，它的柔软和韧度如此陌生，光滑得难以置信。经过刚开始的谨小慎微，他的胆子像所有离过婚的五十多岁的老男人那样大起来了，他在很短的时间里熟悉了她身体的所有部位，那简直像一场激动人心的足球赛，到处充满转折和意外。灯光亮起来了，她说她叫小芬，重庆万县人，来昆明整好半年。他把脸埋进她香得过分的颈窝里，"为什么要做这个?"她笑起来："不做这个做什么？我不卖淫，我只跳舞。""你多大了?""19岁。"她说。李木吓了一跳。

那天夜里他花50元包下她6首曲子，他再也找不到刘建国了。他走的时候想把小芬带走却又没那个胆量，再说她根本不答应。"那不是差不多吗？我该摸的都摸了。"他说。"那可不一样，摸和干是两码事。"小芬说。最后还是给了他电话——他太老了，这让她放心，她说："我们是从不随便留什么电话的，但我看你不像经常出来耍的，无所谓了，大哥。"

大哥?！小芬比他儿子李果整整小10岁。全乱套了。

他很容易就找到了霞飞歌舞厅下面的美发店，小芬的头发湿漉漉的，一个小子在她头顶上忙活，把她的刘海弄成一缕缕的，再打散。他冲她打了招呼，她挥挥手。他说："你晚上非上班不可吗?"她没吭声，盯着镜子里的自己，招呼那小子把耳朵旁边的头发弄好。镜子里的反光让李木羞于抬头。外面很黑，一些男人和女人正涌向霞飞歌舞厅，9点钟，舞池即将进入高潮，一大批女人靠墙站成一排等待男人们逐个挑选。李木不能想象她们当中就站着小芬，把她的身体交给那些完全陌生的老手。

“别上去了吧。”在霞飞的霓虹灯下面，他们站在人行道上，他对她说。小芬没接他的茬，她整理着湿漉漉的刘海，“好看吗？还行？漂不漂亮嘛？”

“漂亮。真的。”

“那我上班去了。”

“陪我说说话吧，陪我走走，我们去喝茶，或者找个酒吧喝点酒。”

“你疯啦？”小芬满脸鄙夷，“我不上班我吃啥子喝啥子？哪个给我交房租嘛！”

“就今天晚上。我给你一百。”

“不干！”小芬向霞飞舞厅走去，高跟鞋啪啪响。他有点害怕，身边那些男男女女正在打量他们。有多少男人曾经是她的客人？他们在她身体上留下多少痕迹？

李木走到她身前把她拦下来，捉住她的手不顾她的大声喊叫，一直把她拽进街边梧桐树的阴影中。“算我求你了，行吗？”他从口袋里掏出10元钱塞给她。小芬接过来，塞进裙摆下面。她抱着手：“好吧，你要搞啥子？我说过我不卖的，你要摸摸可以，随便摸。”

他受不了她收了钱还那么高高在上，他琢磨她这份酷劲儿究竟从哪儿来的。“我今天吹裁判，被人揍了，流了很多鼻血，你看，我的鼻子还肿着。”他抓起她的手抚摸自己的鼻梁，没错，他这才弄懂他给她钱的目的，不是想摸她，而是想让她摸摸自己，随便摸哪里，任何地方。如果她不答应，他们可以回到霞飞的长沙发上，在黑暗中让她抚摸，他可以把所有的钱都给她。

小芬笑出声来了，她的手指在他鼻梁上轻轻滑动，李木一阵战栗；她的手温润光滑，像一片树叶。“被人揍？你那么大把年纪还被人揍？被什么人揍？你是什么裁判？足球？老天爷！”

他说了事情的经过，当他再次复述自己被几个青年人追得满场飞奔时难过得想哭，忽然觉得这一切太荒谬，完全超出他的理解和想象——他怎么能指望一个靠摸摸舞挣钱的姑娘解决它？她能做点什么呢？他尽量客观、冷静地复述自己的故事，直到她打断他。“被人揍了还跑出来干什么？你该认真待在家里，让你老婆给你煮碗红糖鸡蛋，或者搞一碗花生猪脚，你该补补身子啊，你跑来我的地盘搞啥子名堂呢？”

他说不出话来了。

“我要上去了。”她掏出手机，凑到路灯下面仔细看。“9点，”她说，“生意最好的时候啊大哥，你不让我做生意我怎么活？你养我？你有老婆有娃娃，你拿啥子养，爱情？”

这话让她和他都笑了。李木不让她走，从钱包里掏出50元塞给她：“够吗？陪我走走？我们从这里，走到前面小菜园立交桥，再走回来，行吧？”

小芬一声长叹，打量他的眼神毛茸茸的，充满困惑，那样子像在审视一张突然卡住的CD，似乎李木这个靠一点退休金生活的54岁老头既不可理喻像个疯子，又因为年纪太老难以拒绝。她犹豫着，把钱接过来，笑笑，塞进刚才那个地方，他想象那里紧贴她光滑细腻的大腿。“我没逼你给我钱啊。她的目光有些闪躲，我不想让你觉得，我们重庆妹子不仗义。”

“怎么会。我心甘情愿。”

“好吧，就到小菜园立交桥，对吧？然后走回来？”

昆明的9月居然比夏天还热，后者是一个漫长的雨季，而9月的热风像是积攒力气故意报复一样席卷这个以气候闻名的城市；如果你在9月末的一天刚好经过小菜园立交桥，你一定会发现一个上年纪的老男人拽着一个穿一条雪白短裙、身体过分暴露、蹬一双红色高跟鞋的女孩走在路灯下的奇异景象，女孩高得过分的身材让这个老男人显得尤其萎缩，他们像众多夜晚游荡在偏僻街巷的诡异男女，为这个城市增加了某种梦幻色彩，仿佛他们一高一矮、一老一少的影子只是一种滑稽的模仿，一次植入我小说内部的两个毫不兼容的音符，可事实并不像你们想象的那么糟糕，至少，李木从来没觉得这有多坏。不，他觉得那天夜里的记忆很完美，足够他反复咀嚼那些细节了。

他们沿着沿河路走向匍匐在黑暗中的小菜园立交桥，它高大的弧线型身体让左右两侧的灯光更加夺目，远处是低低的连成一片的汽车马达声，一些骑自行车的人从他们身边经过，无声无息。李木拉着小芬的手，内心渐渐踏实。他先说了自己的故事——怎么和赵樱兰离婚的，那就是一些离谱的错误，他明明知道她当年那个男人她一直忘不了，还是和她生活了大半辈子，最终的结局是戏剧性的：赵樱兰专门挑了个日子，把他叫到一家三星级宾馆请他吃阳澄湖大闸蟹。他已经猜到是怎么回事了。赵樱兰说："你叫嚷了很多年，想吃这种东西，今天我请你好好吃。"李木没多说。吃完之后他们站在这家酒店18层楼向下俯瞰，一座庞大复杂的昆明把他们镇住了，他们呆呆地隔着玻璃窗打量这个生活了几十年的城市，那种陌生的壮观似乎让赵樱兰找到了全部勇气。她说，王文离婚了，她想跟他过。"你疯了，"李木笑着说，不明白自己怎么还能笑出来，"你儿子都23岁了，你要跟我离婚?"赵樱兰说，没错，儿子长大了，不再让她操心，她才有胆量把这事摊到桌面上。李木当然认识王文，当年赵樱兰嫁给自己时哭得一塌糊涂，现在他们总算找到机会了——不对，他们总算等到了机会。

"我觉得自己上当了，上当受骗，你懂那种感觉吧?"李木说，小芬用一个整理裙子的动作把他的手甩开。

那就离呗。反正他没法恨她。真奇怪。赵樱兰的幸福生活仅仅持续到2007年年底，王文患上淋巴癌，6个月就化成一抔骨灰。王文的儿子执意把房子要回去，赵樱兰消失了一段时间，李木到处打听她的消息，后来在晋宁乡下她表妹家找到她，她看起来似乎胖了些，脸色出奇地好。李木派李果把她接回昆明，她最终同意了，但没说一句愧疚的话，也没打算再离开李木——至少他是这么看的。她的话越来越少，脾气古怪并且拒绝复婚。"凑合过吧，"她对李木说，"你知道，一半的赵樱兰死了，如果没有李果，我永远不会踏进你的门。"他请她再次登上那家酒店18层的旋转餐厅吃大闸蟹也没用，她弄得满手都是，嘴巴周围沾满油汁，那一刻他突然觉得赵樱兰很丑，令人厌烦，让人喘不上气。

小芬请他买包烟，他们在距离小菜园立交很近的一家小杂货店门前停下来，他给她买了一盒红塔山，她不愿再走，说立交桥底下太黑，她害怕。李木在杂货店旁边找到台阶，拉着她的手坐下去，她还是不愿意，说那会弄脏她的裙子。他一个人坐着，周围空空荡荡，沿河路上汽车少得可怜，人行道两侧停满江岸小区的私家车，黑乎乎一片，像他梦里看到的无数只老鼠。

“你跟我讲这些搞啥子？你要我表扬你吗？表扬你心肠好？”小芬说。

“她毕竟是我儿子他妈。”

小芬靠近他，头一回有些温柔地抚摸他受伤的鼻子，“你当初就不该娶人家，跟人家生儿子。”

“这事情由不得我，组织上这么安排，你没有办法。”

小芬笑了，对他的话无法理解。那种空洞的表情中间夹杂着嘲讽。她的手指没有离开他，让他觉得像坐在电影院里一样又安静又踏实。“我要是有四五十岁，我就嫁给你。”她似乎很认真地说这话。

他无声地笑笑，该说的都说了，他想听听这个19岁女孩说点什么。她像挤牙膏一样说她的经历，简单得像编出来哄人的：18岁高中毕业，被男朋友甩了，一怒之下跑到昆明，刚开始卖服装，后来卖化妆品，再后来跑到霞飞跳舞。

“被甩了？”

“他跟另一个女人睡在一起。狗日的男人，没一个好东西。”

真像一句电视台词。他不明白女人干嘛都有这样的错觉和误解。她站在他面前直跺脚，抱怨蚊子太多。可她暂时消除了立即回到霞飞舞厅的打算。她抽着烟，样子挺帅的，李木这才想起自己就没怎么见过二十岁左右的姑娘抽烟。

“我要是生个姑娘多好，当年，管他三七二十一，再生他一个。”

“屁话，计划生育，你以为我不知道啊？罚死你！”

李木仔细打量她，小芬半明半暗的侧面很漂亮，像一束光。

“你还回重庆吗？”

“不晓得。先挣钱再说。你呢，还会跑去什么海埂吹裁判？”

他一愣，没料到她问得这么直接。他摇摇头，叹口气：“不知道，我不知道。”又出现8号小子的身影和拳头，海埂球场上空湿漉漉的草皮味、石灰味，场地两边的桉树被风吹得哗哗响，仿佛所有的树叶都会抖下来。他在海埂整整吹了30年，比李果的岁数还长，可万事都有个头的。那一拳不仅把他鼻血揍出来了，还把他逼向这件事的尽头，他能看到的尽头。他气喘吁吁了，再也跟不上那帮小杂种的步伐，一阵奇怪的坦然似乎就踩在脚下，他不再为它伤心了。突然间铁石心肠。

“想去就去，怕个啥子嘛!”小芬凑过来，捏着烟的食指和中指在他鼻梁上抚摸，他几乎被贴着皮肤的烟头烫着了，但他没喊。小芬缩回手，很认真地说：“怕个啥子，就像我，我男朋友说我没有本事逃出他的手掌心，老子一咬牙一跺脚跳上火车就跑到昆明了，永远消失。当你想清楚了，做起来就简单了。”

他没吱声，仰头看着她。时间仿佛凝固起来，冻结在他周围，热辣辣地摩擦他受伤的鼻梁。

“大哥，你该回家了，我也该上班了。不然你就跟我去霞飞，你想摸哪个女人你就摸哪个女人，你要是想把她带去开房就跟人家好好商量。我站不住了大哥，蚊子多啊。”她嘴里的烟雾围绕她湿漉漉的刘海散开，他奇怪她的头发怎么一直没干，让她整个儿有种鲜嫩的色彩。

李木抬起头，觉得头顶上方的夜空深得可怕，几乎没有星星，连月亮也看不见，被立交桥刚好挡住了。黑魆魆的立交桥像只怪物，插入龙泉路两侧的桥体像在吸吮什么东西，桥上的出租车灯迷蒙难辨，射出一层薄薄的光影，仿佛把城市一角推向远方，挂在某个地方，晃荡着，停不下来。

她果然转身往霞飞方向走去了，高跟鞋的啪啪声惊心动魄，让他想起响亮的耳光。他看着她苗条的背影，无法想象即将有上百只男人的手在它上面乱摸乱捅。他的心一颤，像是屁股下的水泥台阶地震了。他抱着脑袋，收回目光。可她没走几步就回来了，把裙摆撩起来，从下面抽出他给她的那张50元钞票，用刚才抽烟的两根手指夹住，一声不响递给他。

李木呆呆望着她。他们之间就这么对峙了十多秒。月光似乎从立交桥上空突然升起，把她和那张钱照得闪闪发光，像个离奇的童话。

“拿回去吧，我又没陪你跳舞。”小芬说。

“这怎么行，不行。”李木使劲摇头，“哪有给出去的钱又收回的道理?”

她果断走过来把钱使劲塞进他怀里，掉头就跑。他想追，但她已经跑远了。

他就是这时候听到有人叫他的，他站在台阶上，看见自己的准儿媳，李果的同居女友王丽娜神奇地出现在沿河路口，和她在一起的还有两女三男，他们都很年轻，男孩们似乎喝多了。王丽娜手里攥着一只银白色的气球，它在她头顶上方飘来飘去，像巨大的月亮。她那一嗓“李叔”很响亮，在夜里传得很远。

王丽娜问他怎么会在这里，她当然看见已经跑远了的小芬。霞飞的霓虹灯那么招摇，她是傻子吗？李木不知道如何解释。他站起来，呆呆看着王丽娜，一声不吭。

“李叔，我问你话呢。没事吧？我送你回家?”

旁边几个男孩女孩挤眉弄眼，已经走到前面 10 米开外的地方，站着。王丽娜手里的气球还在微风中飘摇，一道银闪闪的刺眼反光来回跳跃。他说他没事，他这就回家，马上走。

王丽娜走到他面前，“你一大把年纪了，没事就在家里看看电视。这么晚跑到这种鬼地方，有意思吗?”她的声音压得很低，“我看见她给你钱，怎么回事？你想干嘛?”

他不知道怎么回答，但突然萌生的羞愧是货真价实的，仿佛在未来的儿媳妇面前裸出上半身，露出沉甸甸的油肚和到处打褶的皮肤。

“你昨天没回家？李果等了你整整两天。”他说。

王丽娜板起脸：“那是我和李果之间的小问题，你就不要再管了，也管不了。早点回家吧，要我帮你打辆车吗?”

车就停在新建设坡顶，他下车不久就看到它了——身子仿佛比先前黑了一圈，白色的杂毛暗得像生病的黄褐斑点。它从一棵即将凋谢的梧桐后面走出来，像个幽灵浮出海面，被灯光照着的头和眼睛闪闪发亮。李木猛然间觉得干渴难耐——极度的渴，像被谁堵住喉管。这条狗就在不远处盯着他看，目光湿漉漉的，它由于等他太久哭过吗？他不再往前走了，专心看着它。他们彼此看着。他蹲下去了，冲它招招手。它还是没动，他们之间的行人、车流并未干扰什么，至少他能看出它眼里某种倔强和坦然，仿佛它只是留在这条街上等待时间流逝，等待抚慰他的另一个声音。可它究竟是从哪儿来，要到哪儿去呢？

他站起来，开始轰它走了；疾步冲向它，大声吆喝着让它走，它怯生生地后退，缩进街边的黑暗中，但迟迟站着，一动不动。他狠下心，向后转，迈开步子往家走，一阵汽车轰鸣让他头晕目眩，心脏怦怦狂跳。当他再次转身的时候，它不见了——真的无影无踪了。眼泪就这么突然涌上来，一点征兆也没有。他自己都吓了一跳，被那帮小子揍得再疼再狠他都没流一滴眼泪，即使赵樱兰提出离婚那天他也没哭，他大概 30 年没哭过了，没为别人哭过，更不用说为自己伤心。

10 点 30 分，老钱居然还在院子里揍那条癞皮狗，它到处乱跑，但跑一阵又折回来贴着老钱的裤管呜呜直叫。李木让老钱别再揍它，它毕竟是他养来让自己高兴的。老钱冲他咧嘴笑笑，没吭声，把狗追打到院门外。他进门时屋里一团漆黑，赵樱兰坐在开着电视的客厅里没开灯，荧屏上的光在她苍老瘦削的脸上闪动。

“他们把电话打到家里来了，问你好点没有，还问你后天吹不吹半决赛。”赵樱兰头也不回地说。

李木没吭声，走到卫生间，摸黑拧开水龙头，抄一把冷水扑到脸上。这似乎让他好过些了。鼻梁的伤口不再觉得疼。他抬脸看看黑暗的镜子，除了瘦骨嶙峋的下巴轮廓，他什么也看不清。

“你就去吧，人不要脸，鬼都害怕。”赵樱兰说。

“我看见王丽娜了，”他说，“她和一帮同学在一起。”

“李果说她两天没回家了，这种女人要来干什么？”

“儿子的事情，让他们自己决定。”

“你懂什么？李果那么大把年纪，王丽娜不结婚就拉倒，难道要陪她玩到四五十岁再谈分手吗？”

他提前躺下去了，不想再说话。李果的事情他不想操一点心。他很快梦见海梗的球赛，大风，落叶和汗臭，中间晃动着小芬的背影，这梦把他搞得很累。惊醒他的是赵樱兰，她噼噼啪啪狠狠敲他的门，告诉他来了一条狗，一条来历不明的狗，既不是老钱的，也不是院子里任何一个邻居的，从没见过的脏狗。李木跳下床，光着脚摸黑穿出房间走到外面。它果然在那里——门半掩着，它从漆黑的楼道里探进半个身子，耳朵顺从地别在脑后，鼻子贴近地板，它身上的灰尘、垃圾更显眼了，黑白的毛结在一起，真实得难以置信。他呆呆看着它，直到赵樱兰再次驱赶它准备关上门时他才喝止前妻，他敞开门让它进来。它抬头望着他，眼神闪闪发光，尾巴在客厅地板上扑打。

“干什么？你让它进家来？”赵樱兰大喊。

“我认识它。让它留下来。”

“你疯了。”赵樱兰说，“你真的疯了，是流浪狗吧？你看它脏成这样！”

他没吭声，把它带到阳台，用一只纸箱把墙壁和过道之间的部分拦住，让它待在一个小小的空间里，一个临时的窝。

“找点吃的来。”他说。

赵樱兰站在他身后说：“你疯了！”

“这是我家。”

赵樱兰不再吭声。他后悔了，觉得自己的态度大概又生硬又伤人。可他没打算补救。他听见赵樱兰从厨房冰箱里取出什么东西，取出一只盘子托着，朝阳台走回来。就是一坨冷饭，上面有两块猪油冻结的腌肉。她冷冷地递给他，李木接过来，回到厨房，把盘子放入微波炉热了热。他回到阳台的时候赵樱兰已经躺回她的房间去了，房门紧闭着。

它吃得很香，最后把洒到地上的饭粒舔得干干净净。睡吧，他碰了碰它湿漉漉、凉丝丝的鼻子。它顺从地趴下了。他看了它很久，承认自己必须面对这次意外和奇迹了。这没什么不好。它能吃多少东西、占多大地盘呢？

12 点左右他重新回到卧室躺下来，周围一片宁静，新建设的深夜只能听到低沉缓慢仿佛像拽动绳子一样的嘶嘶声，赵樱兰的磨牙还是穿透房门飘散进来，后来他仿佛听见老钱的狗就在另一条狗的下方、在楼下阳台上哼哼唧唧，像是被老钱揍得不轻，再也不可能痊愈了。

早上起来后它不见了，空荡荡的阳台上甚至连那只纸箱子都不见了。他仔细看才发现纸箱被踩扁了摆放在一堆杂物上面，地板上连一丝痕迹都没留下。他急急忙忙敲着赵樱兰的门，问她狗哪儿去了。“狗？什么狗？你做梦呢！”

真是做梦吗？他不相信，拼命砸门。赵樱兰头发蓬乱地开门出来了，嘴里呼出酸味，身上一件过于宽大的白色T恤皱皱巴巴拦着她早就下垂的硕大乳房。她的身材已经臃肿得不像话，犹如一堆废纸。

“狗呢？你给我说清楚，狗！”

赵樱兰梦游似的摇摇头，叹着气，疲惫不堪地眯眼看着他：“走了，它走了，半夜我起来的时候，它从阳台上跑出来用鼻子使劲拱门，闹着要走。没办法，那就让它走吧。反正它本来就不是你李木的狗。”

他什么话也说不出来了。他知道她在撒谎。他知道她把它赶走了。那又怎么样？赵樱兰说得没错，它本来就不是他的。他回到房间，用力摔门。院子里响起音乐声，一群老人开始跳花灯扭秧歌；老钱的狗准时叫起来了，就在楼下阳台，就在那里，正准备挨今天的第一顿揍。它的叫声短促、低沉，像某种根本不真实的虚幻音节钻出水泥和石灰的墙缝戳着他的身体，直到老钱的脚步和叫骂才把它从清晨7点的微凉空气中抹掉了。

一天后他站在海埂场地上的样子让足协的人都大吃一惊，他们没料到他真来了。他们给他拿矿泉水、擦脸的毛巾，有意无意说着那场被终止的暴力。他们谴责着8号小子，以为这样他会好过些。李木一声不吭，走到球场中央，顺着罚球弧、边线、中场开球点来回走。场下几个人注视着他，议论他，回想当年他吹过的令人印象深刻的决赛。他们很快开起玩笑，一群麻雀在桉树梢上飞动啁啾，草皮在炎热的9月阳光中微微颤抖。他们看着李木顺着球场边缘重新用石灰补画过的边线一圈圈走下去，仿佛在给自己热身——那是他多年来的习惯，这是他和所有裁判的最大区别；他喜欢让海埂球场的气息尽量多地钻入肺腑，让那些清香味、辣味、臭味紧紧咬住骨头和心，这能让他找到做一名一级裁判的信念。他们看见他走回来了，他的脸在太阳底下闪闪发光，像一只铁皮盒子，他的额角已经出汗了，细细地挂在灰白的鬓角两侧，看起来像匹刚刚跑过的骡子。可他说出来的话让每一个人都惊讶不已："我吹完这场球就挂哨了，再不吹了。我想好了。你们不要再劝我。"

真的没人劝他。边裁、第四官员和足协工作人员无声地聚集在场边，静静等待他的开场哨，可是直到比赛时间过去 10 分钟后他们才发现场边只来了一支球队，他们的队长已经跑过来询问到底是怎么回事。第四官员说，再过 10 分钟，球赛取消，判对手弃权。

李木孤零零站在球场中央，对那名队长肯定了第四官员的说法。这 10 分钟显得格外漫长。他站着一动不动，风把刚才的细汗吹干了，那些气味越来越淡，场边的桉树静止不动，连麻雀也不见了。半边场地上，那支孤单的球队还在玩遛猴游戏。他抬腕看表，把哨子塞进嘴巴，最后使出全身力气吹响终场哨——滴——嘀——嘀嘀！全场都安静下来。他挺起胸膛，走向他们。

最后的冲锋

此文献给外公。

一

外公去世整整 20 年。

这回我打算讲讲他——一位参加过台儿庄战役、长春起义、解放战争、朝鲜战争的老战士。关于他的故事少得可怜，因为他说得太少；外婆也没法说清，她就剩一句话：“参军，打仗，命好，没死，回来，娶了我。嗯，和他一起去的差不多死光了。你外公，命大。”你别想从我中风卧床五年多的外婆口中再问出什么来。

我要讲的故事源于外婆零碎甚至混乱的只言片语。我一直觉得我有义务把它拼凑完整。谁让我是一个以故事为生的家伙？谁让我一直惦念外公？20 年来，他经常在我梦中出现：蹲在门槛上抽自己栽种的旱烟叶，摘下洗得发白的军帽，冲我眨眨眼，似乎鼓励我把他的故事——哪怕小小的片段写下来。我受不了，真受不了。希望他在天之灵可以宽恕我写作近十年的懈怠和散漫。早该写写他的。早该。

我得从头说起。

我的故乡军马场距离昆明 60 公里，20 世纪 50 ~ 80 年代专门饲养退役军马，那种你这辈子都没见识过的高头大马，它们沿用了俄语称呼——“卡拔津”，个个像面墙一样结实，四腿修长，屁股壮硕，腰部像满月一样优美，光滑的毛皮像上过油一般闪闪发亮；我从小就闻惯了马身上那股热辣辣的汗味，看惯了成百上千的军马冲出马厩直奔牧草地卷起高高的尘烟、如开闸的洪水一泻千里的壮观景象，听惯了它们响彻云霄的嘶吼，简直像数不清的战士发起冲锋一样令人目眩神迷。

当年，退伍转业的外公是全马场最出色的军马饲养员。

如今的马场早被毁了，土地被廉价变卖——满世界开发房地产，不再养马的马场当然不能幸免；马没了，房子没了，人遣散一空，除了大片大片的荒草和废墟，你别想从我的故乡嗅到一丝卡拔津的气息。

几天前，我为病床上的外婆整理当年从马场带上昆明的旧物，意外发现一杆锈迹斑斑的火枪——枪管又长又细，木质枪身已腐坏开裂。我忽然想起，从前它一直悬挂在外婆家的里屋墙上，枪管上挑，枪身下斜，仿佛一件永恒的圣物；外公从不让人碰它，记得小舅曾偷偷扛它出去满世界炫耀，被闻讯追来的外公一把夺下，狠狠挨了一耳光，“以后不准碰这支枪。给老子记着!”

这支枪当然有故事。

二

外婆告诉我，这故事发生在1955年。

在我的猜想中，那是1955年6月的一个黄昏。饲养员老杨急急撞开外婆家的房门：“老朱，连长丢啦！从牧草地回来就没见它。”

外婆正在厨房烧火做饭，外公举着一把剪刀修理右脚趾上厚厚的茧。“狗日的连长，”外公穿上帆布胶鞋，“几个马厩都找了?”

“没回的卡拔津就它一个。我点了7遍。”

外公揣上旱烟锅，往腰里塞一把砍刀，提上8号电筒出了门。走前没忘记交代外婆：“给我们留饭。你把小皮匠叫来一起吃，晚了就让他睡柴房。”

漆黑如炭的连长是外公最喜欢的军马，这匹“卡拔津”据说参加过伏尔加格勒保卫战，是骑兵连长的坐骑。炮火、伤病和死亡没把它暴烈的脾气改掉，从苏联取道蒙古、甘肃转运到云南当天，它从杨林火车站跳下车就差点逃走。外公和十来个饲养员把它赶回马场，和一百多匹卡拔津汇合，不料它踢伤了两个同伴。外公火了，把它拴在电线杆子上，抡起马厩的门闩揍它，它总算老实了；外公骑上它直奔牧草地，它没跑多远就仰天长嘶，使劲尥蹶子，把外公狠狠甩下马背。外公花了很长时间才真正接近它——不厌其烦跟它说话，给它洗澡，晚上偷偷喂它最好的料豆。他们终于成了最好的朋友。除了外公，没人能接近连长。

现在，他们越过四幢比工厂厂房还大的马厩一路向西。一片低矮的山丘下面就是辽阔如海的牧草地，外公和老杨踩着柔软的三叶草、奶浆草和低低的虫鸣来回搜寻，大声呼唤连长——草地平整低矮，哪藏得住一匹高头大马？暗红色夕阳融化着牧草地边缘，让它和远处那座名为麦地塘的小山连为一体。他们沿着草地两侧的溪流和低矮的冬青树林又找一遍，最终在牧草地东头碰面时，天已经黑了。外公望着远处的麦地塘：“连长怕是上山啦。”

三

瘸子皮匠还很年轻，外婆说他顶多十五六岁，说话还奶声奶气的。外婆记得这是第二次把他叫到家来吃晚饭；外公找他修过一双翻毛皮鞋，他收很少的钱，从此成了外公的朋友。小皮匠家住很远的太平陇一带，他说过来自哪个村可外公外婆都没记住——谁会在意一个根本没去过也没什么概念的异乡呢？小皮匠走乡串寨给人修鞋做鞋讨生活，每星期来马场两天，就在大礼堂朱红色的五角星下面摆开摊子。他的生意不错。大家对他的评价是：手艺好，嘴巴甜，熟客还能赊账呢。

“大哥不在家？”小皮匠一瘸一拐地来了。外婆在厨房里回答：“刚出门，去找匹马。”

“找马？马场的军马还敢溜号？”

“当然敢。马和人，差不多。”

“我背着磨刀石哩，我给大哥磨磨刀。”

外婆告诉他砍刀镰刀都在外公床下，自己找。他直奔里屋。没有砍刀，它被外公带走了，有三把镰刀和两把杀猪刀，他拎出它们，坐在堂屋草墩上。外婆给他舀了一瓢冷水。小皮匠磨刀的声音又低又脆，在外婆听来就像什么小动物的吱吱歌唱。

他是在磨完了刀、返身回去时才发现墙上那把火枪的。外婆回忆说，这孩子立刻被迷住了，有点脏也有点糙的脸刹那间绷得紧紧的，鼻孔丝丝翕动。

“大哥的枪？”

“他从朝鲜回来，去保山（注：云南西南部一座城市）看一个牺牲战友的爹妈，人家送了他这支枪。他打过几枪，上麦地塘，打野鸡和麂子。”

皮匠似乎没听进任何东西。他瘸着腿往前走，缓缓靠近火枪。外婆大声说：“他从不让人碰呢，连他儿子都不让碰。”

“为什么？又不是上战场的枪。”

“你大哥说，枪不是好东西，最好莫碰。”

小皮匠挺直身体，又往前走两步。外婆看见他的脸被火枪的乌黑反光突然照亮了。

“真想当兵啊，大姐。要不是这条腿，我早参军了。”

“当兵打仗要死人的，不是闹着玩。”

“我认得。我懂。打仗要拼命，三岁娃娃都晓得嘛。”

“你大哥说，打仗哪像演电影？他那个保山战友，刚递给他一支烟，回头一看，半边脸都没了。”

“不可能。”小皮匠说，“抗美援朝，毛主席的志愿军咋可能被美国鬼子打掉半边脑袋？大姐你逗我玩哩。”

外婆没吭声。

“大姐，能给我瞅瞅吗?”他压低声音说。

四

他们顺着牧草地往里走，柔软的三叶草、奶浆草像湿漉漉的厚毯子。外公和老杨挨近麦地塘时扯开嗓子大声喊叫。但空阔的原野和清澈的天空让两人的喊声低弱而细微，一条窄窄的清澈小河上方就是麦地塘，山脚有几棵柏树、桉树和黄花树，河水哗哗喧响。没有连长的影子，没有任何蹄声和嘶鸣。他们走出草地，跃过一米多宽的溪流径直上山，窄窄的山路崎岖陡峭，呈之字形通向山腰，很快消失在灌木丛中。

低矮的灌木很快就被并不很高但枝叶茂密的松树取代，外公拽出砍刀在前面开路。一轮大大的上弦月升上山顶，皎洁的月光让高处的松林更加幽暗。外公抬头张望，月亮令人迷醉，也让人怀疑。他们继续喊叫，几只夜鸟扑棱棱扇着翅膀从黑暗中射出，没入更深的黑暗之中，四周荡漾着低微的虫鸣，到处是浓浓的青草味松树味和说不清道不明的野花清香。

“老朱，你说连长真在山上?”老杨分明有些泄气。外公没吭声。他们爬上一个陡坡，从那里抵达平坦的山坳。只有这里藏得住一匹马。但四周空空荡荡，锅底型山坳长满野花，在月光里闪闪发亮。他们高声呼唤连长，灌木丛和松树林无声无息，那些幽深的暗影之中似乎埋伏着千军万马却迟迟不见动静。泥土、花草和树木的香味更浓了，还夹杂淡淡的刚刚落地的露水气息。他们重新返回缓坡，找到一块又大又圆的山石并肩坐下。外公掏出旱烟锅。烟头明明灭灭。

“连长啊，你不会飞了吧?”老杨说。

“飞不了，”外公说，“我对它那么好，它咋舍得飞？再说，不打仗了，你说它还往哪跑!”他吐出一口青烟，把烟锅递给老杨。老杨深吸一口。从这里看得见山下马场深灰色的轮廓，看得见马厩巨人般匍匐的人字屋顶和马厩里透出的几点灯光。这光亮让外公觉得温暖而踏实。

“也是，它咋舍得？”老杨说，“连长几岁了？12？按这年纪，它比你我都老，还能往哪儿跑？还有什么地方比马场更适合它养老的？至少身边一帮战友——对啊老朱，这批马，和连长一起过来的这一批，有没有去过朝鲜的？”

“没有，都从苏联过来。”

“你给我说说抗美援朝啊。你跟连长合得来，是因为你们都出生入死过？”

外公在黑暗中笑笑：“打仗嘛，没什么好讲。”

“我晓得死了不少人。但是咋个死法，你倒是说说。”

“咋个死，人被炮弹炸了被枪打了，还能咋个死？”

“你没受过伤？他们说你很英勇，就没受过伤？”

“没有。”

“我不信。要么你还不算英勇，要么你伤过不想说。”

外公没吭声。

老杨觉得自己说错话了。“对不住啊，老朱，开个玩笑。我听说了，你们那个连，就剩你们三个人回来。”

外公吐出一口烟，嗓音低下去：“真没受过伤。我趴在雪地里一天一夜，冻坏三根脚趾算不算？现在天一凉，三个脚指头就疼得要命。”

五

外婆说小皮匠未经同意，自己就把火枪轻轻摘下来了。她想把它夺回来重新挂好，可又觉得不妥当。他一个外乡人，还是个娃娃，想看就看吧，枪里又没子弹——这杆枪装散弹和火药，它们被外公藏得好好的，他大半年没碰了。

外婆说小皮匠把枪端在手里，低头细细打量，差不多把枪管枪身凑到鼻子上使劲嗅着。屋子里浮动着淡淡的火药味机油味，像刚洗过的拖拉机的清新气味。她看见小皮匠的手微微发颤，开始轻轻抚摸枪身，它奇特的冰凉和润滑让他的脸渐渐通红。他挺起胸膛，站得笔直，突然把枪扛到肩上转身面向外婆。

“我做梦都想打仗呀。我们村放过几部打仗电影，我都看了，其他村放的时候，我又跑去看了几遍。大姐，我要是可以像大哥那样，扛一杆真正的枪，骑一匹卡拔津，冲上前线保家卫国，这辈子就不算白活了。”

外婆看着这个孩子抱着火枪走到桌前坐下，把枪端平，模仿瞄准射击的动作，嘴里发出砰砰声。外婆笑了。

“你小娃娃家打什么仗。你大哥说，现在打仗是为了以后不打仗。幸好你小子瘸了。”

“大姐看不起我。”小皮匠满脸通红，“我虽然腿脚不行，但你要把我撂战场上，我照样可以骑马杀敌，大姐不信？好嘛，就算骑不了马扛不了枪，总可以给志愿军做做饭修修鞋吧？我做的翻毛皮鞋没得说，穿个两三年没问题。大哥要是早点穿上我的鞋趴雪地里，他的脚就不会遭罪了。他们不招我入伍，真是他们的损失啊。”

外婆笑了，劝他多吃点。她做了南瓜汤，炒茄子，外加一叠卤豆腐。外公就爱吃外婆腌的卤豆腐，能就它喝一大碗白酒呢。

小皮匠终于放下火枪狼吞虎咽，一边吃一边伸手抚摸枪身。吃了饭，他依依不舍把它挂回里屋墙上去。很快，几把镰刀被这双巧手磨得精光四射。他不时回头打量那杆枪，冲外婆说，外公下次上山打猎一定带上他，要不就去他们村后山的毛驴箐，到处是野鸡野猪呢，偶尔还有狼，要是打到一条狼，那就不得了啦。凭外公的本事，那还不容易？

六

山路越来越陡，满山的松树清香浓得化不开，外公的思绪越滑越远，觉得自己的身体正融入月色，在麦地塘山坡和山下的牧草地上游荡。他甚至忘了他是来找他最心爱的一匹马，月光就要把他出汗发热的身体戳透了。关于连长的记忆不算太多，但是关于朝鲜，关于三只差点冻掉的脚趾和别的事情，他一辈子都记得。记得清清楚楚的东西有时极其模糊，就像过于集中的记忆在后脑勺上钻出一个洞，那些刻骨铭心的细节就从小小的窟窿里蒸发了。刚到冬天，朝鲜的冬天。连续一昼夜躺卧在冰天雪地的旷野里等待美国兵的坦克开过去。整整一天一夜，零下20摄氏度啊！在随后的严寒里，很多战友被冻惨了不得不截了肢从此再也站不起来。寒冬有时候是最大的敌人，最大的。你躺在那里，脚上穿着刚发下来的军用橡胶鞋，毛线袜子穿了两双，可还是冷。从鞋缝里透上来像小刀子扎呢。凌晨三四点钟天黑得像锅底美国兵的给养车总算开来了。两辆、三辆、四辆。军号吹响，伏击开始。三连在两公里外发起攻击，几颗密集的手榴弹将头一辆大卡车掀到半空，火光把白雪照得通红，像把雪地都给烧着了，到处是扑不灭燃不尽的熊熊大火。老杨在身后连说三遍他才听清："老朱，要不我们分头找？老朱！"

好吧，分头前进。他们彼此用高声吆喝判断方位。外公感到一丝孤单。太静了，实在太安静了。他害怕的正是寂静。树丛和枝叶在他身上、脸上抽打，发出响亮的噼啪声。他的呼喊变得干巴巴的。恐惧似乎来源于一种直觉。他相信连长就待在不远的地方，一个再也不用等待冲锋号的好地方。它干吗跑掉？干吗撇下二百来个卡拔津突然跑掉？连长啊，狗日的连长。

黑暗中猛地传来老杨的惨叫："老朱！老朱！"外公高声回应，立即拔腿飞奔。灌木和矮松狠狠拍他的脸，没完没了的石头、草窠差点绊倒他。终于循声找到老杨——他跌进两块山石间的裂缝里，被硬邦邦冷冰冰的石头、黑暗和疼痛吓坏啦。外公抽出皮带让他抓住，一把将他拽上来。老杨嘿嘿苦笑："老朱要没你我就完蛋啦，这么大个洞居然看不见。"外公也笑了："你肯定看走眼了，那么小的洞，哪儿藏得住连长？"他们坐在石头上大口喘息，老杨说幸好，也就崴了脚擦破点皮。外公问他："还能走吗？"老杨试着走几步，疼得龇牙咧嘴。外公抽出旱烟锅，点燃，深深吸一口："没事，我背你下山。"

“算啦，你扶我就行。”

“少啰唆，脚脖子比馒头还大。怕我背不动你？当年我背一挺马克沁重机枪小跑 30 里都不带喘的。”

老杨笑了。外公说：“连长一定会乖乖回来。我们该找的找了，该受的罪受了，它还能不回来？瞧好吧。”

他们安静坐着，旱烟的呛鼻香味在微凉的夜晚和水一样温柔的月色中弥散，像秋天的薄雾轻轻滑开，远处不时传来夜鸟的飞动声和啼鸣。

“老朱，育种室打算给连长配几个儿子？”

“这么雄势的卡拔津，配出百儿八十个儿子也不嫌多。”

“老朱，说句不该说的话，你一个战斗英雄，下半辈子伺候这些退役的老马，不委屈？”

外公笑了：“我要算英雄，连长它们哪个不是英雄？”

老杨没说话。

“狗日的连长，你跑了我咋整！”外公说。

“老朱，你在朝鲜杀过几个美国兵？”

“我记不住。”

“你怕吗？”

“怕。是个人都怕。”

“怕杀人还是怕被杀？”

“都怕。”

“你倒是讲讲啊。讲讲你在朝鲜打的那些仗。”老杨不依不饶。

“没什么好讲。”

“不够意思啊老朱！”

“你真想听？”

“废话！”

“……好，那我讲讲。”

老杨激动不已。外公的烟锅随后灭了两回。

1952 年春天，外公和 5 名志愿军战士作为先遣队进入一个被美军轰炸过的小村庄。活下来的村民给他们送来食物，班长懂几句朝鲜话，可以为大家做一些粗浅翻译。他们待了三天，为村民修房子、打水，同时严密侦察几公里外的美军动向。夜里，村庄上空的月光令人迷醉，几个志愿军战士有点想家了。第四天，突然来了一个姑娘。她的到来让全班陷入一种难堪的沉默。班长说，她去投奔另一个村子的亲戚，半道上和弟弟走散了。她所在的小村已被夷为平地。

年轻的外公偷偷打量姑娘，发现她的脸像金达莱一样动人。当天夜里，外公送她去一位村民家里过夜，他们在漆黑的村庄里行走，头顶着明月，到处是泥土的香味和蛐蛐的叫声。姑娘走在外公身后，轻轻的脚步声在黑暗中回荡，像一把银色小锤在外公心头来回敲打。到了村民家门口，姑娘冲外公微笑，雪白的牙被月光照亮了。外公激动不已。他一个人默默走回来，突然觉得喉咙发紧，他抬头看了看又大又圆的月亮，莫名其妙地哭出来了。在朝鲜整整三年，那是外公头一回也是最后一回流眼泪。

次日一大早，外公和一个战友送她走。那天早上，喜鹊叫了。他们出村不远，看见满山遍野开满红艳艳的金达莱。姑娘对外公说了几句话，比划着，意思是别再送了。外公和战友坚持送出一里多。他们站在山坡上，看着她缓缓下了坡，路边的金达莱迎风怒放。她明明走出去了，却又突然站住。外公看着她指指他们又指了指金达莱，大意是她要摘几朵花送给两位中国士兵。外公和战友急忙摆手拒绝，转身往回走。外公禁不住扭头打量她——姑娘刚摘了几朵金达莱，没走几步就站住不动了。

外公叫住战友。他们盯着姑娘。她像个木偶镶嵌在乌黑的土路中间，手里的金达莱花红得像血。他一时没明白过来。他们看见她微微弯下身，冲他们使劲摆手，花瓣上下飞动，星星点点落了一地。她大声叫嚷。可他们既听不懂也听不清。战友说是不是出什么事了。外公猜到了，抬脚向她冲去。她使劲摇头，那意思明摆着：千万千万别过来……

“姑娘到底怎么啦？”老杨说。

“地雷。她踩上地雷了。接着轰的一声……我趴在地上，不敢抬头。”

老杨一声不吭。外公把熄灭的烟锅点燃。那天姑娘梳一根漆黑的大辫子，穿一条白裙子。外婆说，外公在朝鲜的三个年头里没见过比她更漂亮的姑娘了。

七

外公背上老杨下山。他们走出牧草地，跨过小河。河水和柳树梢上薄雾缭绕，在月光下灿如白银，马场裸露在铁青色的苍穹下。转过一片柳荫，突然听到低沉的噗噗声，那是马儿愉快的响鼻。接着他们看见十多米外的柳林里缓步走出一匹高大健硕的黑马，它黑色的身体和高昂的头颅亮如绸缎。老杨大声喊出来："连长!"

这匹不可一世的卡拔津扬起头颅，发出响亮的嘶鸣。

"狗日的连长!"

外公放下老杨奔向它。连长洋洋得意地打着响鼻，向外公俯下脑袋，似乎冲他打招呼呢。外公轻轻跃上马背，在它脖颈子上抚摸拍打。连长乖乖向老杨嘚嘚跑来，"上马!"外公欠身攥住老杨，一把将他拽上来，两腿一夹，连长调头直奔马场。空阔的牧草地久久回荡着响亮的马蹄声。

八

外婆说，外公后来一直后悔当时为什么没回马厩，而是骑着连长回了家。他永远无法原谅这个致命错误；外婆说那晚之后外公常常呆坐在草墩上，吸着旱烟一言不发。他经历了太多死亡，可从没经历过一匹退役战马惨烈的死。

那天夜里外公把连长拴在门外的毛栗树上。外婆把热好的饭菜端出来，给两个男人倒了两杯苞谷酒。她告诉外公，她把外面柴房收拾出来让皮匠睡下了。她说到那支枪。"我看他眼神都不对了。"外婆说，“这个娃娃端着你的火枪看了好一阵。”外公望向里屋，乌黑的枪身仿佛嵌入墙壁。他放心了。没什么不放心的。小皮匠还是个娃娃。哪个男娃娃不梦想着扛枪杀敌？他和老杨连喝三杯，开始研究小皮匠一年能挣多少钱、后院里的大白菜和烤烟叶今年能否有个好收成。

很快响起惊天动地的嘶鸣。外公愣了，拔脚冲出去。

月光下，小皮匠瘦小的身体像更瘦更小的剪影，乌黑的连长简直无法分辨。外公和随后赶到的外婆、老杨看见小皮匠骑在连长背上，手里高举一把亮闪闪的镰刀，唱着苏联歌曲《喀秋莎》，高喊冲锋口号吆喝连长快跑。连长高声嘶鸣，四蹄的踏动声越来越急切响亮；它来回折返、冲刺，惊人的嘶鸣很快变得歇斯底里，长长的马鬃马尾把月光撕成碎片。外公的吼叫被急遽的马蹄声彻底淹没，他从连长血红的眼睛里嗅到了疯狂的气味。小皮匠吓傻啦，但他已停不下来，像中了魔咒般继续高歌并使劲拍打连长，对外公的吼叫置若罔闻，或者说，他哪还有工夫搭理外公？谁也无法靠近连长。没有一点办法。外婆说当时的连长简直像一团即将爆炸的黑色闪电，而外公，却像个惊呆了的傻瓜。

老杨大叫：“马惊了！”

外公闪身进了屋。连长以风一般的速度发起冲击，远处的食堂围墙也无法阻挡它。坍塌声惊天动地。小皮匠被甩下马背。连长掉头冲向外婆和老杨，高高扬起的头颅上的鲜血宛如一朵明艳艳的金达莱。外公端着火枪奔出来。外婆看见他猫下身体，稳稳把枪端平。

枪响了。

九

就是这样。

次日，连长被葬在麦地塘的山脚下。外婆对此记忆深刻。“他和老杨把坟垒得高高的，你要是去马场看看，去麦地塘山脚下走走，你就找得到它。”外婆说。

外婆还说，那天夜里小皮匠受了轻伤；从此以后，马场人再没见过他，他瘦小的身影从马场大礼堂的五角星下面永远消失了。后来听说他在杨林、太平陇一带继续摆摊，生意还行。那天夜里的经历似乎无人知晓，就像他摔坏了腿也没人知晓一样，他原本就是个无足轻重的瘸子嘛。

那支火枪再也没人动过。

现在我审视着它，把它高高举在喧闹、干燥的昆明春天，小小的枪口直指屋角，指向遥不可及的时间深处，仿佛一声深长的叹息。我知道，除了外公，我们永远别想真正靠近它。我心里默默祈祷外公在天有灵，一切安好；同时不得不在心里悄悄告诉病床上的外婆：我去过马场，去过麦地塘；没有牧草地，没有清水河，连半座山都没了——哪还有连长的坟？

故乡马场，如今不过是一片小小的废墟。

我问外婆：“这枪，要不要挂起来？”

“挂起来？”外婆有点生气，“多难看啊，你外公死了两三天我就摘下来了。挂墙上多难看。又吓人又难看。随便撂着吧。对，就撂我床底下，我心里才踏实。”